# SHERLOCKED

## Das offizielle Escape Room-Rätselbuch

MIX
Aus verantwortungsvollen Quellen
FSC® C022120

Mineralöl freie Druckfarbe

5 4 3 2 26 25 24 23 22
ISBN 978-3-649-64221-3



First published in the UK in 2020 by Studio Press,
an imprint of Bonnier Books UK,
The Plaza, 535 King's Road, London SW10 0SZ
Owned by Bonnier Books,
Sveavägen 56, Stockholm, Sweden


Originaltitel:
SHERLOCKED!
The official escape room puzzle book
Konzept: Sophie Blackman
Texte: Jason Edinger, Mike Kalyan and Tom Ue
Rätsel: Jason Edinger and Mike Kalyan
Illustrationen: James Newman Gray, Martin Bustamante and Nia Williams
Gestaltung: Nia Williams

Übersetzung: Elisa Kieselmann
Satz der deutschen Ausgabe: Helene Hillebrand
Printed in Slovakia

www.coppenrath.de

# SHERLOCKED

## Das offizielle Escape Room-Rätselbuch

COPPENRATH

# Einführung

Liebe Leserinnen, liebe Leser,

zunächst wollen wir Ihnen dazu gratulieren, dass Sie sich auf einen augenscheinlich dicken Wälzer wie diesen einlassen, denn es zeugt von einem Intellekt, den selbst Holmes bewundern würde. In diesem Buch wird Ihnen eine Geschichte mit mehreren Rätseln erzählt – und ein Rätsel mit mehreren Auflösungen. Bitte beachten Sie jedoch die folgenden Ratschläge, ehe Sie beginnen.

Im Verlauf der Erzählung werden Ihnen viele Fragen begegnen, und es ist Ihre Aufgabe, liebe Leserinnen und Leser, diese Rätsel zu lösen. Einige werden Ihnen sicherlich schwieriger erscheinen als andere. Sollte jemals eines der Rätsel besonders schwer zu lösen sein, schauen Sie sich die Seiten 224 bis 239 an. Dort finden Sie eine Reihe von Hinweisen. Wir empfehlen Ihnen, bei jeder Frage innezuhalten und diese der Reihe nach zu beantworten, ehe Sie mit der Geschichte fortfahren.

Auf den Seiten 220 bis 223 finden Sie zusätzliche Materialien zu Ihrer freien Verfügung. Machen Sie sich gerne mit ihnen vertraut und greifen Sie auf diese zurück, wann immer Sie es für notwendig empfinden. Möglicherweise haben Sie auch noch andere Quellen zur Verfügung – vom Lexikon bis hin zu moderneren technischen Gadgets und Werkzeugen. Bitte machen Sie von diesen Gebrauch, wenn Ihnen eine Antwort nicht so ohne Weiteres einfällt.

Wir raten Ihnen außerdem, immer ein Notizbuch oder ein paar Blätter liniertes Papier zur Hand zu haben, um im Verlauf der Erzählung Ideen und Beobachtungen rund um die Charaktere, Schauplätze und Zeitabläufe zu notieren – vielleicht möchten Sie

Ihre Notizen lieber direkt im Buch machen. Nutzen Sie es, wie immer Sie möchten, um die Ihnen gestellten Fragen zu beantworten.

Der allerwichtigste Hinweis, den wir Ihnen mitgeben können, lautet: Bewegen Sie sich mit scharfem Verstand durch diese Erzählung – dies ist kein gewöhnliches Buch. Hinweise zur Lösung der Rätsel – und zur Wahrheit – können sich an jeder Ecke verstecken. Das kleinste Detail kann die Richtigkeit der Worte eines Einzelnen beweisen; die Abdrücke eines Bleistifts können aus mehr als einem Blickwinkel betrachtet werden; und der Einband eines Buches kann die klare Sicht auf Antworten verbergen.

Sie können nun die Seite umblättern und beginnen. Wir wünschen Ihnen viel Erfolg auf Ihrer Reise durch Sherlocked!

Arthur Conan Doyle

THE
CONAN DOYLE ESTATE

# Die Wissenschaft des Schlussfolgerns

Gedankenverloren lehnte sich Sherlock Holmes genüsslich in seinem Sessel zurück. Die Zeitung, die er eben noch las, lag nun auf seinen Knien, und ich wusste, dass ich ihn jetzt nicht stören sollte. Ich kenne Holmes noch nicht lange, aber die Jefferson-Hope-Affäre hat mir ausreichend Beweise für seine einzigartige Beobachtungs- und Schlussfolgerungsgabe geliefert.

Außerdem versicherte sie mich meiner Fähigkeit, an seiner Seite zu arbeiten. Und wie die Geschichte in meinem kleinen Roman erzählte, hörte ich mir seine Grübeleien an, stachelte ihn und seine Untersuchungen

an und berichtete pflichtbewusst über seine Aktivitäten. Meine Erzählung kam bei einem kleinen und anspruchsvollen Lesepublikum ziemlich gut an, und unsere Heldentaten wurden mehrfach von Groschenromanverlegern sowie von Varietétheater-Besitzern adaptiert. Ich frage mich, ob Geschichten wie diese auch im kommenden Jahrhundert noch von Interesse sein werden?

Es war keine Untertreibung, dass Holmes mich verändert hatte – möglicherweise zum Besseren. Nicht wenige Leute hatten längst verfallene Bekanntschaften wieder aufleben lassen, um mir zu meiner Erzählung zu gratulieren. Ab und zu hatten Fremde Briefe geschrieben mit neuen Rätseln für den Detektiv, und Holmes konnte ihnen stets die richtige Richtung weisen.

Ich habe immer wieder versucht, Holmes dazu zu ermuntern, den Roman zu lesen, denn es wurde nicht nur geschrieben, um den Abschnitt im *Echo* richtigzustellen, sondern ebenso, um den Detektiv und die praktische Anwendung seiner außerordentlichen Talente zu würdigen. Als ich meine Exemplare erhielt, hatte ich Holmes eine Kopie gegeben und einige andere in der Nachbarschaft unserer Wohnung in der Baker Street verteilt. Wann immer sich eine Gelegenheit ergab, verwies ich auf die Geschichte. Zu meinem allgemeinen Unmut teilte Holmes meinen Enthusiasmus nicht. So gab es keine Anzeichen dafür, dass er das Buch gelesen hatte oder überhaupt vorhatte, es zu lesen.

Heute war der 18. Mai, und nach einer Woche ununterbrochenen Regens war es ein wunderschöner Sonntagmorgen.

Gnadenlos ergoss sich der Himmel für volle sieben Tage über uns, und Londoner in allen Lebenslagen kämpften gegen Matsch und Wasser an.

Die unermüdliche Mrs. Hudson und Lydia, ihre rechte Hand, taten alles, was sie konnten, um das Haus sauber zu halten, und schauten jeden, der es wagte, ins Haus einzutreten, böse an.

An diesem Morgen hatte Mrs. Hudson die Fenster geöffnet, um unser Wohnzimmer zu lüften, und das Licht ließ den polierten Fußboden glänzen. Dieses unwiderstehliche Gefühl von Möglichkeiten, das in der Luft lag, erwärmte mein Herz. Als Langschläfer hatte ich mich erst kurz nach zehn Uhr an mein Frühstück aus Toast und Kaffee gesetzt, als Holmes aus seinen Grübeleien erwachte und an meine Seite trat.

„Guten Morgen, mein lieber Watson“, sagte er fröhlich.

„Holmes“, antwortete ich.

„Haben Sie heute Morgen schon irgendwelche Pläne?“

„Ich habe noch ein paar Briefe zu schreiben und den Roman, den ich gestern Abend angefangen habe.“ Ich muss zugeben, meine Pläne waren etwas fadenscheinig, verglichen mit allem, was Holmes möglicherweise vorhaben könnte.

„Gut“, sagte er. „Ich habe hier ein Rätsel, das Sie interessieren wird. Eine Fortsetzung, wenn man so mag, zu unserer kleinen *Studie in Scharlachrot.* Sie waren so gütig, Ihr ausdrückliches Interesse an meiner Arbeit auszudrücken und sie zur Motivation für die zukünftige Jugend aufzuzeichnen. Bei dieser Gelegenheit könnte ich also möglicherweise von Ihrem Ratschlag profitieren. Wer weiß? Vielleicht befinden wir uns, noch ehe die Sonne untergeht, bereits in einer schwierigen Lage. Die echte Welt mit ihren Biegungen und Wendungen ist so viel sonderbarer als die zwischen ein paar Seiten. Ich würde sogar so weit gehen zu sagen: Es wäre der Bildung zuträglicher, ein paar Monate damit zu verbringen, die Annalen von Straftaten zu studieren, als eine Mitgliedschaft bei der Bücherei abzuschließen.“

Holmes reichte mir die Zeitung, über der er gerade brütete. „Lesen Sie es vor“, bat er. „Vielleicht gelangen wir so zu neuen Erkenntnissen.“

Ich schenkte mir etwas Kaffee ein, nahm einen Schluck und las sodann die erste Seite des aktuellen *Daily Telegraph:*

18. Mai 1890 DAILY TELEGRAPH

# DIEBSTAHL IM NATURAL HISTORY MUSEUM

Ein Dieb ist in das Natural History Museum eingebrochen. Die Tat fand am frühen Samstagabend statt, kurz nach Schließung des Museums um achtzehn Uhr. Während seiner Kontrollrunden bemerkte Mr. Miles Merton, einer der diensthabenden Museumswächter, dass eines der Fenster eingeschlagen worden war. Aufgrund der Schreie von Mr. Merton kamen einige Kollegen und ein junger Polizist dazu, der gerade auf den Straßen von Kensington patrouillierte.

Eine ausgiebige Untersuchung der Mineralogischen Sammlung, der betroffenen Ausstellung, wurde daraufhin vorgenommen. Dabei wurde Mr. Charles Wright, ein weiterer diensthabender Museumswächter, bewusstlos aufgefunden. Mr. Wright wies eine Schlagverletzung auf, hatte aber ansonsten keine weiteren Verletzungen. Er konnte den Ermittlern nur wenige Informationen über den Hergang des Diebstahls geben. Mr. Wright hatte wie in den letzten vier Jahrzehnten seine Runden gemacht, als er, durch das Geräusch einer Pfeife aufmerksam geworden, nach hinten sah. Kaum drehte er sich um, wurde er am Kopf getroffen, weshalb er seinen Angreifer nicht identifizieren kann.

Die Beamten sind ratlos. Trotz des unschätzbaren historischen und wissenschaftlichen Werts der Museumssammlungen scheint nichts gestohlen worden zu sein. Sofort wurde eine Bestandsaufnahme vorgenommen, und alle Ausstellungsstücke wurden notiert. Vor allem die neue Mineralogische Ausstellung verfügt über eine der umfangreichsten Sammlungen weltweit von seltenen und ausländischen Edelsteinen und Erdmetallen. Viele der Ausstellungsstücke sind Leihgaben von ausländischen Regierungen und privaten Sammlern.

Im Interesse der öffentlichen Sicherheit und um weitere Kratzer auf dem Holzboden des Museums zu verhindern, räumten die Museumsangestellten die Glasscherben des zerbrochenen Fensters rasch weg. Daraufhin wurde das Fenster eingehend untersucht. Obwohl das Fenster groß genug ist, dass ein Erwachsener hindurchsteigen könnte, gibt es keine Spuren, die nach außen oder nach innen führen. Daher kann nicht genau bestimmt werden, ob dies die Tat eines oder mehrerer Täter ist.

Sowohl der Polizist als auch die Museumswächter berichteten von einer Zunahme der Fußgängerfrequenz durch Touristen, Schüler und Einwohner rund um Kensington. Wie so viele andere öffentliche Institutionen auch erlebte das Museum aufgrund der letzten starken Regenfälle, Überschwemmungen und Straßenüberflutungen einen deutlichen Anstieg der Besucherzahlen.

Das Museum ist seitdem wieder für die Allgemeinheit geöffnet, wenngleich die Schutzmaßnahmen verstärkt wurden: Museumsbeamte haben die Sicherheit in der Ausstellung erhöht, um weitere Straftaten zu verhindern.

Diese Zeitung ist der Meinung, dass es gut ist, die Schutzvorkehrungen zu erhöhen, da es höchst sittenwidrig ist, Bildungseinrichtungen wie das Natural History Museum dermaßen zu zerstören und die öffentlichen Bediensteten einer solch sinnlosen Brutalität auszusetzen. Dieser Angriff ist ohne Frage politisch motiviert. Ein Angriff auf das Museum ist ein Angriff auf die globale Macht, für die es steht. Daher muss jedwede Anstrengung unternommen werden, um die Straftäter ausfindig zu machen und zu fassen und so derartige Akte der Grausamkeit in Zukunft zu unterbinden.

„Was halten Sie davon?", fragte Holmes, als ich zu Ende gelesen hatte.

„Diese Sache ergibt für mich keinen Sinn", antwortete ich, während ich den Artikel noch einmal kurz überflog. „Der Täter wartet, bis das Museum geschlossen ist, ehe er die Tat begeht. War das überhaupt ein Einbruch? Er oder sie bricht in das Museum ein, greift einen Museumswächter an und verschwindet, ohne auch nur einen der unbezahlbaren Gegenstände mitzunehmen. Es gibt keinen Hinweis auf einen Täter. Vielleicht bekam der Möchtegern-Dieb Angst, als der andere Wächter kam – wie war noch mal sein Name … Merton? Es scheint, als sei kein Schaden angerichtet worden, abgesehen von einem zerbrochenen Fenster und Wrights Kopfwunde. Warum also darüber berichten?"

„Watson", überlegte Holmes, „Sie müssen die gedruckten Wörter genauer untersuchen. Die Dinge sind selten so, wie sie scheinen, wenn es um die Gedanken eines Kriminellen geht."

„Ich habe ein paar Vermutungen", fuhr er fort. „Aber es ist ein

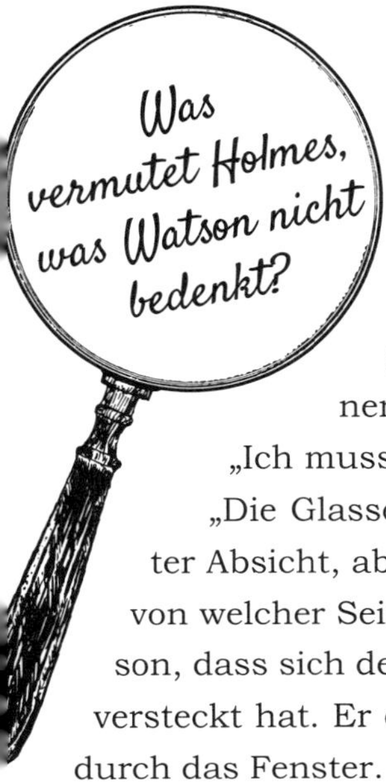


fataler Fehler, sich bereits auf eine zu konzentrieren, bevor wir alle Beweise haben. Lassen Sie uns einmal überlegen, was wir bisher wissen. Das Fenster wurde ohne Frage eingeschlagen, aber wer weiß, ob es von innen oder von außen kaputt geschlagen wurde?“

„Ich muss zugeben, ich kann Ihnen nicht folgen.“

„Die Glasscherben wurden entsorgt, vermutlich in bester Absicht, aber wir können nun nicht mehr herausfinden, von welcher Seite eingebrochen wurde. Nehmen wir an, Watson, dass sich der Straftäter nach der Schließung im Museum versteckt hat. Er oder sie verübte den Angriff und floh sodann durch das Fenster. Die Tatsache, dass am Tatort kein Matsch zu finden war, würde diese These unterstützen.“

„Aber die Museumswächter hätten den Täter doch sicher während ihrer Kontrollrunden entdeckt?“

„Denken wir einmal weiter. Was ist die Begründung für einen Einbruch, wenn nicht Diebstahl? Das Museum ist gut geschützt – sowohl von innen als auch von außen. Nachdem Mr. Merton den bewusstlosen Mr. Wright aufgefunden hat, schlägt er Alarm, woraufhin mehrere weitere Museumswächter und ein Polizist sofort zu ihm an den Tatort eilen. Das Museum nimmt an, dass nichts entwendet wurde. Was, wenn der Täter nichts aus dem Museum stehlen wollte?“

„Ich verstehe“, sagte ich. „Aber warum? Und wer?“

„Es wäre unbedacht, weitere Spekulationen anzustellen, ehe wir mehr wissen. Ich glaube, wir sollten uns Kensington mal ansehen. Das Wetter ist mittlerweile bedeutend schöner, auch wenn es draußen nach wie vor matschig ist. Ich würde mir gerne etwas die Beine vertreten. Warum gehen wir nicht einen Teil des Weges zu Fuß?“

Ich verzog das Gesicht bei diesem Vorschlag. Schon die ganze Woche über hatte ich wegen des feuchten Wetters so einen dumpfen Schmerz von meiner alten Wunde gespürt. Ich seufzte und griff nach meinem Mantel.

Unten klingelte es an der Tür, und wir hörten, wie Mrs. Hudson sie öffnete. Es dauerte nicht lange, da kam jemand die Treppe hochgerannt. Ein Junge händigte Holmes ein Telegramm aus und hinterließ eine Matschspur. Mrs. Hudson jagte ihm mit einem Besen nach, Lydia wiederum folgte mit ihrem Besen Mrs. Hudson.

Wie viele andere Nachrichten, die in der Baker Street übergeben wurden, war auch diese von Inspektor Lestrade, dem berühmten Detektiv, der so häufig den Rat meines Freundes einholte. Der Inhalt hatte jedoch eine merkwürdige Wirkung auf Holmes – untypischerweise runzelte er die Stirn.

„Seltsam“, murmelte er. „Warum sollen wir ihn ausgerechnet dort treffen?“

Kurzerhand übergab Holmes dem Straßenbengel eine weitere Nachricht, und ich war anständig genug, keinen kurzen Blick in diese Nachricht zu riskieren. Das Schreiben war offensichtlich nicht wie alle anderen, die Holmes sonst erhielt. Unsere Pläne sollten verschoben werden. Er zeigte mir die folgende Nachricht, aber sie ergab in meinen ungeübten Augen keinen Sinn:

**POSTAL TELEGRAPH** **COMMERCIAL CABLES**

**TELEGRAM**

Telegraph-Cable transmits and delivers this message subject to the terms and conditions printed on the back of this blank.

COUNTER NUMBER. | TIME FILED. M. | CHECK.

*Send the following message, without repeating, subject to the terms and conditions printed on the back hereof, which are hereby agreed to.*

FÜR HOLMES STOPP ICH BENÖTIGE HILFE STOPP
NEHMEN SIE DIE NÄCHSTMÖGLICHE ABFAHRT STOPP
CHAOS MIT KINDERN STOPP HIER IM PUB STOPP
LESEN SIE GENAU STOPP EIN HAUPT DAS EINE
KRONE DRÜCKT RUHT SCHWER STOPP YORK ST JOHN
UNIVERSITY LESTRADE STOPP

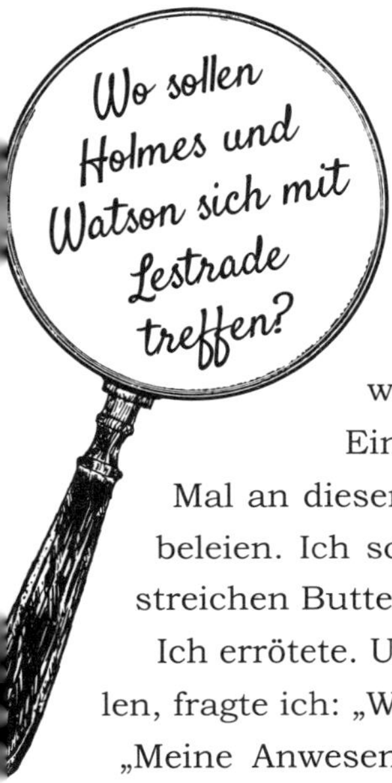


Holmes blickte auf seine Uhr, kehrte zurück zu seinem Sessel, zog seine langen Beine an und schien mich gänzlich vergessen zu haben. Ich widmete mich wieder meinem Frühstück. Aber meine Neugierde war so überwältigend groß, dass ich weder wusste, was ich da gerade aß, noch, wie es schmeckte. Eine Viertelstunde verging, und zum zweiten Mal an diesem Morgen erwachte Holmes aus seinen Grübeleien. Ich schaute ihn fragend an, als er bemerkte: „Sie streichen Butter auf Ihren Speck, mein lieber Watson."

Ich errötete. Um meine Verlegenheit möglichst zu überspielen, fragte ich: „Wo sollen wir uns mit Lestrade treffen?"

„Meine Anwesenheit wird in Finchley dringend gebraucht", fuhr er fort. „Ihre wäre in höchstem Maße wertgeschätzt, wenn Sie sie entbehren können. Dass Lestrade ein Telegramm schickt, ist nicht ungewöhnlich – er ist immer so ratlos. Außerdem weiß er, dass ich mich nicht mit unnötigen Nettigkeiten aufhalte. Etwas Schreckliches muss passiert sein. Ich verspreche, auf unserem Weg alles zu offenbaren, was ich weiß."

„Finchley?", hakte ich bei Holmes nach. „Wie haben Sie das aus dem Telegramm herauslesen können? Nichts dergleichen wird darin erwähnt."

„Ah, Watson", antwortete Holmes. „Lestrade ist einer von der vorsichtigen Sorte. Er scheint das Gefühl zu haben, den Treffpunkt geheim halten zu müssen. Warum? Ich bin mir sicher, er hat seine Gründe. Schauen Sie sich das Telegramm ganz genau an, vor allem die Buchstaben am Anfang jedes Satzes. Sie sagen uns, wo wir hingehen sollen. Würde dieses Telegramm allerdings in die falschen Hände geraten, wäre die Nachricht bedeutungslos."

„Jetzt erkenne ich es auch", sagte ich. „Aber warum diese Heimlichtuerei? Und was sollen wir wegen des Diebstahls im Museum machen?"

„Gregson wird sich für uns darum kümmern. Ich habe ihm gesagt, was zu tun ist. Wir können leider nicht viel machen, bis wir mehr wissen. Lestrade und Gregson sind so gut, wie man es von Scotland Yard erwarten kann: konventionell, aber effizient und reaktionsschnell. In der Zwischenzeit werden wir bei den herrlichen Grünflächen in Finchley erwartet. Ein kleiner Ausflug nach Middlesex wird uns sicherlich von unserem Frühjahrs-Blues befreien. Packen Sie ein paar Dinge ein. Noch wissen wir nicht, was uns erwartet.“

Ich war so bereit wie schon lange nicht mehr, aber Holmes war schneller an der Tür. Als wir an der Garderobe vorbeikamen, zeigte ich kurz auf die Mütze, die ganz oben hing.

„Die werde ich nicht aufsetzen“, bemerkte Holmes.

„Aber Sie haben einen Ruf zu wahren“, beharrte ich.

„Wie Sie sich vielleicht erinnern: Ich habe während der gesamten Ferguson-Affäre keine Deerstalker-Mütze getragen. Eigentlich haben Sie mir diese Mütze doch nur aus einer Laune heraus mitgebracht.“

Ich war entschlossen, meinen Willen durchzusetzen, und Holmes erkannte anhand der eisernen Entschlossenheit in meinen Augen, dass er diesen Kampf nicht so ohne Weiteres gewinnen würde.

„Na schön, Watson“, sagte er. „Ich trage die Mütze, wenn Sie einen meiner kleinen Tests bestehen. Ich werde Ihnen ein Rätsel aufgeben, und Sie haben nur einen Versuch, es zu lösen. Wenn Sie es nicht schaffen, werden Sie meine Mütze nie wieder erwähnen.“

„Einverstanden“, sagte ich, bereit, Holmes zu geben, was er verdiente.

Wir besiegelten die Abmachung mit einem Handschlag.

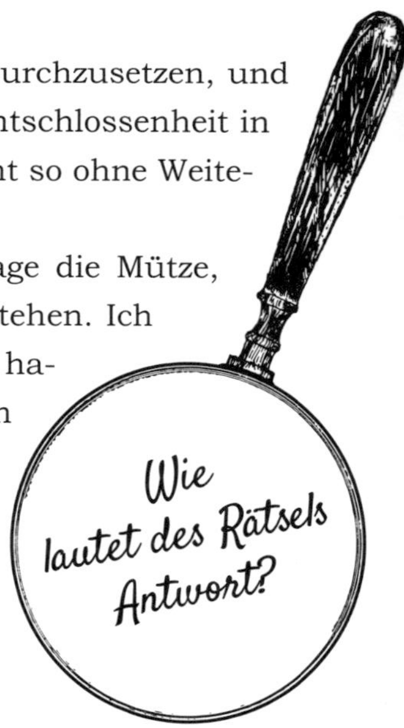

„In meiner Jugend stand ich aufrecht und gerade, doch mit zunehmendem Alter wurde ich klein und stummelig. Aber die Tränen für meine verlorene Jugend vergehen nicht so schnell. Zu wissen, dass mein Leben den Menschen um mich herum Klarheit verschaffte, nimmt mir die Angst, in die Dunkelheit zu gleiten. Wer bin ich?“

Mit weit aufgerissenen Augen starrte ich Holmes an. Wie könnte die Antwort lauten? Meine Gedanken rasten, und auf meiner Stirn sammelten sich Schweißperlen.

Holmes grinste und war bereits dabei, die Mütze wieder zurück auf die Garderobenstange zu hängen.

„Eine Kerze“, rief ich. „Bevor sie angezündet wird, steht eine neue Kerze aufrecht und gerade und wird kürzer, je länger sie angezündet ist. Während sie brennt, weint sie Tränen aus Wachs und wirft Licht auf diejenigen, die sonst im Dunkeln sitzen. Dadurch können sie etwas sehen, bis die Kerze niedergebrannt ist.“

„Gut gemacht, Watson“, seufzte Holmes. „Abmachung ist Abmachung.“

Er setzte die Mütze auf, und wir schlenderten die Treppen hinunter und verließen die Baker Street 211B.

„Watson, wir haben zwei Möglichkeiten, um zu unserem Treffen mit Lestrade in Finchley zu gelangen: entweder mit dem Zug oder mit der Kutsche. Welches Verkehrsmittel nehmen wir? Offensichtlich ist eines davon besser geeignet.“

*Wenn Sie der Meinung sind, dass Holmes und Watson den Zug nehmen sollten, fahren Sie auf Seite 31 fort.*

*Wenn Sie der Meinung sind, dass Holmes und Watson die Kutsche nehmen sollten, fahren Sie auf Seite 69 fort.*

# In der Dunkelheit

Die Kutsche brachte uns zum Ort des Geschehens. Wir hatten Glück, dass Lestrade uns eine Karte mit einer sehr präzisen Wegbeschreibung gegeben hatte, denn es gab ansonsten nichts, was den letzten Standort der Bracewell-Kutsche markiert hätte. Holmes und ich stiegen aus unserer Kutsche aus und untersuchten die Umgebung – augenblicklich klebte der Matsch an unseren Schuhen und dem Saum unserer Hosen. Hin und wieder streckte Holmes seine Hand aus, um mich davon abzuhalten, auf bestimmte Stellen zu treten – obwohl mir nichts Bemerkenswertes auffiel. Und mal drehte er sich und schwang sich herum und folgte Fußspuren, die nur er wahrnahm.

„Ich habe eine gute Vorstellung davon, was sich zwischen Miss Forman und dem Täter abgespielt hat. Die Kutsche hielt genau dort, wo Sie jetzt stehen“, führte Holmes aus.

„Miss Forman stieg aus der Kutsche aus und lief zur Vorderseite der Kutsche – aber nicht direkt. Das lag vermutlich am starken Wind und dem Regen. Sie stand eine Weile neben dem Fahrer: Man kann noch die Reste eines Abdrucks ausmachen, hier, nahe der Stelle, an der ich jetzt stehe. Der Baum hat ihn vor Regen und Wind geschützt – sehen Sie? Und hier sind weitere Abdrücke. Sie hören im Rasen auf – nur wenige Schritte von der Stelle entfernt, wo die Bracewell-Kutsche hielt. Wir können lediglich vermuten, dass sie dem Täter gehören.“

„Aber es gibt etwas, das ich nicht verstehe“, fügte er hinzu. „Der Tatort ist nicht ganz so, wie ich es erwartet hatte.“

„Wie meinen Sie das?“

„Ich habe eine vorläufige Hypothese, die ich mit Ihnen teilen werde, noch ehe die Sonne untergeht. Kommen Sie, Watson, las-

*Welche Straße sollten sie nehmen, um zum Haupttor von Westwood Manor zu gelangen?*

sen Sie uns den schnellsten Weg nach Westwood Manor finden.“

„Am schnellsten geht es über die Totteridge Lane“, sagte ich und zeigte auf die Karte und die Notizen, die ich bisher gemacht hatte. Als der Himmel aufklarte, machten wir uns auf den Weg. Mit dem Gesang der Vögel stieg auch meine Laune. Nach einem Spaziergang von zwei Meilen ohne Zwischenfälle erreichten wir bald das mit dem Bracewell-Wappen verzierte, schmiedeeiserne Tor.

Nachdem wir uns hindurchgewagt hatten, stießen wir auf eine kleine eiserne Karte, in die die verschiedenen Orte des Anwesens eingraviert waren. Ich pauste die Karte schnell ab *(Seite 18)*, um zu verhindern, dass wir uns verlaufen, aber auch, um es als kleines Andenken an dieses Geheimnis behalten zu können.

Nach einem fünfzehnminütigen Spaziergang ragte vor uns das große Gutshaus aus dem zwölften Jahrhundert auf. Westwood Manor war ein schönes Anwesen, das von Schlichtheit und Zweckmäßigkeit zeugte. Viele der riesigen und im nachmittäglichen Sonnenschein glänzenden Fenster standen offen, um etwas frische Luft ins Haus zu lassen. Die Steinstufen hinauf zum Haupteingang waren so makellos sauber, dass ich mich ziemlich schämte, sie mit meinen matschigen Stiefeln zu beschmutzen. Holmes wiederum teilte meine Hemmungen nicht. Ein Bediensteter des Hauses öffnete die Tür und führte uns umgehend in den Flur.

Es war offenkundig, dass Lord Bracewell uns erwartete. Während der Bedienstete uns kurz allein ließ, um unsere Ankunft anzukündigen, ließen wir die ungeheure Größe des Hauses auf uns wirken – mit seiner kuriosen Vielzahl an Kunstwerken und Ornamenten, die uns umgaben, die sich über Generationen hinweg auf Reisen angesammelt haben mussten: Bumerangs und kleine Bastbeutel von australischen Aborigines waren neben Schutzschilden, Didgeridoos und Nazcan-Porzellan ausgestellt.

„Was für eine Schatzkammer!“, rief ich. „Ich frage mich, ob unser Täter auf diese Artefakte aus war. Manche dieser Keramiken und Waffen sind unbezahlbar!“

Holmes legte seinen Finger an seine Lippen: „Bis jetzt wissen wir nicht, wer was weiß. Wissen alle im Haus, dass die Kinder möglicherweise entführt wurden? Und dass Mullins tot ist? Jeder könnte involviert sein.“

*Was hat Holmes seit seiner Ankunft bemerkt, das hier nicht stimmt?*

„Hm, irgendetwas stimmt hier nicht."

„Und was soll das sein, Holmes?", überlegte ich laut.

„Sie kennen meine Methoden, Watson. Wenden Sie sie an."

Ich schaute mir die Gegenstände in der Schatzkammer an, aber ich konnte einfach nicht erkennen, was meinen Freund so beschäftigte. Ich konnte es noch so sehr versuchen, aber ich konnte ihn nicht mit seinen Augen sehen.

„Alles hier ist aus Australien. Warum also findet sich in dieser Sammlung auch Keramik aus der peruanischen Nazca-Kultur?", erklärte er, während er eines der Gefäße in die Hand nahm.

„Die Bracewells sind eine globale Handelsfamilie", sagte ich. „Es sollte also niemanden verwundern, dass sie Sammelstücke aus aller Welt besitzen."

„Möglicherweise", entgegnete Holmes. „Aber ist es nicht seltsam, dass es von den Nazca nur dieses eine Gefäß gibt?"

In diesem Augenblick kam der Bedienstete wieder zurück. „Sind Sie schon einmal auf Westwood Manor gewesen?", fragte er.

„Nein", gab ich zurück. „Dieses Privileg hatten wir bisher noch nicht."

„Dann erlauben Sie mir bitte, Sie etwas herumzuführen."

Er führte uns durch ein Labyrinth von Zimmern bis hinein in den Speisesaal, wo er plötzlich stehen blieb.

„Der Rohbau dieses Hauses stammt aus dem zwölften Jahrhundert. Offensichtlich wurden über die vielen Jahre einige Bereiche erweitert und renoviert. Die Familie Bracewell gehört zu den ältesten dieser Gegend. Die Porträts der Bracewells gehen viele Generationen zurück und wurden erst vor Kurzem aufwendig konserviert. Die Bilder hängen zu beiden Seiten des Familienwappens in der großen Galerie. Das Familienwappen wurde dem ersten Lord Bracewell von William II., Sohn von William dem Eroberer, überreicht. Die Porträts in diesem Zimmer sind neuere.“

Er zeigte auf den hinteren Teil der Halle, wo sich ein großes Buntglasfenster von seiner Umgebung abhob. Das prächtige Fenster zeigte ein einzelnes angelegtes Schiff, das rundum von Wasser umgeben war.

„Dieses Fenster ehrt die Verbindung der Familie zum globalen Handel. Es befindet sich in der Wand, die gen Norden ausgerichtet ist. Das Fenster befindet sich zutreffenderweise an der nördlichen Wand, da es eine Szene mit dem Polarstern darstellt, der bereits vielen Schiffen den Weg in sichere Häfen geleuchtet hat. Der Urgroßvater des aktuellen Lord Bracewell hängt hinter uns, über dem Eingang zur Halle; Bracewells Großvater hängt rechts neben den britischen Schwerten und Schilden, die er gesammelt hat; sein Vater hängt vor uns an dem Ehrenplatz unter dem Fenster; und der gegenwärtige Lord Bracewell hängt auf der linken Seite zwischen den Artefakten, die er auf seinen Reisen gesammelt hat, inklusive einer Sammlung handgezeichneter Karten. Er hat immer gesagt, dass sie seine Quelle der Inspiration sind.“

Holmes war kein Kunstliebhaber, dennoch untersuchte er die Gemälde genau. Während wir die Bracewells betrachteten, fiel uns eine frappierende Ähnlichkeit zwischen allen auf: Das teuflische Aussehen des Großvaters ließ etwas Boshaftes erkennen, er starrte uns mit seinen zornigen Augen an, als seien wir Eindringlinge. Der gegenwärtige Bracewell war ein großer, schlanker und gut aussehender Mann und schien in seinen späten Zwanzigern zu sein. Das Gemälde war vermutlich angefertigt worden, kurz nachdem er das Erbe des Anwesens angetreten hatte. In formeller Kleidung und mit einem Schwert stand er vor einem Kamin, den Griff in der rechten, die Klinge leicht ruhend auf seiner linken Hand. Das Familienwappen der Bracewells war auf einem Banner hinter ihm zu sehen.

Der Bedienstete führte uns weiter in ein gut gelüftetes Arbeitszimmer – ein Zimmer, das Sauberkeit, Komfort und Ehrenhaftigkeit ausstrahlte – und sagte uns, dass Lord Bracewell augenblicklich bei uns sein würde. Die Holzoberflächen schimmerten unter der Politur, auf dem Kaminsims befanden sich nur einige wenige ausgewählte Ornamente und Bilder. Regale, die voll mit Büchern waren, säumten die Wände. Holmes bemerkte die sonderbare Platzierung eines der Bücher. Mir selber fiel nichts Eigenartiges auf. Nach einigem Fragen erklärte Holmes knapp, dass die Bücher weder alphabetisch nach Autoren noch nach Titeln geordnet waren. Ich war mir der methodischen Art meines Freundes sowie seiner Desorganisation bewusst und verstand seine Besorgnis.

Unsere Umgebung ließ mich schrecklich fehl am Platz fühlen, doch mein Gefährte hing ganz seinen Gedanken hinterher. Lord Bracewell trat in den Raum und bedeutete uns, Platz zu nehmen. Er war ein paar Jahre älter als auf seinem Porträt, doch er hatte noch immer ein attraktives Gesicht, obschon es von Zeit und Trauer gezeichnet war, und nach wie vor einen natürlich-athletischen Körperbau.

„Dr. Watson“, sprach er mich an. „Ich muss Ihnen zu Ihrer wunderbaren Erzählung der Jefferson-Affäre gratulieren. Ich habe das Buch nicht aus der Hand legen können. Ich habe es auch schon an meine Kinder weitergegeben – sie waren absolut begeistert. Können wir uns auf eine Fortsetzung freuen?“

Es war mir nicht unangenehm, zuzugeben, dass ich über dieses Kompliment sehr erfreut war. Doch noch ehe ich darauf eingehen konnte, wandte er sich meinem Freund zu: „Und, Mr. Holmes, ich wusste bereits, lange bevor ich diese Erzählung gelesen habe, von Ihren außergewöhnlichen Fähigkeiten. Vom Hörensagen weiß ich, wie Sie dem armen Reginald Musgrave bei seiner Familienangelegenheit geholfen haben. Es ist mir eine Ehre, Sie beide kennenzulernen. Nun, da Sie, Holmes und Watson, sich um die Sache kümmern, weiß ich meine Kinder in den besten Händen.“

Holmes verneigte sich.

„Meine Angestellten und ich stehen Ihnen stets zur Verfügung. Wir würden uns freuen, während Ihrer Ermittlungen Ihr Gastgeber zu sein."

„Vielen Dank für die Gastfreundschaft. Wir werden unser Bestes tun, um Ihrer Freundlichkeit würdig zu sein. Können Sie uns etwas über den verstorbenen Harry Mullins erzählen? Seit fünf Jahren war er bei Ihnen angestellt, ist das korrekt?"

„Fast fünf Jahre, ja. Nach dem Tod meiner Frau entpuppte er sich als unverzichtbares Mitglied unseres Hauses, und ich schätzte ihn als engen persönlichen Freund. Ich habe ihm in allen Belangen vertraut und hatte nie Anlass zur Beschwerde. Sein Tod ist umso bedauerlicher, da er bereits plante, uns zu verlassen, um sich um seine alternden Eltern zu kümmern."

„Fällt Ihnen irgendjemand ein, der ihm möglicherweise schaden wollte?"

„Absolut niemand. Er schien in der ganzen Zeit, in der ich ihn kenne, nie in irgendwelche Streitereien verstrickt gewesen zu sein. Ich wollte ihm eine Stelle in einem kleinen Laden in der Nähe seines Elternhauses anbieten."

„Wie würden Sie das Verhältnis zwischen Ihren Kindern und Mullins beschreiben?"

„Sie vertrauten ihm vorbehaltlos – so wie ich. Immer wieder erwies er sich als äußerst fähiger Angestellter. Ich konnte mich darauf verlassen, dass er mich bei zahlreichen Angelegenheiten stets gut vertrat. Dasselbe gilt jedoch nicht für unseren Hund: Er verabscheute den Mann und war in seiner Umgebung schwer zu bändigen."

„Wissen Sie, warum Ihr Hund sich so verhielt?"

„Ich habe keine Ahnung."

„Haben Sie eventuell eine Idee, wo Ihre Kinder gerade sein könnten?"

„Nein, leider nicht. Die Zwillinge stehen sich ziemlich nahe und beschützen sich gegenseitig. Ich bin mir sicher, dass der eine alle Anstrengungen unternehmen würde, um sicherzustellen, dass dem anderen nichts zustoßen wird, sollten sie jemals in Gefahr geraten."

„Haben Sie etwas von den Entführern gehört?"

„Bis jetzt habe ich keine Nachricht erhalten. Mein Butler Jeffrey wird mich umgehend informieren, falls sie sich melden sollten."

„Lestrade sagt uns, dass die Kutsche bei der Polizeidienststelle steht, wo wir auch Mullins' Leichnam finden werden."

„Von diesem Haus aus brauchen Sie etwa dreißig Minuten bis zur Wache, sie ist nicht weit vom Fundort der Kutsche entfernt. Sie können einen direkteren Weg nehmen und ein paar Minuten sparen, wenn Sie durch das Nordtor gehen. Jeffrey wird Sie mit allem versorgen, was Sie brauchen." Lord Bracewell gab uns zum Abschied die Hand, bevor er die Glocke läutete. Der Siegelring an seinem Finger gab einen leisen Ton von sich, als er die Metallglocke berührte. „Kann ich Sie noch um zwei Gefallen bitten?"

„Aber selbstverständlich", antwortete Holmes.

„Können Sie mich über alle Entwicklungen auf dem Laufenden halten? Seit dem Tod meiner Frau sind die Kinder alles, was mir noch geblieben ist."

„Ich verspreche Ihnen, dass wir Ihre Kinder zurückbringen werden", sagte Holmes. „Wie lautet Ihre zweite Bitte?"

„Können Sie dafür sorgen, dass die Kutsche hierher zurückgebracht wird, sobald Sie Ihre Ermittlungen abgeschlossen haben?

Ich nehme an, dass sie für genau diesen Zweck in der Dienststelle aufbewahrt wird."

„Natürlich", antwortete Holmes.

Während wir auf Jeffrey warteten, studierte Holmes noch einmal die Bücherregale und machte sich ein paar Notizen in seinem Notizbuch.

„Holmes, was haben Sie entdeckt?", fragte ich.

„Mir fiel auf, dass auf dem Bücherregal dort drüben neun Bücher stehen, aber nur eines davon steht auf dem Kopf. Was sehen Sie, Watson?"

„Nun, Holmes, ich sehe eine Sammlung von Büchern, mehr nicht."

„Watson, mein lieber Freund. Erinnern Sie sich an das Telegramm von Lestrade? Schauen Sie sich die Bücher vor diesem Hintergrund noch einmal an."

Ich schaute mir das Regal ein zweites Mal an und fühlte mich einfältig, wie ich da so lange auf das Bücherregal starrte. Der Reihe nach standen dort: *Wuthering Heights* von Emily Brontë, *Emma* von Jane Austen, *Moby Dick* von Herman Melville, *Italy* von Germaine de Staël, *The Scarlet Letter* von Nathaniel Hawthorne, *School Days* von Tom Brown, *On Liberty* von John Stuart Mill (dieses stand auf dem Kopf), *Oliver Twist* von Charles Dickens und *Uncle Tom's Cabin* von Harriet Beecher Stowe.

Dann fiel mir die Lösung ein.

„Wenn man die ersten Buchstaben der Titel betrachtet, steht dort ‚we miss you' – ‚wir vermissen dich'. *On Liberty* hat mich zunächst etwas verwirrt, da es auf dem Kopf steht. Aber von diesem Titel sollen wir das Y nehmen und nicht das O. Sieht so aus, als würden die Kinder ihren Vater vermissen?"

In diesem Moment traf Jeffrey ein.

Der Butler geleitete uns aus dem Haus hinaus. Sein Verhalten gab uns deutlich zu verstehen, dass er den Anweisungen seines Arbeitgebers zwar Folge leisten würde, ihm dies aber selbst nicht gefiel.

Auf unserem Weg zur Polizeidienststelle blickte Jeffrey immer wieder auf seine makellos polierten Schuhe nieder und versuchte, Pfützen, so gut es ging, zu umgehen. Die Wache war nur etwa anderthalb Meilen von Lord Bracewells Anwesen entfernt, aber so wie ich Jeffrey von Gasse zu Gasse folgte, verlor ich sämtliche Orientierung, sobald wir wieder auf der Totteridge Lane waren.

„Hier“, sagte er. Ein Schild über der Tür zeigte uns an, dass wir unser Ziel erreicht hatten. Der Türklopfer war ganz steif, da er vermutlich selten verwendet wurde, und erzeugte kaum einen Laut.

„In dieser Gegend gibt es kaum Kriminalität“, erklärte Jeffrey. Er rüttelte an der Tür, und als auch das unbeantwortet blieb, hämmerte er mit der Faust dagegen.

Ein dickbäuchiger Polizist öffnete uns die Tür – sein Blick wanderte von einem zum nächsten. „Was wolln Sie?“

„Wir sind hier, um uns die Kutsche anzusehen, die letzte Nacht zu Ihnen gebracht wurde“, antwortete Holmes.

„Was für ’ne Kutsche? Ich weiß von keiner.“

„Uns wurde versichert, dass wir sie hier in dieser Dienststelle finden würden.“

„Wer hat Ihnen das versichert? Wer sind Sie?“

Dann trat Jeffrey vor und stellte uns einander vor. Holmes’ Name erzielte eine unmittelbare Wirkung auf den Polizisten: Seine Gereiztheit wich Staunen.

„Mr. Sherlock Holmes!“, rief er. „Was führt Sie zu unserer bescheidenen Dienststelle?“

„Wie ich bereits sagte, ich hoffte, ich könnte einen Blick auf die Kutsche werfen, die zu Ihnen gebracht wurde. Ich würde mir außerdem gerne den Leichnam von Harry Mullins ansehen.“

„Natürlich. Der Leichenbeschauer war noch nicht da.“

„Hervorragend“, sagte Holmes. „Mein Kollege hier war Arzt beim Militär und kann uns sicher alles über die Todesursache und den Todeszeitpunkt sagen.“

Ich errötete bei dem Kompliment, doch Jeffrey und der Polizist – der einzige in dieser Dienststelle – schauten mich misstrauisch an. Der Polizeibeamte führte uns durch eine Hintertür auf einen Hinterhof, wo eine einzelne Kutsche stand – die beiden Pferde waren in einem provisorischen Stall an der Seite untergebracht.

„Es tut mir leid, Ihnen die Kutsche in solch einem schändlichen Zustand zu zeigen. Sie ist von oben bis unten mit Matsch bespritzt, und wir müssen sie noch reinigen“, sagte der Polizeibeamte, holte ein Tuch aus seiner Hosentasche und fing an, die Kutsche von außen abzuwischen.

„Darüber bin ich sehr erfreut!“, sagte Holmes, und der Mann hörte auf zu wischen.

Holmes lief um die Kutsche herum, hockte sich abwechselnd hin und streckte seine langen Beine aus und stellte hier und da Spuren auf dem Holz der Kutsche fest. Das Familienwappen der Bracewells war, wie fast alles andere an der Kutsche auch, von getrocknetem Matsch überzogen. Neben der Fahrerkabine hielt Holmes inne und musterte die Oberfläche. Er holte eine ausgebrannte Bolivar-Zigarre und einen kleinen Stoffbeutel aus der Kabine und bemerkte das Wappen, das in das Paneel eingeritzt war, hinter dem Miss Forman ihr Tagebuch versteckt hatte. Er lächelte zufrieden. Ich versuchte, es ihm nachzumachen, aber die Kutsche war mit bloßem Auge nahezu uninteressant.

Holmes’ Untersuchung des Beifahrersitzes fiel bedeutend kürzer aus. Er verschwand nur für einen kurzen Augenblick, ehe er wieder hinter der Kutsche hervorkam und bemerkte: „Alle Spuren wurden verwischt. Das ist wirklich ungünstig. Nun gut, Watson, mir ist jedoch etwas Interessantes aufgefallen. Erinnern Sie sich an den seltsamen Abdruck im Matsch, dort, wo wir bei Ankunft am Tatort zuerst gestanden haben?“

Ich schaute Holmes veständnislos an.

„Da war der Abdruck eines Schlüsselkopfes, der nahe der unteren Stufe der Kutsche im Matsch lag. Falls Sie sich erinnern – ich habe die Hände ausgestreckt, damit Sie nicht drauftreten. Das habe ich mir angesehen. Der Abdruck stimmt mit der oberen Ecke des Wappens in der Kutsche überein. Offensichtlich wurde die Kutsche von außen abgeschlossen. Watson, wir müssen herausfinden, wem dieser Schlüssel gehört. Wenn nämlich Miss Forman die Kinder in der Kutsche eingesperrt hat, wie kamen sie dann wieder heraus?“

Wir gingen zurück zur Dienststelle, wo uns der Polizist in ein Büro führte. Dort lag ein einsamer Leichnam auf einem Tisch aus. Den Gesichtsausdruck von Harry Mullins werde ich nie vergessen. Er war ein Mann von undefinierbarem Alter: Er hätte sowohl fünfunddreißig als auch fünfundfünfzig sein können. Sein rabenschwarzes Haar sah aus wie die Mähne eines Löwen. Aber das, was sich wirklich in mein Gedächtnis einbrannte, waren die Wut und das Entsetzen in seinen Augen. Mullins’ verzerrtes starres Gesicht machte seine körperlichen Züge fast unkenntlich. Ich hatte während meiner Zeit bei der Armee viele Leichen gesehen, aber ich konnte es kaum abwarten, aus diesem Raum zu flüchten und an die frische Luft zu kommen. Es war augenscheinlich, dass er an einer Schussverletzung verstorben war – er war in die Brust geschossen worden –, und ich konnte nicht verstehen, warum Holmes seine geballten Fäuste und offenen Lippen so genau untersuchte.

Nachdem er seine Untersuchung abgeschlossen hatte, ging Holmes zu einem kleinen angrenzenden Tisch, auf dem die persönlichen Gegenstände des Toten ausgelegt waren:

*Welcher Gegenstand ergibt keinen Sinn? Was fehlt? Was hatte Holmes erwartet, unter den am Tatort aufgefundenen Gegenständen zu finden?*

- fünf Streichhölzer und vier Zigaretten in einem goldenen Zigarettenetui mit dem Familienwappen der Bracewells
- vier 20-Schilling-Münzen und 20 Pfund in Banknoten
- ein goldener Ring
- ein Notizzettel mit merkwürdigen Symbolen darauf, signiert mit einem ‚M'
- ein paar Zuckerwürfel, eingewickelt in ein Taschentuch

„Wie überaus merkwürdig", sagte Holmes. „Einer dieser Gegenstände ergibt mit dem, was wir bisher herausgefunden haben, keinen Sinn; ein weiterer fehlt, verglichen mit dem, was uns erzählt wurde; und noch etwas anderes sollte hier sein, lässt sich aber nirgends auffinden."

„Was meinen Sie damit, Holmes?", fragte ich.

„Die Zuckerwürfel, Watson", antwortete Holmes. „In Mullins' Hosentasche fand man Zuckerwürfel, eingeschlagen in ein Taschentuch. Vermutlich als Leckerbissen für die Pferde. Aber wieso haben sie noch immer diese makellose Würfelform, obwohl es so stark regnete? Ein weiterer Hinweis, den es zu verfolgen gilt! Und wo ist das Medaillon mit dem Foto von Mullins' Verlobter? Lestrade erwähnte es. Und zu guter Letzt: Mullins wurde erschossen, aber am Tatort fand man keine Patronenhülse."

„Ich habe mir alles angeschaut, was es anzuschauen gab", sagte er schließlich zu dem Polizisten, nachdem er sich die Symbole auf dem Notizzettel von ‚M' notiert hatte. „Jeffrey wird die Kutsche nach Westwood Manor zurückbringen, wenn Sie sie nicht weiter benötigen."

Wir verabschiedeten uns von dem Polizeibeamten und von dem immerzu ungeduldigen Jeffrey, bevor sie beide zum Hinterhof zurückkehrten.

Als wir die Polizeidienststelle verließen, zeigte Holmes mir die

Nachricht, die auf Mullins' Leichnam gefunden wurde, und fragte mich, ob ich damit etwas anfangen könne.

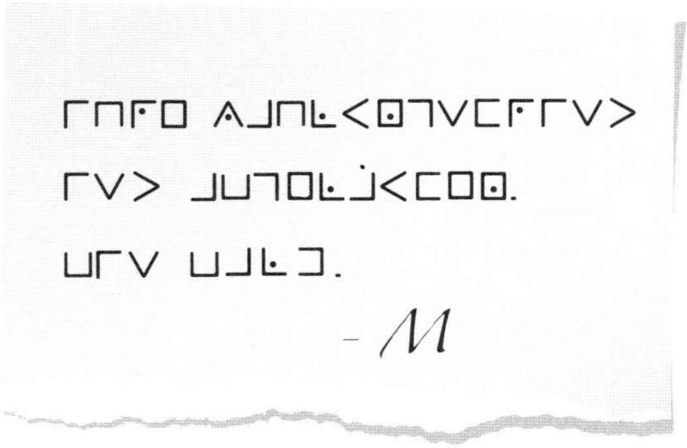


Auf den ersten Blick sahen einige der Symbole aus, als seien sie mathematischer Natur, aber nachdem ich sie einige Sekunden lang betrachtet hatte, dämmerte mir, wo ich dies schon einmal gesehen hatte. Einige der Offiziere, unter denen ich in Afghanistan gedient hatte, verschlüsselten ihre Nachrichten auf diese Weise mit dem Freimaurer-Alphabet.

Ich fing an, in meinem Tagebuch herumzukritzeln. Innerhalb von ein oder zwei Minuten konnte ich herausfinden, was ‚M' Mullins mitzuteilen hatte. Es war eine Drohung, allen Umständen nach zu urteilen, eine tödliche.

„Dort steht: ‚Ihre Zahlungsfrist ist abgelaufen. Bis bald'", erklärte ich Holmes.

„Sieht so aus, als schuldete Mullins der falschen Person Geld", entgegnete Holmes. „Wir werden sehen, ob M seine Drohung wahr gemacht hat oder ob Mullins noch andere Feinde hatte."

*Wenn Sie noch nicht bei George Hewitt, dem Briefträger, waren, fahren Sie auf Seite 176 fort.*

*Wenn Sie George Hewitt bereits besucht haben, fahren Sie auf Seite 37 fort.*

„Denen, die ihn ergreifen, wird Adelsstand verliehen?“ fragte ich. „Nein“, sagte Holmes. „Das kann nicht sein. Wenn dies der Fall wäre, würde das Land sicherlich von Adligen wimmeln.“

*Fahren Sie mit den anderen Optionen auf Seite 106 fort.*

Aufgrund der wochenlangen Regenfälle war der Zug eindeutig das effizientere Transportmittel. Holmes fragte mich, ob ich mir außer aus dem oben genannten Grund erschließen könnte, warum wir mit dem Zug und nicht mit der Kutsche reisten. Ich sagte ihm, dass ich es wirklich nicht wusste, und er gab mir das Telegramm von Lestrade und fragte mich, was mir Besonderes auffiel.

Erst als ich das Telegramm erneut genau studierte, fiel mir die merkwürdige Schreibweise in der dritten Zeile auf: „Lese n Sie genau."

„Natürlich", sagte ich. „Lese n Sie genau: Die Zeile, die mit dem Großbuchstaben N beginnt. ‚Nehmen Sie die nächstmögliche Abfahrt' weist uns an, den nächsten Zug zu nehmen. Darum haben Sie sich wieder hingesetzt, nachdem Sie das Telegramm erhielten. Der nächste Zug fuhr erst am späten Vormittag! Immerhin hatte ich dadurch Zeit, mein Frühstück zu beenden."

Als wir uns auf den Weg zum Bahnhof machten, war Holmes gut gelaunt und machte häufig Bemerkungen über andere Passanten. Ich wusste nicht, ob irgendeine seiner Beobachtungen richtig war, aber mein Vertrauen in den Detektiv war bedingungslos.

Als wir am Bahnhof ankamen, hielt unser Zug gerade auf dem Bahnsteig. Die wartenden Passagiere stiegen eilig ein, während die ankommenden sich beeilten, von Bord zu gehen. Wir liefen am Zug entlang, nur um ein volles Zugabteil nach dem anderen vorzufinden. Offensichtlich hatten viele gehofft, den Sonnenschein ausnutzen zu können und aus der Stadt herauszukommen. Wir drängelten uns vor, fanden noch einige freie Plätze, und der Zug verließ den Bahnhof. Ein älterer Mann mit dunklem Bart und blassem Gesicht sah so aus, als wollte er uns in das Zugabteil folgen, blieb aber an der Tür stehen und beobachtete uns für eine Weile.

Wir verbrachten unsere Zeit damit, über den Inspektor zu sprechen, den wir gleich treffen sollten.

Gelegentlich tauchten im angrenzenden überfüllten Waggon Passagiere am Fenster auf. Doch sie zogen sich wieder zurück – trotz der leeren Sitze und der Luft zum Atmen um uns herum. Ich zuckte mit den Schultern und kehrte zu unserem Gespräch zurück – glücklich über den Platz und die Möglichkeit, ohne Angst, belauscht zu werden, sprechen zu können.

Am Bahnhof vor Finchley sah ich, wie derselbe Mann mit dem dunklen Bart und dem blassen Gesicht aus dem Waggon vor uns auf den Bahnsteig stieg. Er blieb vor unserem Abteil stehen und starrte uns wieder eine Weile an, als ob er versuchte, unsere Gesichter einzuordnen, bevor er seines Weges ging. War er vielleicht ein Leser meines kleinen Romans, der zu nervös war, dem großen Detektiv persönlich zu begegnen?

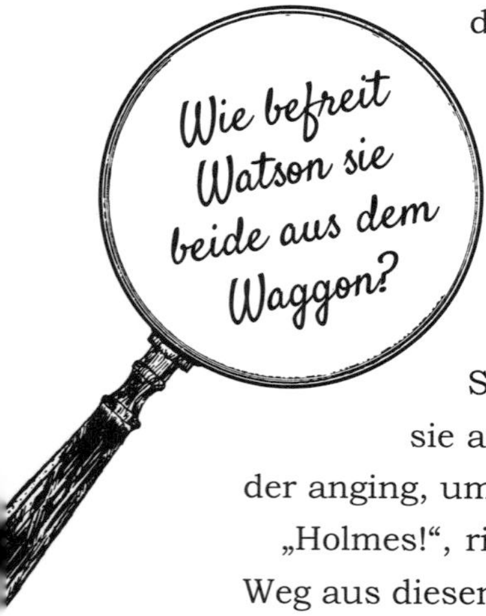


Dieser Verdacht ging mir am stärksten durch den Kopf, als der Zug langsam aus dem Bahnhof fuhr.

Wir fuhren in Finchley ein und standen auf, um auszusteigen. Doch die Tür von unserem Abteil hinaus zum Bahnsteig ließ sich nicht öffnen. Sosehr ich mich auch bemühte, es gelang mir nicht, sie aufzuschieben, selbst als der Motor des Zuges wieder anging, um anzukündigen, dass die Fahrt weiterging.

„Holmes!“, rief ich. „Wir sitzen in der Falle! Wir müssen einen Weg aus diesem Waggon finden, wenn wir es rechtzeitig zu unserem Treffen schaffen wollen. Helfen Sie mir, und schauen Sie sich um, um einen Weg hier rauszufinden!“

Beim Durchsuchen des Gepäckträgers fiel mir auf, dass sich teilweise versteckt unter einem angrenzenden Sitz ein Brecheisen befand. Ich griff danach und stemmte die Türen ein paar Zentimeter auseinander. Zusammen zogen Holmes und ich die Türen weit genug auseinander, um durch sie auf die Plattform flüchten zu können. Ich reichte dem erstaunten Bahnsteigwärter das Brecheisen, bevor wir uns über die Treppen auf den Weg machten.

„Was für ein Pech, dass wir in dem Waggon gefangen waren“, sagte ich. „Wir hätten den Wärter darüber informieren sollen, dass die Türen defekt waren, damit keine weiteren armen Seelen eingeschlossen werden.“

„Das ist kein bloßer Zufall“, sagte Holmes. „Wenn wir unsere Station verpasst hätten, hätten wir uns zu unserem Treffen mit Lestrade arg verspätet. Hier sind Kräfte am Werk, die uns davon abhalten wollen, unseren Termin einzuhalten.

Der ältere Fahrgast mit dem dunklen Bart und dem blassen Gesicht wollte, dass wir unsere Station verpassen“, sagte Holmes. „Er hat die Türverriegelung des angrenzenden Waggons sabotiert, um zu verhindern, dass andere Passagiere in unser Abteil kommen. Dann tat er dasselbe mit den Türen unseres Waggons, die zum Bahnsteig führten, als er an der Station vor Finchley ausstieg. Er hatte ein merkwürdiges Gesicht, nicht alles an ihm war echt. Ganz offensichtlich trug er eine Verkleidung.“

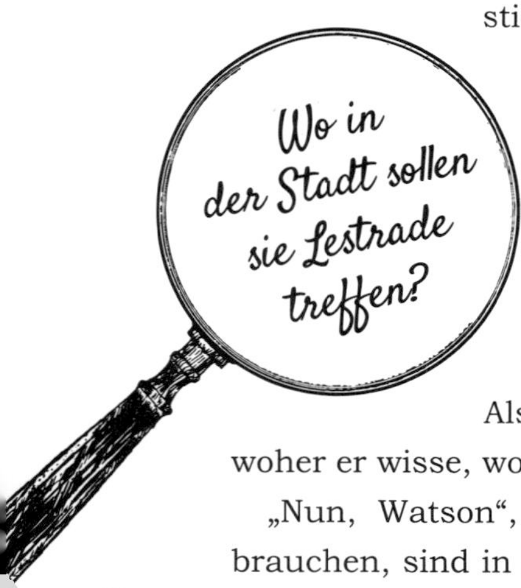


„Das werden wir nie herausfinden“, antwortete ich. „Es ist zu spät, um zur letzten Station zurückzufahren und ihn aufzuspüren. Wir sollten uns besser auf den Weg zu unserem Treffen machen.“

Als wir den Bahnhof verließen, fragte ich Holmes, woher er wisse, wo wir uns mit Lestrade treffen sollen.

„Nun, Watson“, antwortete er, „alle Informationen, die wir brauchen, sind in dem Telegramm. Konnten Sie nicht ermitteln, wo unser Treffen in Finchley mit Lestrade stattfinden soll?“

Ich gab zu, dass die Nachricht für meine ungeübten Augen rätselhaft aussah.

„Das Telegramm ist hinsichtlich des genauen Treffpunktes

genauso kryptisch wie hinsichtlich der genauen Lokalisierung Finchleys. Der Treffpunkt verbirgt sich im Rest des Telegramms. ‚Schwer ruht das Haupt, das eine Krone drückt' ist eine Anspielung auf Shakespeares Heinrich IV, Teil 2: ‚Unruhig liegt der Kopf, der eine Krone trägt' – Verantwortung ist eine schwere Last.

Das schwere Haupt ist der Kopf des Königs, und wir treffen Lestrade auf einen Drink im King's Head Pub, nur einen Katzensprung vom Bahnhof entfernt."

*Fahren Sie nun auf Seite 86 fort.*

„Lassen Sie uns bei Hewitt anfangen“, antwortete Holmes. „Er war der Erste, der am Tatort ankam, und kann sich vielleicht an etwas erinnern. Wir haben keine Zeit zu verlieren, Watson.“ Holmes rief eine Kutsche herbei und gab dem Fahrer Anweisungen.

*Fahren Sie nun auf Seite 176 fort.*

# Die Standuhr in Westwood Manor

Als wir wieder auf Westwood Manor ankamen, war Lord Bracewell in seiner gerade zurückgebrachten Kutsche bereits abgereist. Er hinterließ eine entschuldigende Nachricht:

> Sehr geehrter Mr. Holmes und sehr geehrter Dr. Watson,
> ich entschuldige mich aufrichtig bei Ihnen – ich wurde wegen einer dringenden Angelegenheit nach London beordert und sollte später am Abend oder morgen früh zurückkehren.
> Bitte fühlen Sie sich in der Zwischenzeit wie zu Hause auf Westwood Manor.
> Ich habe Mrs. Clemens und Jeffrey instruiert, sich um Ihre Bedürfnisse zu kümmern. Sie werden außerdem weitere Hausangestellte bereitstellen, sollten Sie diese befragen wollen.
> Hochachtungsvoll
> Philip Bracewell

Nach dem Abendessen führte uns Jeffrey, der Butler, in die dritte Etage, auf der die Gästezimmer genauso viel Komfort und Wärme ausstrahlten wie der Rest des Hauses.

Das Zimmer war möbliert mit zwei großen Betten mit dicken dunkelblauen Daunendecken, einer robusten Holzkommode mit vier Schubläden sowie einem kleinen leeren Kleiderschrank inklusive Kleiderbügel.

Ein kleiner quadratischer Tisch und zwei Stühle standen in der Nähe des Fensters, von dem aus man einen schönen Blick auf das Anwesen hatte. Auf dem Tisch war ein kleines Schachbrett aufgebaut. Doch die Anordnung der Figuren machte deutlich, dass derjenige, der das Brett aufgebaut hatte, keine Ahnung von den Spielregeln hatte.

Auf einem kleinen runden Tisch neben der Tür stand eine Vase mit Gartenblumen. Die Einrichtung des Zimmers wurde durch einen großen Kamin abgerundet, der mit einer Reihe von realistisch aussehenden, grün gefärbten Gipsranken verziert war, die aus dem Boden um den Kamin herum zu sprießen schienen, an der Seite hochwuchsen und in die Decke ragten. Auf dem Kaminsims stand ein Exemplar von Jane Eyre mit einem eingelegten Lesezeichen.

Nachdem ich so viele Stunden im Freien verbracht hatte, war es beruhigend, wieder im Haus zu sein. Doch in diesem unruhigen Zustand kehrte der Schmerz meiner alten Schulterverletzung zurück. Holmes sah, wie ich zusammenzuckte, und bemerkte: „Sie haben den gleichen Tatendrang wie ich."

Ich gab zurück, dass ich mit einem Buch auf meinem Platz absolut zufrieden sei.

„Liege ich falsch in der Annahme, dass Sie in all den Stunden, die wir zusammen verbracht haben, nicht ein einziges Mal an Ihre alte Wunde gedacht haben? Vielleicht hilft Ihnen eine Tasse Tee, sich zu entspannen und die Schmerzen Ihrer Verletzung zu lindern."

Holmes stand auf und schritt zur Tür. Er drehte den Knauf und zog daran, aber sie bewegte sich nicht. „Sie ist verschlossen", sagte Holmes, während er sich im Zimmer umsah. „Ich sehe weder einen Schlüssel noch eine Möglichkeit, Hilfe zu rufen."

Wir begannen, das Zimmer nach einer Glocke abzusuchen, über die wir die Bedienstetenquartiere hätten erreichen können. Wir fanden nichts. Dann ging Holmes zum Kaminsims und begann, in dem Roman zu blättern. Er kam zu dem Lesezeichen, nahm es heraus und untersuchte es. Nach seiner kurzen Untersuchung lächelte er und reichte es an mich weiter.

Das Lesezeichen war in kindlicher Schrift mit den Worten „arme Bertha“ und einer Reihe von vier durch Spalten getrennten Zahlen versehen. Jede Spalte war mit einem Buchstaben überschrieben.

| K | A | S | W |
|---|---|---|---|
| 1 | 8 | 3 | 35 |
| 10 | 9 | 1 | 5 |
| 11 | 3 | 3 | 9 |
| 7 | 8 | 3 | 15~~n~~ |
| 8 | 46 | 12 | 17~~n~~ |
| 13 | 19 | 2 | 7 |

„Ich verstehe das nicht“, sagte ich, nachdem ich versucht hatte, einen Zusammenhang zwischen den Zahlen und den Spalten herzustellen.

Holmes lachte. „Ach, Watson. Sieht so aus, als seien wir Opfer eines Jugendstreichs geworden. Die Kinder spielen ihren Gästen anscheinend gerne Streiche, indem sie sie in einem Zimmer einsperren und abwarten, ob sie clever genug sind, herauszufinden, wie sie es wieder verlassen können. Das Lesezeichen und dieses Exemplar von Jane Eyre werden uns schon sagen, was wir zu tun haben. Bertha war eine Figur, die in einem Zimmer auf der dritten Etage eingesperrt war. Was für kecke kleine Teufel!“

„Das ist ja alles schön und gut, Holmes“, erwiderte ich. „Aber wir sind immer noch in diesem Zimmer eingesperrt.“

„Alles zu seiner Zeit, Watson“, sagte er. „Geben Sie mir ein paar Augenblicke, und ich bin sicher, dass ich die Antwort auf das Rätsel finden kann. Wichtig ist zu wissen, dass Charlotte Brontë in ihren Werken viele Semikolons und Bindestriche verwendet, betrachten wir also die Abschnitte, die diese Satzzeichen enthalten, als eigenständige Sätze.“

**Wie entkommt Holmes aus dem verschlossenen Zimmer?**

Holmes studierte die Zahlen auf dem Lesezeichen und begann,

durch die Seiten zu blättern, wobei er gelegentlich an bestimmten Stellen innehielt und mit dem Finger erst nach unten und dann nach oben über die Schrift fuhr, bis er zufrieden schien. Nach ein oder zwei Minuten ging er zum Kamin, legte das Lesezeichen zurück ins Buch und stellte den Roman wieder auf den Kaminsims.

Er ging zur linken Seite des Kamins, zählte bis zur dritten Ranke und zog an ihr. Anstatt dass der Gips in seiner Hand zerbrach, löste sich die Ranke überraschenderweise von der Wand weg und schnappte danach zurück in ihre Position.

Holmes kehrte an den Tisch zurück und setzte sich. „Woher wussten Sie", fragte ich ihn, „dass die Ranke tatsächlich eine Glocke ist?"

„Entsprechend den Zahlen auf dem Lesezeichen musste ich nur die Aufzählungen nutzen, die mich erst nach einem Kapitel, dann nach einem Absatz, dann nach einem Satz und zuletzt nach einem Wort suchen ließen. Jede Zahlenfolge entsprach einem bestimmten Wort. Wenn man alle sechs findet, erhält man die Nachricht ‚zum Glocke läuten, dritte Ranke ziehen'. Das durchgestrichene ‚n' neben der 15 und der 17 sagt uns, dass wir das ‚n' aus dem gefundenen Wort löschen müssen; so wird aus ‚dritten' also ‚dritte' und aus ‚Ranken' wird ‚Ranke'. So fand ich heraus, dass die Ranke eine Glocke war, um einen der Bediensteten zu rufen. Ich bin mir sicher, dass der Butler lediglich vergessen hat, uns diese Information mitzuteilen."

Nachdem Holmes seine Erklärung beendet hatte, drehte sich der Türknauf, und ein Dienstmädchen betrat mit entschuldigendem Blick das Zimmer.

„Es tut mir so leid", sagte sie. „Der Butler hat schon mehrmals versucht, das Schloss zu reparieren, aber die Kinder finden immer einen Weg, seine Arbeit zunichtezumachen. Sie können sich nicht vorstellen, wie oft ich bereits in die dritte Etage gekommen bin, um zu putzen oder aufzuräumen, nur um unsere Gäste gegen die Tür klopfend und um Hilfe bettelnd vorzufinden. Dieses

Zimmer ist so stabil gebaut und weit genug von der Haupttreppe entfernt, sodass niemand die Schreie hören kann, es sei denn, wir befinden uns ein paar Zimmer weiter auf dieser Etage. Wie lange versuchen Sie schon, sich zu befreien?“

„Erst seit etwa fünf Minuten“, erwiderte Holmes. „Und machen Sie sich keine Gedanken darüber. Ich empfand die Herausforderung als erfreuliche Ablenkung. Aber wie dem auch sei, könnten wir vielleicht einen Tee bekommen?“

„Nur fünf Minuten!“, rief das Dienstmädchen. „Sie sind gewiss ein Genie! Ich werde Ihnen sofort Ihren Tee bringen.“ Sie drehte sich um, hielt an der Tür inne und schob sie bis zum Anschlag auf, ehe sie das Zimmer lächelnd verließ.

Zehn Minuten später kehrte sie mit unserem Tee zurück und stellte ihn vor uns auf dem Tisch ab. Dabei schob sie das Schachbrett vorsichtig zur Seite, bemüht, die Figuren nicht durcheinanderzubringen. Aus den Blicken, die sie uns zuwarf, war ersichtlich, dass Holmes zumindest ihre Neugierde geweckt hatte und sie ehrfürchtig werden ließ.

„Verzeihen Sie“, sprach er das Dienstmädchen an, „können Sie uns bitte sagen, wie spät es ist?“

Ich schaute ihn fragend an. Direkt gegenüber von uns im Flur stand eine stattliche Standuhr, deren rhythmisches Ticken eher störend war.

„Sie sind ein sehr aufmerksamer Beobachter, Mr. Holmes, wenn ich das so sagen darf“, antwortete das Dienstmädchen.

Holmes senkte leicht den Kopf, aber ich konnte sehen, dass er über dieses Kompliment außerordentlich erfreut war.

Wie lautet die Antwort auf Holmes' Rätsel?

„Sehen Sie, Watson“, sagte er, „diese Uhr geht etwas schneller als jede andere Uhr. Der Musiker in mir glaubt, dass diese Uhr das Voranschreiten von anderthalb Stunden anzeigt, wenn auf einer normalen Uhr erst eine Stunde vergangen ist.“

„Sie liegen genau richtig, Mr. Holmes“, sagte das Dienstmädchen.

„Also, Watson“, fuhr Holmes fort, „wenn die Uhr heute Mittag schlägt und die korrekte Zeit angibt, wann wird die Uhr das nächste Mal die richtige Stunde schlagen?“

Ich dachte eine Weile nach, ignorierte die mathematische Lösung und stellte mir die Bewegung der Zeiger dieser Uhr neben denen einer normalen Uhr vor. Nach ein paar Minuten antwortete ich mit Bestimmtheit: „Morgen Mittag wird diese Uhr ebenfalls zwölf schlagen, aber eigentlich bereits Mitternacht anzeigen.“

„Gut gemacht, Watson!“, lobte Holmes. „Nun, meine Liebe, dürfen wir Ihnen ein paar Fragen stellen?“

Das Dienstmädchen hielt eine Sekunde lang inne, bevor die Neugierde sie übermannte. „Stimmt es, dass Sie Gedanken lesen können?“

„Nein“, antwortete ihr mein Freund. „Solche Kräfte sind nicht von dieser Welt. Meine Talente beschränken sich auf diese Welt, nicht mehr und nicht weniger.“

Natürlich glaubte ihm das Dienstmädchen das nicht.

„Aber Sie wussten doch von Anfang an, was in der Jefferson-Hope-Affäre im Gange war!“

„Ach, das war simpel. Genauso einleuchtend wie die Tatsache, dass Sie morgens ein Dienstmädchen und nachts eine Schriftstellerin sind.“

„Woher wussten Sie das?“, rief sie.

„Das habe ich anhand der Art, wie Sie Ihre Hände mit Ihrer Schürze bedecken, vermutet. Ich nehme an, sie sind voller Tinte?“

„Ja, ich hatte versucht, sie abzuwaschen, aber ich schreibe jeden Abend vor dem Schlafengehen. Tagsüber ist zu viel zu tun.“

„Dann werden Sie ohne Zweifel von der Weisheit Watsons profitieren, dem die Ehre in der Jefferson-Affäre zusteht. Watson zieht das Romantische und Reißerische den konkreten Fakten und meinen kombinatorischen Fähigkeiten vor. Keiner von uns beiden hat zum Beispiel jemals Lucy gesehen oder kann bezeugen, dass sie schön oder blass war."

„Moment mal, Holmes", rief ich. „Aus Hopes Bericht geht hervor, dass …"

„Hope ist wohl kaum ein unvoreingenommener Zeuge."

Es war unmöglich, mit dem Detektiv zu diskutieren, dennoch war ich entschlossen, meine Erzählung zu verteidigen. Aber ehe ich antworten konnte, lenkte Holmes unsere Aufmerksamkeit wieder auf die Uhr: „Wie lange funktioniert diese Uhr schon nicht mehr richtig?"

„Mrs. Clemens, unsere Haushälterin, kann Ihnen die genauen Daten nennen. Ich würde sagen, diese Uhr hatte schon immer einen Defekt, aber immerhin funktioniert sie. Eine weitere Standuhr, die zweimal so groß ist wie diese, befindet sich unten am Ende der Eingangshalle. Diese hat noch nie richtig funktioniert.

Als ich vor etwa einem Monat hierherkam, führte mich Mrs. Clemens herum und erzählte mir, dass die Bracewells seit der Zeit des Großvaters des gegenwärtigen Lords alle paar Jahrzehnte den Rat von Uhrmachern einholten. Sie wurde von Generationen von Experten untersucht, doch das Urteil lautete stets, dass sie nicht mehr zu reparieren sei – zumindest nicht ohne umfangreiche Wiederinstandsetzung und mögliche Schäden am Kunstwerk. Und so wurde die Uhr noch nie repariert."

Holmes grübelte eine Weile. Dann verließ er das Zimmer und ging in den Flur zu der verstellten Standuhr. Er öffnete den Kasten zur Uhr und inspizierte das Innenleben – natürlich erst, nachdem er das Dienstmädchen um Erlaubnis gefragt hatte. Er bemerkte mir gegenüber, wie sehr sie sich von den anderen Uhren unterschied, die er bisher gesehen hatte.

Hinter dem Zifferblatt befand sich eine Reihe von Zahnrädern, die relativ gut funktionierten in Anbetracht dessen, dass in der Mitte etwas zu fehlen schien, was dazu führte, dass die Uhr langsamer ging, als sie eigentlich sollte.

## Können Sie die Uhr reparieren?

Über und unter dem zentralen Mechanismus befanden sich mehrere Zahnräder, von denen wir annahmen, dass eines das passende Stück für den Mittelteil sein musste. Aber nachdem wir alle ausprobiert hatten, sagte mein Freund: „Interessant. Es scheint, als würden die verfügbaren Zahnräder nicht den Voraussetzungen des Radwerkes entsprechen. Kein Wunder, dass sie noch nie funktioniert hat. Aber wenn wir dieses hier ausprobieren und es hier auf das andere legen …“

Holmes hielt das Pendel an, nahm das obere linke und das untere rechte der vier Zahnräder von der Innenseite der Türverkleidung und setzte das eine auf das andere. Nachdem er die Uhr neu gestellt hatte, sagte er: „Das sollte funktionieren.“ Sofort fiel selbst mir auf, dass das Ticken nun schneller war als zuvor.

„Vielen Dank, Mr. Holmes!“, sagte das Dienstmädchen. „Also, was wollten Sie mich fragen?“

„Wie gut kannten Sie Harry Mullins?“, fragte Holmes.

„Man soll die Toten ruhen lassen“, antwortete sie, „aber Mullins war sehr streitsüchtig. Vor etwa zwei Wochen hatte er einen heftigen Streit mit Mrs. Clemens.“

„Worum ging es in diesem Streit?“, fragte ich.

„Mullins hatte Spielschulden.“ Das Dienstmädchen zögerte einen Moment, ehe sie fortfuhr: „Ich erinnere mich daran, als wäre es erst gestern gewesen: Eines Morgens, nur ein paar Wochen nachdem ich das erste Mal einen Fuß in dieses Haus gesetzt hatte, standen zwei Schuldeneintreiber in der Küchentür und fragten nach Mullins. Er war irgendwo auf dem Anwesen unterwegs, und ich war allein mit der Köchin.“

„Wie hoch waren seine Schulden?“

„Fast eintausend Pfund! Der eine Mann sagte, dass sie jetzt gehen und später wiederkommen sollten, um mit Mullins unter vier Augen zu sprechen. Doch der andere meinte daraufhin, dass die Summe zu hoch sei, um noch länger zu warten."

Ich pfiff, während Holmes fortfuhr: „Haben Sie herausfinden können, für wen die Eintreiber gearbeitet haben?"

„In gewisser Weise ja, aber nicht genau. Sie wiesen mich an, Mullins zu holen und ihm zu sagen, dass sie im Namen von ‚M' hier seien. Als ich fragte, wer ‚M' sei, sagten sie nur, ich solle tun, wozu sie mich aufgefordert hatten. Ich war froh, nicht mehr in ihrer Nähe sein zu müssen, fürchtete aber, dass die Köchin mit ihnen allein gelassen würde. Also rannte ich aus dem Haus, um nach ihm zu suchen. Ich fand ihn auf dem Weg unten in der Nähe des Springbrunnens, der zum Haus führt. Er kam direkt mit mir zurück und lockte sie für ein Gespräch aus der Küche."

Sie zögerte, bevor sie fortfuhr: „Ich lauschte durch das Schlüsselloch, so wie man es in Detektivgeschichten macht, aber ich habe absolut nichts verstanden."

„Weiß Lord Bracewell von dieser unschönen Angelegenheit? Das spricht doch sicher dagegen, die Kinder in seine Obhut zu übergeben", sagte Holmes.

„Mrs. Clemens erzählte mir, dass ihre Lordschaft ihm bereits einige Male in der Vergangenheit Geld geliehen hatte. Aber ich nehme an, dass Mullins seinem Arbeitgeber nicht freiwillig von solch hohen Schulden erzählt hätte. Mullins mochte rau aussehen und hatte keinen einzigen Freund auf der Welt, aber er war ein ganz anderer Mensch, wann immer er mit den Kindern zusammen war.

Ich bin zu kühn – so sagt Mrs. Clemens immer –, aber es gab keinen so guten Betreuer für die Kinder wie ihn. Er hat immer mit ihnen gespielt und versucht, ihnen neue Spiele beizubringen. Ich glaube, das letzte Spiel war Schach auf diesem Schachbrett hier. Er hat sich sogar eine kleine Geschichte ausgedacht, damit sie besser verstehen, wie das Brett aufgestellt wird und wie die Figuren bewegt werden können. Die Kinder fanden das zu langweilig und haben sich eine eigene Geschichte einfallen lassen. Wenn Sie unter das Brett schauen, sehen Sie ein weiteres Beispiel dafür, wie viel Fantasie sie hatten."

Ich griff hinüber und zog das Stück Papier, das unter dem Brett hervorlugte, heraus. Die Geschichte lautete wie folgt:

*Unsere Königin beginnt in der Regel auf einem Feld in ihrer eigenen Farbe, aber nicht dieses Mal. Fast alle Fußsoldaten sind richtig positioniert, doch der Turm steht ein Feld vor seinem üblichen Lagerplatz. Der König bleibt an der Seite seiner Königin, die jedoch dem Mann, der neben ihr steht, ihre Liebe zu dem anderen König gestanden hat. Der König schlug seinen Kopf gegen die Wand, während sein geistlicher Berater nur zuschauen konnte und sich fragte, was der Grund für seinen Frust war. Und die Pferde des Springers grasten neben einem Bauern.*

„Was für eine originelle Geschichte", sagte ich.

„Können Sie herausfinden, wie die Geschichte auf diesem Brett dargestellt werden kann, indem Sie die Figuren auf dem Brett aufstellen?", fragte Holmes.

„Das ist ein Logikrätsel", antwortete ich. „Es geht einfach darum, den Anweisungen zu folgen und anhand der vagen Beschreibungen zu bestimmen, welches Puzzlestück gemeint ist."

Ich war ein paar Minuten beschäftigt und begann nur zweimal neu, aber schließlich platzierte ich die Figuren richtig und betrachtete sie triumphierend.

Können Sie das Schachbrett der Geschichte zuordnen? Verwenden Sie dafür das leere Schachbrett auf Seite 222.

Das Dienstmächen lächelte traurig. „Die Kinder schienen unter der Obhut von Mullins aufzublühen. Sie hätten keinen besseren Beschützer haben können.

Im letzten Winter gingen Bracewell und Mullins mit den Kindern auf dem Anwesen Schlittschuh laufen. Sie kennen die Kinder nicht: Sie sind die schlitzohrigsten Monster – ich meine, die herzallerliebsten Wesen –, denen Sie je begegegnen werden. Die Kinder hörten gar nicht erst auf Lord Bracewell oder dessen Warnungen, dass das Eis in der Mitte des Sees nicht sicher sei, und sie rannten davon. Mullins folgte ihnen, so gut er konnte, doch sie waren flink. Und mit einem Mal gab das Eis nach, und sie fielen ins Wasser. Ohne auch nur einen Augenblick an seine eigene Sicherheit zu denken, rettete Mullins die beiden. Wenn Mrs. Clemens sagt, dass wir ihm vertrauen können, so würde ich ihm alles anvertrauen."

„Sie halten sehr viel von Mrs. Clemens", bemerkte ich.

„Sie ist eine Heilige", sagte das Mädchen und wurde rot. „Alle wissen das. Sie ist so wundervoll gütig. Sie hat mir alles beigebracht, was ich wissen musste, um dieses Haus in all seinem Glanz zu erhalten, bis hin zum Anrühren der einfachsten Reinigungslösung: Wasser, Essig und Zitronensaft. Sie sagte auch, man solle diese Lösung nicht mit einer anderen Zutat vermischen. Es handelt sich um ein Mittel, das üblicherweise zur Entfernung schwieriger Flecken und Verfärbungen verwendet wird, aber ich kann mir den Namen nicht merken. Sie bewahrt es nie im Haus auf, aus Angst, dass die Kinder damit in Berührung kommen. Es steht draußen im Lagerschuppen."

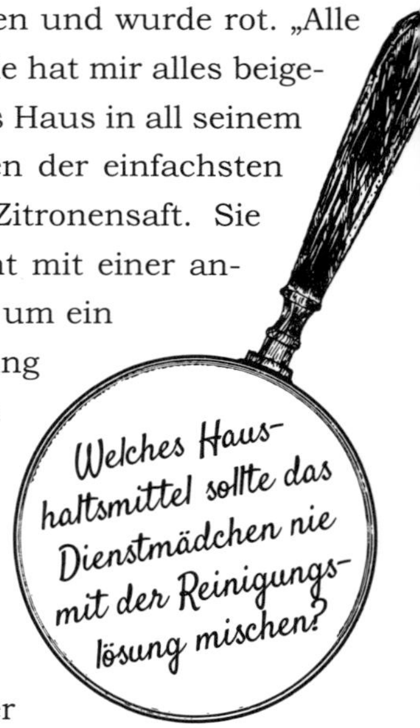


„Wagen Sie eine Vermutung zu dieser mysteriösen Zutat, Watson?"

„Nun, irgendeine Art von Eau de Javel oder Bleichmittel könnte ich mir vorstellen. Das würde Chlorgas erzeugen, das hochgiftig ist!"

„Sehr gut, Watson." Er wandte sich wieder dem Dienstmädchen zu und fragte: „Ist Ihnen irgendetwas Ungewöhnliches an Mullins' Verhalten aufgefallen, seitdem die Schuldeneintreiber da waren?"

„Nein, nichts Offensichtliches. Er war manchmal betrunken

und hat sich oft mit dem ein oder anderen gestritten. Ich befürchte, so war er schon immer. Wie ich bereits sagte, war er im Umgang mit Kindern ganz anders: herzlicher und freundlicher."

„Können Sie sich diese unterschiedlichen Charakterzüge erklären?"

Sie zögerte, ehe sie antwortete: „An manchen Abenden sprach er nach dem Abendessen von den Kindern. Ich fragte Mrs. Clemens, ob er wenigstens Neffen oder Nichten habe, da er so gut mit ihnen umgehen könne. Aber sie wusste genauso wenig über seine Familie wie ich. Wir haben uns nicht getraut, ihn direkt zu fragen."

„Spot, der Hund, hat sich nicht mit ihm angefreundet?"

„Das stimmt. Er ist ein sehr gut erzogener Hund. Spot rennt mit wedelndem Schwanz zur Tür, um den Briefträger zu begrüßen, und bettelt um Leckerlis, während der Briefträger die Post austrägt und sich mit Mrs. Clemens unterhält. Laut unserem Butler jedoch hat Mullins Spot geschlagen, als dieser noch ein kleiner Welpe war, weil er Charlie beim Spielen gebissen hatte. Der arme kleine Welpe wusste es ja nicht besser, aber er hat diese Misshandlung wohl nie vergessen."

„Was meinten Sie, als Sie sagten, Mullins habe sich nicht ‚offensichtlich' verändert?"

„Vor etwa zehn Tagen beschloss Mullins recht plötzlich, seine ausgezeichnete Position aufzugeben. Bei der derzeitigen Wirtschaftslage war es unwahrscheinlich, dass er auf die Schnelle eine ebenso gute Stelle finden würde. Die Bracewells zahlen sehr gut – das ist der Grund dafür, dass ich meine unbefristete Stelle bei einer anderen Familie aufgegeben habe, als ich hörte, dass hier etwas frei sei."

„Was, glauben Sie, hat ihn vertrieben? Die Schuldeneintreiber? Mrs. Clemens?"

„Das glaube ich nicht. Wenn überhaupt, dann hätte Mullins mit diesem Job seine Schulden eher zurückzahlen können als mit jedem anderen. Er hat unserem Hausherrn erzählt, dass er sich um seine Eltern kümmern möchte, aber bis dahin hatte er uns gegenüber nie ein Wort über sie verloren."

„Hat er normalerweise viel Post bekommen?"

„Normalerweise nicht. Aber jetzt, wo Sie es erwähnen, fällt mir ein, dass er, kurz bevor er kündigte, einen Brief erhalten hat. Ich kann Ihnen nichts darüber sagen, da ich ihn nur kurz gesehen habe. Er war mit seltsamen Symbolen versehen, die aussahen wie Mathematik. Er kam eines Morgens während des Frühstücks an, als unsere eigentliche Köchin krank war und die Beiköchin unser Frühstück zubereitete. Sie fiel jedes Mal in Ohnmacht, wenn Mullins in der Nähe der Küche war, und unsere Köchin schickte sie dann immer wieder an ihre Arbeit zurück.

Aber ich schweife ab. Ich erinnere mich daran, wie nur ein kurzer Blick auf den Brief ihm die Luft zum Atmen nahm. Er schnitt gerade seine Blutwurst – ich mag sie nicht – in Scheiben, als der Brief ankam. In seiner Hast, den Brief zu öffnen, ließ er seinen Toast mit der Butterseite nach unten fallen. Danach nahm er einen Schluck aus dem Honigglas statt aus der Kaffeetasse, und dann strich er Marmelade auf sein hart gekochtes Ei, statt es mit Tomaten und Pilzen zu essen. Ich erinnere mich noch gut an dieses Frühstück: Wir neckten Mullins ein wenig, weil er eine heimliche Geliebte hatte … obwohl sie ihm nicht mal ein ‚vernünftiges Frühstück' zubereiten konnte. Die Beiköchin wurde rot und verließ den Raum, während Mullins sich auf den Brief konzentrierte."

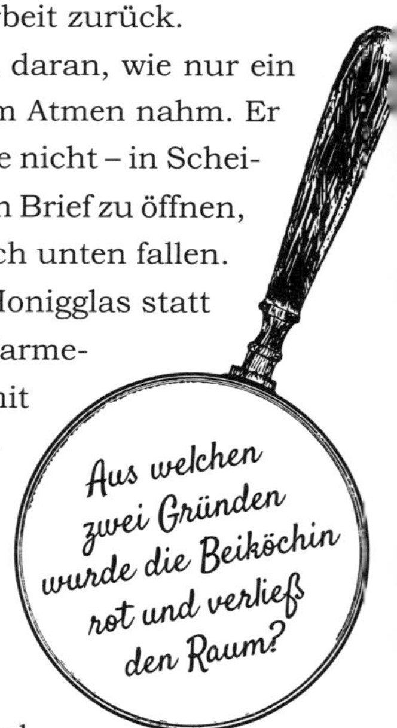


„Nun, Sie können der armen Frau nicht verwerfen, dass sie vernarrt ist und gegen sie gestichelt wird, weil sie Mullins ein besonderes Frühstück zubereitet hat", sagte ich. „Viel schlimmer ist, dass sie das englische Frühstück mit einem hart gekochten Ei statt einem Spiegelei serviert hat!"

„Watson, konzentrieren Sie sich", sagte Holmes. „Könnte es in dem Brief um seine Eltern gegangen sein? Wir haben ihn entschlüsselt, und die Drohung scheint an Mullins gerichtet zu sein, aber es könnte sich auch um eine indirekte Drohung gegen jemanden handeln, der Mullins wichtig war."

„Das dachte ich zuerst auch, aber es scheint unwahrscheinlich zu sein. Der Brief wurde persönlich überbracht, aber der alte Butler erzählte uns, dass der Bote weggeeilt sei, ehe er mit ihm reden konnte. Mullins selbst hielt den Inhalt des Briefes geheim. Von da an hatte ich nur noch wenig Kontakt zu Mullins. Das ist alles, was ich Ihnen erzählen kann."

Bevor sie uns verließ, drehte sich das Dienstmädchen noch einmal zu uns um und fragte: „Wie würden Sie mich in Ihrer Geschichte beschreiben?"

Mein Gesicht wurde puterrot.

„Ich habe mich noch nicht festgelegt, ob ich diese Geschichte aufschreiben werde", antwortete ich.

„Aber wir brauchen natürlich einen Bericht über das, was geschehen ist", sagte sie.

„Könnten Sie mich zu einer Hauptfigur machen? Vielleicht eine Handlangerin oder eine Schurkin. Jemand Interessantes."

Ich versprach ihr, dass ich mein Bestes tun würde, aber es wäre unangebracht, sich ins Schreiben zu stürzen, wenn die Geschichte noch im Gange ist.

Als wir allein waren, rauchten Holmes und ich schweigend unsere Pfeifen. Ich konnte sehen, dass seine Gedanken abschweiften und dass er alles noch einmal durchging, was wir heute gesehen und gehört hatten. Die Baker Street und alles, wofür sie stand, schien trotz unserer komfortablen Umgebung schrecklich weit weg zu sein. Ich vermisste den Lärm der Londoner Innenstadt und Mrs. Hudsons Mischung aus Ehrfurcht und Vorhaltung gegenüber ihrem Untermieter. Ich fühlte mich entschlossen, Holmes an sein Versprechen zu erinnern.

„Der Tatort enthüllt und bestätigt vieles von dem, was ich vermutet hatte. Ich möchte allerdings betonen, dass wir Miss Forman noch befragen müssen – sie kann uns mit Sicherheit noch mehr erzählen.“

„Gewiss gab es an dem Tatort nichts mehr zu finden, Holmes. Die jüngsten Regenfälle werden alle Beweise weggespült haben.“

„Ganz im Gegenteil, Watson, es gab ein paar Abdrücke im Matsch, die dank einem zuverlässigen Baum am Straßenrand intakt gehalten wurden, und sie haben einiges Licht ins Dunkel gebracht. Der Matsch war so dick, dass sich die Abdrücke einfach mit Wasser füllten. Zweifellos haben Sie sie für einfache Pfützen gehalten.

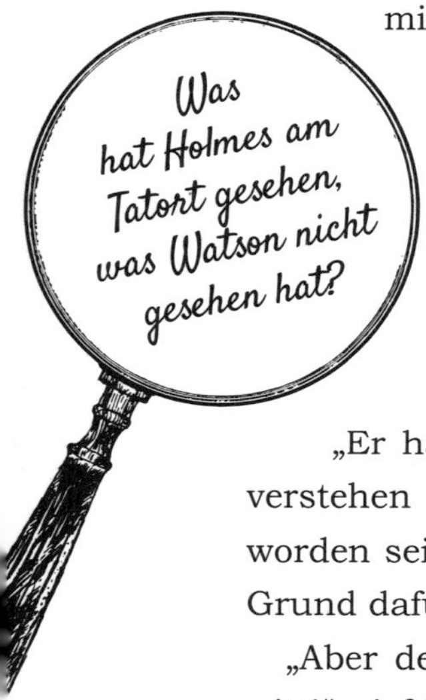


Wie ich schon sagte, waren die Fußspuren von Miss Forman und dem Täter deutlich zu erkennen. Miss Forman geht auf den Fahrersitz. Wir wissen nicht, was sie sieht, aber sie kehrt zum Wagen zurück, was die Geschichte von Hewitt bestätigt.“

„Und was ist mit dem Täter?“, fragte ich.

„Er hat irgendwann Mullins’ Leiche zur Kutsche getragen, verstehen Sie? Mullins muss schon einige Zeit vorher getötet worden sein. Im Moment kann ich mir nicht vorstellen, was der Grund dafür war.“

„Aber den Schuss hörten sowohl Miss Forman als auch Hewitt!“, rief ich aus.

„Sie hörten ein Geräusch, das wie ein Schuss klang, aber hätten sie einen echten Schuss von einem solchen unterscheiden können? Was auch immer das Geräusch verursacht hat, hat Mullins nicht getötet. Selbst wenn der Regen Spuren von Schießpulver fortgespült hat, nirgendwo am Tatort fand man eine Patronenhülse.

Es gibt noch mehr: Entweder Mullins oder der Täter selbst hinterließ einen Kratzer auf der Holzverkleidung von Schulter- bis Hüfthöhe auf der Kutsche, als die Leiche bewegt wurde. Dieser

Kratzer war nur teilweise vom Matsch verdeckt und schien fast dort zu beginnen, wo sich der Fahrersitz befand. Bei der Untersuchung der Kutsche habe ich ihn mir ganz genau angesehen und festgestellt, dass es sich um einen stumpfen, breiten Abdruck handelt, im Gegensatz zu einem tiefen, schmalen Schnitt, der oben breiter und tiefer ist und dann zum anderen Ende hin flacher wird. Es ist sehr wahrscheinlich, dass er von Menschenhand gemacht wurde und nicht von etwas, das an der Kutsche vorbeigestreift ist. Was sagt Ihnen das, Watson?“

„Mein erster Gedanke war, dass es sich um einen Ring mit einer flachen Oberfläche handeln muss, also ohne Stein?“

„Absolut richtig. Behalten Sie das bei späteren Befragungen im Hinterkopf. Hewitts Schilderung bestätigte unseren Verdacht. Die Leiche wurde an den Tatort gebracht, was erklärt, warum Hewitt ihn trockener vorfand als sich selbst und warum sich die Zuckerwürfel für die Pferde nicht aufgelöst hatten. Ich würde vermuten, dass unser Täter aufgrund der Witterung Schwierigkeiten hatte, die Leiche auf den Fahrersitz zu hieven, und entweder seinen Griff anpassen oder ihn noch einmal aufheben musste.“

„Was wissen wir über den Täter?“, wiederholte ich.

„Unser Mann ist groß, vermutlich mehr als einen Meter achtzig. Um ein vorbildlicher Ermittler zu sein, sollte man Fußabdrücke und Schritte studieren, Watson. Er hat den gleichen Zigarrengeschmack wie Sie. Der Stummel, den er hinterlassen hat, stammt von einer Bolivar.“

„Aber, Holmes“, wandte ich ein, „Bracewell, Hewitt, Mullins und sogar Sie passen zu dieser Beschreibung; und Bracewell, Hewitt und Mullins trugen Ringe!“

„Mein lieber Watson, Sie lernen dazu! Keiner von uns ist über jeden Verdacht erhaben, nicht einmal ich selbst.“

*Fahren Sie nun auf Seite 132 fort.*

# Mrs. Kemps vermisste Mieter

Nach fast zweitägigen Ermittlungen und der Enthüllung, dass Miss Forman die Tochter des verstorbenen Harry Mullins war, wollten wir direkt mit ihr sprechen. Nicht nur über die begangenen Verbrechen, sondern auch, um herauszufinden, ob sie etwas damit zu tun haben könnte.

Als wir gerade das kleine Häuschen in Kent verließen, kam einer von Holmes' Handlangern auf uns zu und überreichte Holmes ein Telegramm, das dieser sofort aufriss.

„Unsere Falle steht, mein lieber Watson. Wir werden unseren Täter aus dem Museum in Kürze fangen. Er ist zugegebenermaßen ein cleverer Mann, aber er hat Angst."

„Angst?", überlegte ich laut. „Er hat mindestens einen Menschen umgebracht."

„Richtig, aber nichts ist, wie es scheint, Watson. Die gefährlichste Macht hinter diesem Geheimnis ist für uns unsichtbar."

Holmes holte sein Notizbuch hervor, kritzelte eine kurze Bleistiftnotiz hinein und riss die Seite heraus. Er übergab sie dem Jungen, zusammen mit einer 20-Schilling-Münze, und sagte: „Sieh zu, dass diese Nachricht direkt an Mrs. Hudson geht und an niemanden sonst. Bleib draußen, wenn du ihr die Nachricht übergibst, und verärgere sie nicht, während du dort bist. Ansonsten muss ich mir jemand anders suchen, der meine Nachrichten übermittelt." Der Junge blickte kurz finster drein, verbeugte sich dann aber und rannte in die andere Richtung.

Wir stiegen in den Zug zurück nach London und setzten unsere Reise zu Mrs. Kemps Gästehaus fort.

Während wir weiterreisten, drängte ich Holmes zu Antworten – wofür all diese Telegramme? –, aber er schwieg.

Er schien mehr zu wissen, als er sagte, doch ich konnte mir keinen Reim darauf machen, was vor sich ging. Miss Formann musste, wie Holmes annahm, ihren Vater nicht zwingend ermordet haben. Selbst wenn sie gewusst hätte, dass er die Kutsche fuhr. Und dennoch war sie am Tatort. Obwohl ein Detektiv unparteiisch sein sollte, so wünschte ich mir sehr, dass Miss Forman sich als unschuldig erweisen würde.

Als wir uns London näherten, wurde der Zug durch ein Gefahrensignal aufgehalten. Aber nachdem Holmes sich eine Zeitung gekauft hatte, verließen wir den Bahnhof. Wir nahmen uns eine Kutsche, die uns durch die Stadt in den Norden brachte. Holmes schaute aus dem Fenster und wies auf verschiedene Sehenswürdigkeiten hin, die nur für ihn erwähnenswert waren. Als wir an der Upper Wimpole Street in Marylebone an schicken Reihenhäusern vorbeikamen, war er etwas in Gedanken versunken. Die Nummer zwei schien seine Neugierde zu wecken. Er lächelte still in sich hinein, schüttelte leicht seinen Kopf und las weiter in seiner Zeitung.

Als ich neben ihm saß, las ich die Schlagzeilen der Zeitung, die er gerade hochhielt. Ich konnte nichts über den Mord an Mullins oder die vermissten Bracewell-Kinder entdecken. Lestrade und Gregson leisteten gute Arbeit, um diese Verbrechen aus der Presse herauszuhalten. Nachdem er seine Zeitung eine Weile ungelesen in der Hand gehalten hatte, fragte ich meinen Begleiter schließlich, warum er so in Gedanken versunken war. Er antwortete, dass ein aufstrebender Autor sein Interesse erweckt habe und er ihm eine lange und ereignisreiche Karriere zutraue.

Wir schafften es vom Bahnhof zur Londoner U-Bahn und fuhren sodann zurück nach Finchley, von wo aus wir uns eine Kutsche zu Mrs. Kemps Adresse nahmen.

Als wir uns dem Haus näherten, fanden wir Mrs. Kemp bei der Arbeit in ihrem Garten, der sich von der Vorderseite des Hauses bis zur Rückseite erstreckte. Sie winkte uns mit ihrem Spaten zu und rief uns zu sich. Holmes und ich wanden uns um den verschlungenen Pfad herum und versuchten, den matschigen Haufen auszuweichen, aber es war vergeblich. Nach den Regenfällen der letzten Woche gediehen die Pflanzen prächtig. Als wir sie erreichten, beglückwünschten wir Mrs. Kemp zu ihren Fähigkeiten, einen so vielfältigen Garten zu pflegen. Ich für meinen Teil konnte nicht alle verschiedenen Pflanzenarten hier benennen. Einige waren mir bekannt aus meinen Medizinbüchern, und ganz offensichtlich ging es Mrs. Kemp nicht rein um den ästhetischen Wert der Pflanzen. Holmes hielt an verschiedenen Stellen an, studierte ein paar ausgewählte Arten und die Anlage des Gartens.

„Sie sind sehr fleißig, Mrs. Kemp“, sagte Holmes. „Ihr Garten ist wunderschön.“

„Es ist harte Arbeit, Mr. Holmes, aber ich baue viele meiner eigenen Lebensmittel, Heilpflanzen und Blumen an“, sagte Mrs. Kemp.

„Erst im Laufe des letzten Jahres ist der Garten so bezaubernd geworden. Ich habe fast den ganzen Nachmittag gearbeitet. Ihr Besuch kommt zur rechten Zeit, denn ich wollte gerade eine Pause einlegen. Hätten Sie beide gerne einen Tee?“

„Eine kleine Erfrischung wäre sehr willkommen“, antwortete ich.

„Haben Sie schon neue Entdeckungen gemacht?“, erkundigte sich Mrs. Kemp, als wir uns den Pfad entlang zurück zum Vordereingang schlängelten.

„Nicht eine“, gab Holmes rasch zurück und warf mir einen Blick zu, der mir sagte, dass wir die Ergebnisse unserer Ermittlungen für uns behalten sollten. „Wir haben uns gefragt, ob wir noch einmal mit Miss Forman sprechen könnten. Vielleicht fühlt sie sich jetzt besser als heute Morgen.“

„Ich würde behaupten, das tut sie. Seit Sie beide gegangen sind, hat sie sich etwas ausgeruht, und ich wagte es nicht, sie zum Mittagessen zu wecken. Vielleicht möchten Sie mit uns zu Abend essen?“

„Das würden wir nur zu gern, aber leider haben wir nur Zeit für etwas Tee und ein kurzes Gespräch mit Miss Forman, ehe wir zu Lord Bracewell aufbrechen müssen, um ihn über den Stand unserer Ermittlungen zu informieren.“

„Oh ja, der arme Mann“, sagte sie und geleitete uns ins Gästehaus. Bevor wir eintraten, kratzten wir mühsam so viel Matsch von unserer Kleidung ab, wie wir nur konnten. Wir setzten uns auf ein Sofa in dem kleinen Wohnzimmer, direkt neben einem Fenster mit Blick auf den Garten. Holmes stellte einen goldenen Kerzenhalter der Psyche auf einen anderen Tisch, damit dieser uns nicht die Aussicht versperrte. Er betrachtete ihn für einen kurzen Augenblick, und wir beide entdeckten eine Gravur auf der Unterseite: „Für meine Liebe“.

Mrs. Kemp bat ein Dienstmädchen, etwas Tee zu kochen und nach Miss Forman zu schauen, bevor sie selbst nach oben ging, um ihre schmutzigen Stiefel und Handschuhe auszuziehen. Holmes und ich wurden in ein größeres Wohnzimmer geführt. Wie beim Äußeren des Gebäudes war auch hier kein einheitliches Thema zu erkennen: Auf einem Kaminsims stand ein mittelalterlicher Helm neben einer griechischen Urne. Keines der Möbelstücke passte zu den anderen, doch das Ergebnis war seltsam beruhigend. Holmes saß auf einer Ottomane, die es mir ermöglichte, ihm in die Augen zu sehen, wenn ich mich auf einen höheren Stuhl setzte. Er hatte seine liebe Mühe, es sich darauf bequem zu machen, und während er sich bewegte, hörten wir ein Geräusch unter ihm.

Er öffnete den Deckel des Hockers. Darin lag ein kleines Kästchen mit einer weiteren Gravur, auf der „Für meine Liebe“ stand. Dabei war das Bild eines einzigen Pfeiles, der durch ein Herz schoss. Auf der Vorderseite des Kästchens befand sich ein

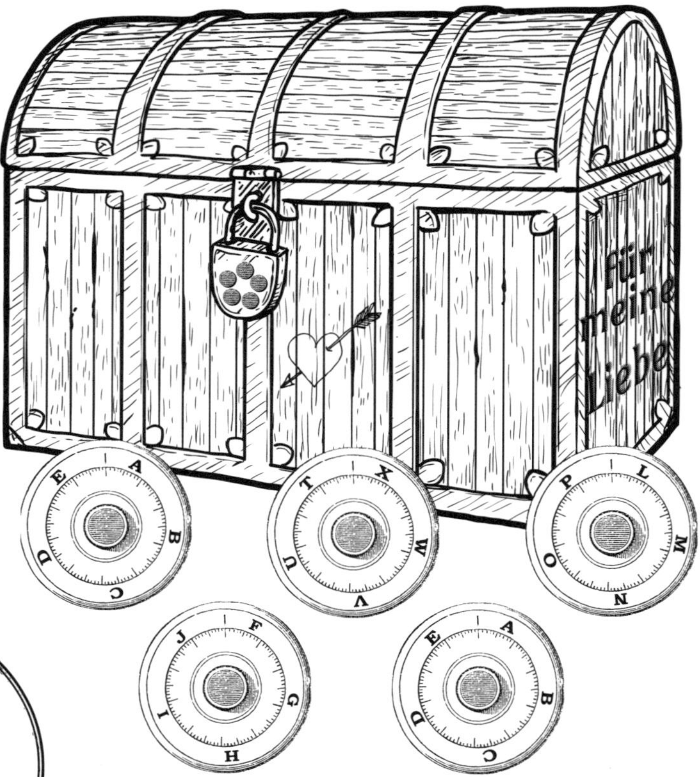

Schloss mit fünf Zifferblättern, von denen jedes eine andere Buchstabenfolge zeigte. Innerhalb weniger Sekunden öffnete mein Freund sie.

„Was haben Sie da, Holmes, und wie in aller Welt haben Sie es so schnell geöffnet?“, fragte ich.

„Es scheint eine Brille zu sein. Dem Stil nach zu urteilen, würde ich sagen, sie gehört einem Mann. Jemand mit sehr schlechter Sehkraft, wenn man die Gläser betrachtet. Und, da Sie fragen, um das Kästchen zu öffnen, dachte ich einfach an die Gravur auf dem Kerzenhalter von Psyche zurück. Dort stand ebenfalls: ‚Für meine Liebe‘. Psyches Geliebter war Amor – also Cupido, und dies war das Wort mit den fünf Buchstaben, welches das Kästchen öffnete.“ Holmes legte die Brille in das Kästchen zurück und versuchte erneut, es sich auf der Ottomane bequem zu machen.

Wir mussten nicht lange warten, bis Mrs. Kemp zurückkam.

„Ich habe ein kleines Rätsel, bei dem Sie mir hoffentlich helfen können“, sagte sie.

Holmes verbeugte sich. „Wir werden tun, was wir können – und danach können Sie eventuell einige unserer Fragen beantworten.“

„Es ist eine heikle Angelegenheit, wissen Sie, und eine, die hoffentlich nicht an die Öffentlichkeit gerät.“ Sie schaute zu mir herüber, aber mein Freund winkte ab: „Was auch immer Sie zu sagen haben, kann vor Dr. Watson gesagt werden.“

„Nun gut. Es geht um Folgendes: Vor etwa drei Monaten fragte ein Mann, ob er eine Wohnung in diesem Haus beziehen könne. Das ist an sich nichts Ungewöhnliches: Hier ist viel Platz, und einige Mieter erhoffen sich etwas Privatsphäre, wofür die Wohnung, die etwas abseits liegt, ideal wäre. Die Wohnung ist unmöbliert, und der Mieter bot eine stattliche Summe, mit der sich die damals laufenden Umbauten des Hauses finanzieren ließen. Ich stimmte sofort zu, ehe ich für ein paar Wochen in die Stadt ging, um mich um meine kranke Mutter zu kümmern. Normalerweise vermiete ich nur an weibliche Mieter, aber alle Zimmer waren zu der Zeit unbewohnt, also entschied ich, dass es besser wäre, das Einkommen anzunehmen, mit dem ich meine Umbauten beenden konnte, und mich später um andere Probleme zu kümmern.

Ich überließ es meinem Dienstmädchen, sich um die Bedürfnisse des neuen Mieters zu kümmern und dafür zu sorgen, dass die Bauarbeiter jeden Tag kamen, um an den Umbauten zu arbeiten. Als ich zurückkehrte, gestand das Dienstmädchen, dass sie den Mieter nur an dem Tag gesehen hatte, an dem er einzog. Er bezahlte die Bauarbeiter, damit sie ihm halfen, einen großen Koffer und einige Möbelstücke in sein Zimmer zu tragen.“

„Nichts in Ihrer Geschichte scheint ungewöhnlich zu sein, abgesehen von Ihrer Entscheidung, abweichend vom typischen Mieterprofil in Ihrem Gästehaus an einen Mann zu vermieten“, sagte Holmes. „Was soll also das Problem sein?“

„Der Mieter hat keine Probleme verursacht, wirklich, aber genau das verwirrt mich: Ich habe niemanden herein- oder herausgehen sehen. Die Rechnungen wurden pünktlich am Ersten jeden Monats per Post bezahlt, ohne weitere Ansprüche. Im Grunde schien die Wohnung leer zu stehen, dennoch erhielt ich weiterhin das Geld. Aus diesem Grund vermietete ich ohne schlechtes Gewissen meine anderen Zimmer bei Bedarf, obwohl ein Mann in einem Gästehaus wohnte, in dem sonst ausschließlich Frauen wohnen."

„Sind Sie wirklich sicher, dass die Wohnung die ganze Zeit leer stand?", fragte ich.

„Wie ich bereits sagte, habe ich niemanden herein- oder herausgehen sehen. Die Vorder- und die Hintertür sind die einzigen Zugänge, und das Zimmer ist seither von innen verschlossen."

„Haben Sie Geräusche aus dem Zimmer gehört?", fragte Holmes.

„Gar keine."

„Können Sie die Person beschreiben, die sich an Sie gewendet hat?"

„Das Treffen war kurz, und all seine Fragen und Antworten waren sachlich. Sein Schnurrbart war ziemlich eindrucksvoll, genau wie sein Bart. Er hatte ein Zwinkern in den Augen."

Dann lehnte sich Mrs. Kemp etwas vor und sagte etwas leiser: „Ganz zwischen uns, ich dachte, er hätte Gefallen an mir gefunden."

„Ich bin überzeugt, dass seine Gesichtsbehaarung in all seiner Pracht falsch war", sagte Holmes. „Ist Ihnen sonst noch etwas aufgefallen? Hat er etwas von sich erzählt?"

„Er war ein durchschnittlich gebauter Mann, etwas kleiner als Dr. Watson. Er sagte nur, wie sehr er seine Privatsphäre schätzt."

„Dann muss ich Sie wohl dazu beglückwünschen, dass Sie den idealen Mieter gefunden haben."

„Weit gefehlt. Ich habe ihn seitdem nicht mehr gesehen."

Holmes strich sich über das Kinn und fragte schließlich: „Können wir uns die Wohnung ansehen?"

Was an diesem Zimmer erscheint Ihnen ungewöhnlich?

„Ich werde sie Ihnen gerne zeigen“, sagte Mrs. Kemp.

Wir gingen direkt zur Wohnung, zu einer doppelt verschlossenen Tür. Mit Leichtigkeit knackte Holmes die Schlösser und trat in das Zimmer ein. Ein Fenster mit einem übermalten Rahmen gab den Blick auf die Gärten weiter unten frei. Ich schaute nach draußen und bemerkte, dass es ein tiefer Fall bis zum Boden war. Es gab keine Möglichkeit, hinunter- oder hinaufzuklettern, ohne ernsthafte Verletzungen zu riskieren. Neben dem Fenster stand ein großes leeres Bücherregal. An der gegenüberliegenden Wand stand ein kleines Bett, ein Kissen lag darauf, aber kein Laken, und daneben stand ein Tisch. Am Fuße des Bettes stand eine große, unverschlossene Truhe. Die Tapete mit Blumenmuster sah neu aus, worauf ich Mrs. Kemp ansprach.

„Oh ja“, antwortete sie. „Ich habe das von den Handwerkern einrichten lassen, bevor der Mieter eingezogen ist. Sie ist einer der Blumen aus meinem Garten nachempfunden. Ich wusste nicht, ob dieses Zimmer für meinen unsichtbaren Mieter etwas zu feminin sein würde, doch er hat es trotzdem genommen. Mr. Holmes, haben Sie irgendwelche Erkenntnisse über das Wesen des unsichtbaren Mannes?“

„Etwas an diesem Zimmer ist ungewöhnlich“, sagte Holmes.

„Sie sagten, Sie haben den Mieter weder ein noch aus gehen sehen, keine Geräusche gehört, und die Tür blieb in den drei Monaten, in denen Sie es vermietet haben, verschlossen“, sagte Holmes.

„Ja“, bestätigte Mrs. Kemp. „Ich habe Ihnen all die Informationen gegeben, die ich über diesen mysteriösen Mann habe.“

„Das Fenster wurde übermalt, es kann also nicht als Ein- oder Ausgang verwendet werden. Wenn Sie sich aber die Tapete einmal ansehen, ist das Muster neben dem Bücherregal etwas unterbrochen.“

Holmes ging zu der von ihm angegebenen Stelle und fuhr mit seiner Hand über das Muster. Er zog ein kleines Taschenmesser hervor, schob es knapp neben der Tapete herein und zog. Zu unserem Erstaunen öffnete sich eine kleine Tür in der Wand. Dahinter befand sich ein weiteres Fenster. Dieses öffnete sich zum Dach hin.

„So ist Ihr Mieter rein- und rausgekommen“, erklärte Holmes.

„Das war vorher noch nicht da!“, rief Mrs. Kemp. „Ich hätte davon gewusst. Wie ist es hierhergekommen? Und wann?“

„Die offensichtliche Antwort lautet, dass Ihr Mieter Ihre Bauarbeiter dafür bezahlt hat, dies zu installieren, während Sie weg waren“, sagte Holmes. „Er hat ihnen vermutlich eine beträchtliche Summe dafür geboten, damit sie die Tür in der Wand verstecken, ein neues Fenster einbauen und es vor Ihnen verbergen. Vom Boden aus ist das Fenster nicht sichtbar, sodass Sie es also gar nicht bemerkt hätten. Die Frage, die sich nun stellt, lautet: Warum hat er sich solche Mühe gemacht?“

In diesem Augenblick erschien das Dienstmädchen: „Mrs. Kemp, ich befürchte, Miss Forman ist verschwunden!“ Mein Freund schien nicht überrascht und teilte die Sorgen von Mrs. Kemp nicht. Die Dame rannte quer durchs Haus zu einem anderen Zimmer. Wir folgten ihr kurze Zeit darauf. In dem Zimmer fanden wir ein Bett mit einem Zettel von fremder Hand auf dem Kissen, einen Schreibtisch, einen großen Kleiderschrank, in dem ein paar Kleidungsstücke lagen, und einen Spiegel an der Innentür. Holmes durchquerte das Zimmer bis zum offenen Fenster. Ich folgte ihm. Unter dem Fenster lag eine Sammlung von Leitern.

Etwa einen Meter unter dem Fenster war ein großes hölzernes Spalier, das vom Boden bis fast zum Fenster im zweiten Stock reichte. Rechts von uns stand ein großer Baum mit einem langen, dicken Ast, der parallel zum Haus verlief. Eine große Leiter war daran angelehnt. Außerdem lehnten etwa einen Meter links vom Fenster zwei kleinere Leitern am Haus. Das Grundstück selbst war sehr gepflegt, und die Anordnung der Pflanzen im Garten ergab ein schönes Muster.

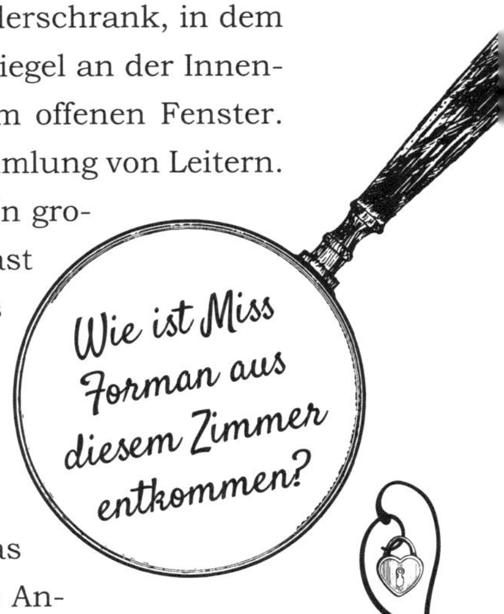

„Es ist offensichtlich, dass Miss Forman über das Fenster geflüchtet ist, kurz nachdem wir das Haus heute Morgen verlassen haben. Es gibt zwei Möglichkeiten, wie sie von hier aus den Boden erreicht haben könnte. Sie hätte sich vom Fenster herablassen können, bis sie mit den Füßen auf dem hölzernen Spalier ankam und hinunterklettern konnte. Oder wenn sie eine von der abenteuerlustigen Sorte ist, könnte sie vom Fenster auf den Ast gesprungen, zum Stamm gekrochen sein und einen Gärtner darum gebeten haben, ihr mit einer Leiter herunterzuhelfen.

Dafür muss sie sich umgezogen haben“, fuhr Holmes fort. „War in dem Kleiderschrank vielleicht Männerkleidung?“

„Ja, wie es der Zufall will. Vor einigen Monaten hat eine Schauspielerin für eine Weile hier gewohnt und ein paar ihrer Sachen zurückgelassen. Ich habe sie nicht weggeräumt, für den Fall, dass jemand anders sie als nützlich empfinden könnte. Aber warum sollte Miss Forman auf so eine Weise verschwinden?“, wunderte sich Mrs. Kemp.

Holmes schaute Mrs. Kemp eindringlich an und sagte: „Gute Frau, es ist an der Zeit, dass Sie mit Ihren Täuschungen aufhören. Sie wussten, dass Miss Forman Ihre Unterkunft kurz nach Watsons und meiner Abreise verlassen hat, und Sie haben seit unserer Ankunft an diesem Nachmittag als Alibi gedient. Was haben Sie mit den Vorfällen zu tun, die sich ereignet haben?“

„Mr. Holmes!“, rief Mrs. Kemp und schnappte nach Luft. „Was genau meinen Sie damit? Seit diese arme Frau zu mir gebracht wurde, habe ich stets versucht, ihr zu helfen.“

„Das ist eine Sache, die ich einfach nicht verstehen kann“, sagte Holmes. „Warum wurde Miss Forman zu Ihnen gebracht und nicht zu einem Arzt oder in ein Krankenhaus? Mr. Hewitt muss sie aus einem bestimmten Grund hierhergebracht haben, oder hat sie ihre eigene Ankunft inszeniert?“

„Bevor sie von Mr. Hewitt hierhergebracht wurde, bin ich Miss Forman noch nie begegnet“, sagte Mrs. Kemp. „Und George He-

witt kenne ich nur flüchtig. Er ist unser Briefträger.“

„Mindestens eine dieser Aussagen ist eine Lüge.“

„Mr. Holmes, ich befürchte, ich muss Sie darum bitten, sofort zu gehen“, sagte Mrs. Kemp. „Ich werde nicht zulassen, dass Sie meinen guten Namen durch den Dreck ziehen.“

„Aha, Mrs. Kemp“, sagte Holmes. „Wie interessant, dass Sie von Dreck sprechen. Sie haben erwähnt, dass Sie bereits den ganzen Nachmittag im Garten gearbeitet haben, aber als wir Sie trafen, waren lediglich die Stiefel und Handschuhe Ihrer Kleidung schmutzig. Wie konnten Sie den ganzen Nachmittag gearbeitet haben, ohne Dreck auf Ihre Kleidung zu bekommen? Und jetzt mal ehrlich, haben Sie Miss Forman seit unserer Abreise heute Morgen gesehen?“

„Ich habe Miss Forman seit heute Morgen nicht mehr gesehen“, sagte Mrs. Kemp ernst. „Wenn dreckige Stiefel und Handschuhe alles sind, worauf Sie sich beziehen können, schlage ich vor, Sie rufen den Polizisten und tischen ihm dieses Märchen auf. Wir werden sehen, was er dazu zu sagen hat.“

„Na schön.“ Holmes schien zu akzeptieren, dass Mrs. Kemp Amelia nicht zur Flucht verholfen hatte. Er schaute ihr direkt in die Augen. „In welcher Beziehung stehen Sie zu George Hewitt?“

Mrs. Kemp errötete und antwortete mit leicht zitternder Stimme: „Ich habe ihn in der Gegend gesehen. Das ist alles.“

„Es gibt ein paar Beweise, die mich vom Gegenteil überzeugen“, sagte Holmes.

„Holmes, was meinen Sie?“, fragte ich.

„Watson, Mrs. Kemp und Mr. Hewitt stehen sich näher, als jeder von ihnen preisgeben möchte. Der erste Beweis ist folgender: Sie teilen sich ein paar zusammengehörige goldene Kerzenhalter.

Hewitt hat Amor; Mrs. Kemp hat Psyche. Dem griechischen Mythos zufolge waren Amor und Psyche ein Liebespaar, es ergibt also Sinn, dass ein Liebespaar jeweils einen dieser Kerzenhalter hat."

Mrs. Kemp setzte sich auf das Bett und stützte ihr Gesicht in ihre Hände.

„Das zweite Beweisstück liegt in Mrs. Kemps wundervollem und gepflegtem Garten", sagte Holmes.

„Mrs. Kemps Garten ist voller verschiedener Pflanzen, Gemüse und Blumen", sagte ich. „Ich verstehe nicht, was irgendetwas davon mit dem Briefträger zu tun haben sollte."

„Es geht nicht darum, was sich im Garten befindet", sagte Holmes. „Wichtig ist, wie er angelegt ist. Mrs. Kemp ist stolz auf ihre gärtnerischen Fähigkeiten. Wenn Sie den Garten vom Fenster aus betrachten, erkennen Sie dort ein merkwürdiges Muster, das ich vom Boden aus nicht sehen konnte. Jedoch von oben betrachtet, wird das Muster erst richtig deutlich."

Ich ging zum Fenster und schaute mir den Garten zur Seite des Hauses noch einmal an. Nach wenigen Sekunden sah ich, worauf Holmes anspielte.

„Die Pflanzen hier sind so angelegt, dass ein ‚K' und ein ‚H' sich überschneiden", sagte ich mit Erstaunen. „Kemp und Hewitt …

Ihre Initialen sind ineinander verschlungen. Und das in einem Garten, einem Ort der Schönheit, in dem neues Leben wächst. Wie passend.“

„Und zu guter Letzt haben wir eine Brille in der Ottomane gefunden. Hewitt erzählte Lestrade und uns, dass er seine Brille ein paar Tage, bevor er die Bracewell-Kutsche fand, verlegt hatte. Ist das nicht die Brille von George Hewitt, Madam?“, fragte Holmes.

Mrs. Kemp begann zu schluchzen. „Sie haben recht, Mr. Holmes. Er hat sie hiergelassen, und ich habe sie sicher aufbewahrt. Ich war nicht ehrlich zu Ihnen, aber ich werde kein weiteres Wort mehr sagen.“

„Vielleicht sollten wir unsere Aufmerksamkeit auf den Zettel auf Miss Formans Kissen richten“, sagte Holmes. Er ging hinüber und hob ihn auf.

„Das wird uns ein paar Antworten über ihre Beteiligung an der Tat geben oder enthüllen, was sie selbst bisher darüber herausgefunden hat.“

Holmes untersuchte die Notiz und die merkwürdige Handschrift:

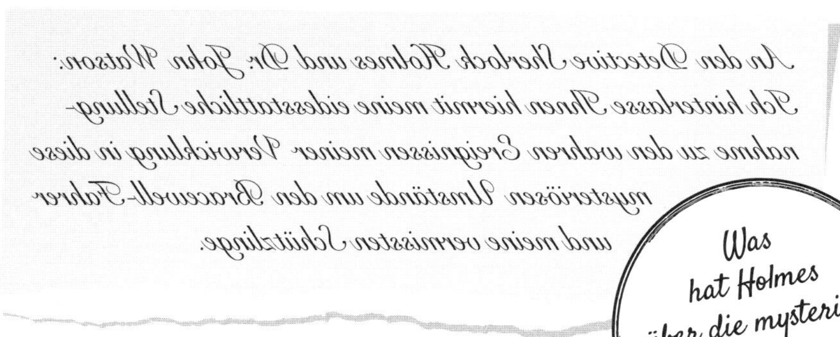
An den Detective Sherlock Holmes und Dr. John Watson:
Ich hinterlasse Ihnen hiermit meine eidesstattliche Stellungnahme zu den wahren Ereignissen meiner Verwicklung in diese mysteriösen Umstände um den Bracewell-Fahrer und meine vermissten Schützlinge.

„Was halten Sie davon?“, fragte ich

„Ist das nicht offensichtlich, Watson?“, erwiderte Holmes.

„Es sieht weder wie Englisch noch wie eine andere Sprache aus, die ich gesehen habe“, sagte ich.

„Es ist Englisch“, korrigierte Holmes. „Aber Sie schauen sich die Nachricht nicht richtig an.“

Mit diesen Worten nahm er den Zettel und ging zum Kleiderschrank, öffnete die Tür und hielt die Nachricht vor den Spiegel. Ich stand neben ihm und schaute mir den Zettel an.

Jetzt konnte ich lesen, was Miss Forman geschrieben hatte.

„Miss Forman hat uns eine Stellungnahme hinterlassen“, sagte Holmes und zeigte auf ein Bündel Papiere, das auf ihrem Kopfkissen lag. „Wir werden bald herausfinden, was sie enthüllen und inwiefern andere involviert sein könnten.“ Mrs. Kemp wischte sich ein paar Tränen aus den Augen und rieb sich mit ihren Händen über ihr Gesicht.

*Wenn Sie Miss Forman verdächtigen, an den Taten beteiligt gewesen zu sein, fahren Sie auf Seite 161 fort.*

*Wenn Sie vermuten, dass Miss Forman unschuldig ist, fahren Sie auf Seite 184 fort.*

Wir verließen die 221B Baker Street und fanden nicht weit von unserem Apartment eine Kutsche.

„Welch ein Glück!“, rief ich. „Woher wissen Sie, wo wir Lestrade treffen sollen?“

„Nun, Watson“, antwortete er. „Alle Informationen, die wir brauchen, befinden sich im Telegramm. Haben Sie nicht herausgefunden, wo in Finchley unser Treffen mit Lestrade stattfinden soll?“

Ich gab zu, dass die Nachricht für meine ungeübten Augen rätselhaft aussah.

„Das Telegramm ist hinsichtlich des genauen Treffpunktes genauso kryptisch wie hinsichtlich der genauen Lokalisierung Finchleys. Der Treffpunkt verbirgt sich im Rest des Telegramms. ‚Schwer ruht das Haupt, das eine Krone drückt‘ ist eine Anspielung auf Shakespeares Heinrich IV, Teil 2: ‚Unruhig liegt der Kopf, der eine Krone trägt‘ – Verantwortung ist eine schwere Last.

Das schwere Haupt ist der Kopf des Königs, und wir treffen Lestrade auf einen Drink im King’s Head Pub, nur einen Katzensprung vom Bahnhof entfernt.“

Holmes verkündete unser Ziel, und der Kutscher peitschte seine Pferde umgehend zu einem Galopp an. Aber an Galopp war nicht zu denken, denn die Pferde und Räder der Kutsche blieben andauernd im Matsch stecken. Die Fahrt ging nur langsam voran. Noch ärgerlicher war allerdings, dass kurz nach unserer Abfahrt ein weiterer Fahrgast in die Kutsche einstieg, was mich davon abhielt, Holmes weitere Fragen zu stellen.

Durch das Gewicht des weiteren Mannes blieb schließlich eines der Hinterräder im Matsch stecken. Sosehr er sich auch bemühte, der Fahrer konnte die Pferde nicht dazu bringen, sich noch einen Zentimeter zu bewegen. Der andere Fahrgast und ich stiegen zusammen mit dem Fahrer aus, um die Kutsche zu schieben, während Holmes die Pferde führte. Schließlich setzten wir uns wieder in Bewegung. Diese Prozedur sollte sich allerdings noch viele Male auf unserem Weg wiederholen, auch noch lange nachdem der zusätzliche Fahrgast in Golders Green ausgestiegen war. Holmes jedoch brachte es fertig, seinen Mantel bemerkenswert sauber zu halten, und schien die Fahrt in vollen Zügen zu genießen. Ich versuchte, den Matsch von meinen Stiefeln und meiner Hose zu kratzen, jedoch mit wenig Erfolg.

Dieser Ablauf ließ uns, oder zumindest mich, jegliches Gefühl für Zeit und Ort verlieren. Das Schaukeln der Kutsche hatte nach unseren Anstrengungen eine beruhigende Wirkung. Schließlich bewunderten wir die St. Michael's Church, die sich über uns erhob. Plötzlich schreckte Holmes aus seinem Sitz auf.

„Fahrer!", rief Homes. „Halten Sie diese Kutsche sofort an!"

Der Fahrer gab vor, nichts zu hören, bis Holmes anfing, an die Scheibe zu klopfen. Aus Angst, er könne sie ganz zertrümmern, hielt der Fahrer die Kutsche an.

„Gewiss", fing Holmes an, „wissen Sie, dass wir in die falsche Richtung fahren. Wir befinden uns in Highgate, das weit südöstlich von Finchley liegt!"

Der hinreichend eingeschüchterte Mann gab zu: „Ich wollte Ihnen nichts tun. Der Fahrgast vor Ihnen hat mir zehn Schilling gegeben und wies mich an, vor Ihrer Wohnung zu warten. Mir wurden weitere zehn Schilling versprochen, wenn ich Sie aufhalte, indem ich durch die matschigsten Straßen fahre, und noch einmal zehn Schilling, um ihn nicht weit von dem Ort, an dem Sie mich angehalten haben, wieder abzuholen."

„Ich gebe Ihnen weitere zehn Schilling, wenn Sie diesen Mann beschreiben können."

„Ich würde ihn auf vierzig oder fünfzig Jahre schätzen. Vollbart. Sehr blasses Gesicht.“

„Das könnten alles Verkleidungen sein“, sagte Holmes. „Können Sie mir seine Augenfarbe verraten?“

„Nein. Ich konnte ihn nicht richtig sehen, um ehrlich zu sein. Seine Mütze bedeckte die obere Hälfte seines Gesichts.“

„Da kann man nichts machen, Watson. Verlorene Zeit ist verlorene Zeit.“

Wir kehrten um und setzten unsere Reise nach Finchley fort, wo wir schließlich am King’s Head ankamen.

*Fahren Sie nun auf Seite 86 fort.*

# Auszug aus Amelia Formans Stellungnahme

Bislang habe ich die Geschichte vor allem aus meinen Erinnerungen – mit gelegentlichen Anstößen von Holmes, der mit Kritik weitaus großzügiger ist als mit Lob – und aus Quellen wie Telegrammen, Zeitungsartikeln und Tagebüchern wieder zusammengesetzt. Es ist allerdings an der Zeit, diese Geschichte an einen gänzlich anderen Erzähler zu übergeben, und es wird gleich deutlich werden, warum.

*Meine Stellungnahme: Amelia Forman* [redacted]

*Von Mr. Holmes und einem Mann, der mir als Inspektor Lestrade vorgestellt wurde, wurde ich gebeten, meine Version der Ereignisse und meine Rolle in dieser Geschichte wiederzugeben. Ich werde über meine Zeit seit dem Besuch von Mr. Sherlock Holmes und Dr. Watson bei Mrs. Kemp berichten. Es ist jedoch sinnvoll, noch ein bisschen früher mit meinem Bericht zu beginnen.*

*Es stimmt zwar, dass es mir, als ich mich im Haus meiner geschätzten Betreuerin wiederfand, nicht besonders gut ging, aber ich war stärker, als sie es von mir erwartete. Ich bin zwar keine Detektivin, aber ich bin – und war es schon immer – eine leidenschaftliche Leserin, insbesondere von Detektivgeschichten. In der*

Abgeschiedenheit meines Zimmers, das leicht nach Kohl roch – anders kann ich es nicht beschreiben, sosehr ich Mrs. Kemp auch bewundere –, habe ich oft über die Vorfälle dieses einen Tages nachgedacht. Ich konnte nicht anders, als mir den Kopf über diese ungeklärten Fragen zu zerbrechen: Wer hatte den Kutscher ermordet? Warum war seine Kleidung trocken? Wollten uns die Kinder etwas sagen, als sie ein Lesezeichen bei der Karte in dem Buch Die Schatzinsel hinterließen? Jeder weiß, dass die Karte nicht viel zum Fortgang der Handlung beiträgt. Und das größte Rätsel: Wo sind die Kinder jetzt?

Um ganz ehrlich zu sein, hatte ich kein großes Vertrauen in den Detektiv und seinen Begleiter, als wir uns das erste Mal begegneten. Mr. Holmes starrte mich recht ausdruckslos an, während Dr. Watson mich medizinisch untersuchte. Abgesehen von seiner Rolle als Arzt schien er Holmes keine große Hilfe zu sein. Als Dr. Watson mit seiner Untersuchung fertig war, stellte Mr. Holmes mir die banalsten Fragen. Ich konnte nicht erkennen, inwiefern sie relevant waren. Meine Antworten ließen Holmes gelangweilt aussehen, und Watson schien verwirrt.

Kurz nachdem sie gegangen waren, beschloss ich, die Sache selbst in die Hand zu nehmen. Ich sagte Mrs. Kemp, ich wolle George Hewitt dafür danken, dass er mich zu ihr gebracht hatte. Sie gab mir einen Stift, Papier und seine Adresse. Sie kannte die Adresse auswendig, was mir seltsam vorkam, wenn man bedenkt, dass sie nur flüchtige Bekannte sind. Rasch schrieb ich eine Nachricht und erklärte meiner Gastgeberin anschließend, dass ich mich von den Anstrengungen des Vormittags erschöpft fühlte. Von da an konnte ich den nächsten Teil meines Plans in die Tat umsetzen.

Mrs. Kemp bot mir an, nach einem Arzt zu schicken, doch davon wollte ich nichts hören. Ich war fit wie ein Turnschuh und konnte es kaum abwarten, meine Umgebung unter die Lupe zu nehmen. Ich schloss die Tür hinter mir ab und warf einen Blick in den Kleiderschrank, wo ich ein paar legere Kleidungsstücke zum Spazierengehen (Hose und Oberteil) fand. Männerkleidung ist mir nicht fremd: Wann immer meine Geschwister und ich zu Hause ein Theaterstück aufführten, trug ich regelmäßig Sachen aus dem Kleiderschrank meines Stiefvaters.

Das Dienstmädchen arbeitete unten, und Mrs. Kemp saß im Wohnzimmer und las. Es war also unmöglich, in meiner Verkleidung unbemerkt aus dem Haus zu kommen. Ich schaute aus dem Fenster. Draußen stand ein Baugerüst, und ich hatte die Wahl zwischen zwei oder drei Leitern. Es war in der Tat ein einfacher Fluchtweg. Ich beobachtete, wie Holmes und Watson langsam fortgingen. Mr. Holmes schien mit seiner dröhnenden Stimme immer wieder auf den guten Doktor einzureden, der – für meine Ohren und Augen – weder mit seiner Stimme noch mit einer Geste antwortete. Als die Luft endlich rein war, kletterte ich aus dem Fenster, setzte einen Fuß auf die Leiter unter mir und sprang hinunter auf den Rasen. In meiner neuen Kleidung folgte ich den beiden aus sicherer Entfernung.

Ich hörte zufällig, wie Holmes zu Watson sagte, dass sie zu Cromwell's gehen würden. Ich fragte mich, warum. Es gab nichts, was die Arbeitsagentur ihnen sagen konnte, was nicht schon in meinem Tagebuch stand. Sie werden inzwischen sicher festgestellt haben, dass ich nicht viel von dem Detektiv halte.

In Ermangelung an ‚Hinweisen,' wie man es nennt, bin ich Holmes und Watson ins Londoner West End gefolgt. Ich war überrascht, so viel Aufruhr vor der Cromwell-Agentur zu sehen. In diesem Teil der Stadt herrscht zwar immer viel Verkehr, aber selten versammelt sich eine Menschenmenge vor der Arbeitsagentur. Polizisten, Zeitungsleute und Schaulustige bemühten sich lauthals darum, gehört zu werden.

Ich hielt einen Passanten an und fragte ihn, was denn passiert sei.

„Es gab einen Einbruch“, sagte er.

„Einen Einbruch?“, wiederholte ich erstaunt.

„Das habe ich doch gesagt“, und mit dieser Aussage blickte er mich finster an, als würde ich ihm eine Lüge unterstellen.

„Wurde jemand verletzt?“, fuhr ich fort.

„Ich habe gehört, dass es einen Mord gegeben hat!“, rief er aus.

„Zwei“, sagte der Junge, der neben ihm stand.

„Brandstiftung, sagen sie“, argumentierte eine Frau, die die Hand des Jungen hielt.

„Vandalismus“, widersprach ein alter Mann, der in der Nähe stand.

Es war unmöglich, die Fakten von den Schwindeleien zu unterscheiden. Jeder Zuschauer hatte seine eigene Interpretation der Ereignisse. Ich ging auf einen diensthabenden Polizisten zu und zog ein Stück Papier, das ich von Mrs. Kemp bekommen hatte, und einen Stift hervor. Ich konnte sehen, dass er kurz davor war, mich zusammen mit dem Rest der Menge zurückzudrängen, als ich mit leiser, rauer Stimme zu ihm sprach.

**Wie hat Amelia den Polizisten dazu gebracht, ihr von dem Verbrechen zu berichten?**

Da ich wusste, dass der Bulle nicht jedem x-beliebigen Menschen Informationen über das begangene Verbrechen geben würde, gab ich mich als Journalisten aus und fragte, was vorgefallen war. Er schaute sich schnell um, vermutlich um zu sehen, ob ein Vorgesetzter anwesend war, und bat mich dann, seinen Namen nicht zu nennen, bevor er mir die reinen, direkten Fakten des Falles berichtete. Es waren nicht viele: Bei Cromwell's wurde eingebrochen und einige Akten wurden gestohlen.

Ich wusste, dass es besser war, Holmes und Watson nicht weiter zu verfolgen. Ich dachte mir, dass Mr. Holmes wohl einen Nebenschauplatz des eigentlichen Rätsels verfolgte, und beschloss, bei der Sache zu bleiben. In meinem Kopf begann sich eine Idee zu formen.

Ich würde mit Mr. Hewitt, dem Briefträger, sprechen, die Fakten zu diesem Fall selbst herausfinden und so den Fall noch vor dem berühmten Detektiv lösen.

Ich verbarg mein Gesicht mit einer Mütze, als ich an ihnen vorbeilief, und sie bemerkten rein gar nichts. Während ein Polizist Miss Stoper abführte und andere in der Menge jeden verhörten, den sie zu fassen kriegten, lächelte ich in mich hinein: Miss Stoper hatte endlich ihre gerechte Strafe bekommen. Nachdem sie mein voraussichtliches Gehalt bei den Bracewells in Erfahrung gebracht hatte, sprach sie auf eine Art mit mir, die mir nicht gefiel. Ich stahl mich davon und machte mich auf den Weg zu Mr. Hewitts Adresse. Ich wollte die Sache selbst in die Hand nehmen.

Lassen Sie mich meine Überlegungen erläutern. Von Anfang an wusste ich, dass die Umstände meiner Anstellung etwas Rätselhaftes an sich hatten. Die Bezahlung war zu großzügig für die Dienste, die ich erbringen konnte, und außerdem hatte ich zuvor weder ein Gespräch mit meinem Arbeitgeber noch mit einer Person aus seinem Haushalt geführt.

So mysteriös diese Umstände auch waren, sie schienen nichts mit dem Verschwinden der Kinder zu tun zu haben. Vielleicht war ich übereilt eingestellt worden, doch das muss nicht bedeuten, dass ich eingestellt wurde, um die Entführung der Kinder zu ermöglichen, wobei ich für das Verbrechen teilweise verantwortlich gemacht wurde. Mir ging es jetzt weniger darum, herauszufinden, warum ich eingestellt worden war, als vielmehr um die Rettung der Kinder. Ich vermutete, dass das fehlende Bindeglied bei George Hewitt lag. Ich hatte Angst, ihn aufzusuchen, denn es war bereits ein Mann getötet worden. Es würde Stunden dauern, bis Holmes und Watson ihn einholten, wenn überhaupt.

George lebte in einem unangenehmen Teil der Stadt. Ich habe schon einige Zeit in zwielichtigen Gegenden verbracht, aber noch nie in einer wie dieser. Die Straße war nur schwach beleuchtet, und seine Tür lag am Ende einer dunklen Gasse. Ich wünschte, ich wäre mit Begleitung gekommen, denn ich hatte nicht nur Angst vor streunenden Hunden und Ratten, sondern auch vor dem, was ich vorhatte. Ich ging um das Haus herum, inspizierte die Lage und erschrak, als ich in der Nähe einen Hund heulen hörte. Schließlich fand ich die Rückseite des Hauses.

In einem kleinen Hinterhof neben dem Haus von Hewitt sah ich, wie sich eine Wäscherin an einem Waschzuber abmühte. Um meine Nerven zu beruhigen und mir etwas Zeit zu verschaffen, fing ich ein Gespräch an.

„Entschuldigen Sie bitte", fragte ich mit tiefer Stimme, um sie in die beste männliche Stimme zu verwandeln, die ich aufbringen konnte, passend zu meiner Kleidung. „Können Sie mir sagen, wo ich Mr. George Hewitt finden kann?"

„Zu Hewitt willste? Er wohnt dort. Du stehst quasi in seim Garten", sagte sie und blickte mich argwöhnisch an, bevor sie auf das Haus zeigte. „Was willste denn von ihm?"

„Er ist mein Onkel", sagte ich.

„Ich habe ihn noch nie über 'nen Neffen reden hören."

„Wir haben uns nie nahegestanden."

„Das erklärt's", antwortete sie. Sie wandte sich wieder ihrer Wäsche zu, fügte dann aber hinzu: „Er war nicht immer so, weißte."

„Wie denn?"

„Gebrochen. Er war ehrenhaft, weißte. Das solltest du wissen, bevor de ihn triffst. Er ist wahrscheinlich nicht so, wie du oder deine Familie ihn in Erinnerung haben."

„Wie ist er jetzt?", fragte ich.

Sie musterte mich erneut, und es schien, als ob ihr Wunsch, über Hewitt zu sprechen, die Zweifel, die sie hatte, überwog. „Das solltest du wissen, da du ja verwandt bist mit ihm. Du musst wissen, dass das Haus Hewitt gehört, aber nicht das Land, auf dem es steht. Unser Vermieter ist'n Tyrann. Seit Monaten erhöht er die Miete, in der Hoffnung, dass wir alle verschwinden und er die Gebäude abreißen und das Land verkaufen kann. Aber für solche wie Hewitt und mich gibt es kein'n ander'n Ort, an den wir geh'n könn'.

Und zu allem Überfluss wurde Hewitt von 'nem Gauner um seine ganzen Ersparnisse gebracht und schwor, sich zu rächen. Für Hewitt ist's schlimmer als für mich: Nachdem seine Frau und sein Sohn monatelang schwerkrank war'n, starb'n sie in diesem Haus."

**Warum hörte die Wäscherin auf zu reden?**

„Du meine Güte!", rief ich aus. Die Frau hörte auf zu reden und starrte mich an.

Als ich so vor ihr stand, betrachtete mich die Waschfrau mit zusammengekniffenen Augen. Sie ließ ihre Finger von der Wäsche, die sie gerade wusch und zurück in die Wanne glitt.

Ich hatte mich in meinem Ausruf kurz vergessen, und meine richtige Stimme verriet mich.

Ich hustete heiser. „Es tut mir schrecklich leid. Der Rauch aus den Schornsteinen ist dick hier hinten. Was für ein schreckliches Unglück meiner Tante und meinem Vetter widerfahren ist! Ich bin gerade erst aus Frankreich zurückgekehrt. Ich wünschte, ich wäre unter besseren Umständen gekommen."

Die Frau hob die nasse Kleidung auf und fuhr mit dem Waschen fort. „Das hätteste, Mister. Wenn de nur zwei Jahre früher gekomm' wärst, hätt'ste gehört, wie Hewitt vor Lachen gebrüllt und sein'n Sohn auf sein'n Schultern balanciert hat. Jetzt schuftet er sich mit Extraschichten und Briefträgerrunden zu Tode, um seine steigend'n Schulden zu begleichen. Ich hab' gehört, dass er versucht, sein Erspartes durch Glücksspiele mit Halunken hier aus der Gegend zu erhöh'n."

**Was vermutet Amelia nun?**

Ich biss mir auf die Lippen, um ein Schluchzen zu unterdrücken. Ich wollte meine Tarnung nicht auffliegen lassen.

„Gibt es keine Hoffnung für ihn?"

„Keine. Bracewell, der Teufel! Ich spuck' auf sein' Namen. Er und sein Scherge wollen uns so oder so loswerd'n. Es wird nich' mehr lange dauern, dann sind wir alle weg. Du gehst besser rein. Hewitt wird bald zu seiner Schicht aufbrech'n."

Aha, dachte ich bei mir. Die letzten Teile des Rätsels fügten sich zusammen. Wenn meine Vermutungen richtig sind, dann habe ich den berühmten Sherlock Holmes geschlagen! Aber der arme, arme Mr. Hewitt.

Ich bedankte mich bei der Wäscherin und ging zur Vordertür. Ich hob gerade meine Hand, um an der Tür zu klopfen, als diese sich öffnete und ich mich Mr. Hewitt gegenüberstehen sah. Sein Gesichtsausdruck war von Kummer, Verzweiflung und Angst gezeichnet. Meine Miene wurde weicher, da ich von seinem Unglück wusste, und meine Augen wurden feucht. Als er mich musterte, befürchtete ich, dass meine Tarnung auffliegen könnte. In seinen rot geränderten Augen kam die Erkenntnis auf:

„Was wollen Sie, gnädige Frau?"

Da meine List nun aufgeflogen war, ließ ich meine Verkleidung fallen.

„Ich bin gekommen, um Sie zu warnen", flüsterte ich leise.

Jetzt war es Hewitt, der überrascht war. Er führte mich ins Haus und zeigte auf ein paar umgedrehte Kisten, die ihm als Stühle dienten. Ich sah mich in Hewitts Haus um und entdeckte eine kleine Schale mit Wasser auf dem Boden, einen Ball, der halb von einer der Kisten verdeckt wurde, eine Ausgabe des Werks Die Schatzinsel, die so aussah, als wäre sie auf den Boden geworfen worden, und drei Gläser, die in der Nähe der Spüle standen.

Er setzte sich mir gegenüber.

„Ich wollte nicht, dass das alles passiert!", rief er verzweifelt.

„Aber das ist es. Sie haben einen Mann umgebracht und die Kinder entführt. Mich scheren Bracewells beauftragter Detektiv und sein Freund nicht, aber ich fürchte, sie haben herausgefunden, wo die Kinder stecken, was bedeutet, dass Ärger auf Sie zukommen wird. Sie müssen verschwinden und dürfen niemals zurückkehren."

„Das ist nicht fair", sagte Mr. Hewitt. Sein Finger zeichnete die Figur von Amor auf dem Kerzenhalter in der Nähe nach. „Ich habe versucht, mein Leben wieder in den Griff zu kriegen, nachdem ich meine Familie verloren hatte."

„Ich stimme Ihnen zu, das Leben hat Ihnen keine fairen Karten zugespielt, aber was Sie getan haben, war falsch."

Er hielt inne und spielte mit seinem Hut herum.

„Warum helfen Sie mir?", fragte er.

„Ich arbeite weder für die Polizei noch für den Detektiv. Als ihr Kindermädchen ist meine einzige Sorge, dass die Kinder unversehrt sind, und ich glaube, es ist an der Zeit, dass Sie sie zu ihrem Vater zurückbringen."

Wo vermutet Amelia die Kinder?

Er erschrak. „Woher wissen Sie, wo sie sind?", fragte er.

„Es ist offensichtlich, dass sie in der Nähe sind", sagte ich, zufrieden mit mir selbst, dass ich sie noch vor dem großen Mr. Holmes gefunden hatte.

„Ich hätte ihnen nie etwas getan", sagte er. „Es ging alles so schnell."

„Das verstehe ich", sagte ich. „Und augenscheinlich haben Sie sich gut um sie gekümmert – und um Spot!" Ich zeigte auf die Schale mit Wasser auf dem Boden.

„Die Kinder und ihr Hund sind oben", sagte er. „Sie sind kerngesund. Sie beschäftigen sich mit den alten Spielsachen meines Sohnes. Nur ihrem Hund geht es nicht gut. Er hört einfach nicht auf zu jaulen und schreckt damit die Streuner draußen in der Gasse auf. Ich hatte nie vor, sie mitzunehmen, aber ich konnte sie nicht mit einem toten Mann auf dem Fahrersitz in der Kutsche zurücklassen, also habe ich sie hierhergebracht. Ich habe meine Kutsche in der Nähe des großen Teichs im Matsch abgestellt, ehe ich Sie zu Mrs. Kemp gebracht habe." Seine Augen leuchteten auf, als er ihren Namen erwähnte.

„Ich kenne die Gründe für Ihre Tat. Verschwinden Sie jetzt! Holmes und Watson werden zurückkommen – das ist unvermeidlich."

„Bevor ich gehe, möchte ich eine Sache klarstellen. Es ist keine Entschuldigung, aber eine Erklärung dafür, warum ich tat, was ich tat. Mullins war genauso schlimm wie sein Chef. Zusammen haben sie mir alles genommen, was ich besitze. Die lange Krankheit meiner Frau und meines Sohnes hat mich arm gemacht, aber ich habe dafür gesorgt, dass es ihnen in ihren letzten Tagen an nichts fehlte.

Bracewell erhöhte zweimal im Jahr die Miete für die Pacht des Grundstücks, auf dem mein Haus steht. Die Kosten für den Tod meiner Familie nahmen fast alles in Anspruch, was ich hatte, also spielte ich Glücksspiele. Ich verlor all mein Erspartes – ich wusste nicht, dass Mullins ein Betrüger war – und geriet dann mit meinen Zahlungen an die Bracewells in Verzug. Mullins machte mir ein Angebot für das Haus, aber es lag weit unter seinem Wert, und er wusste, dass mir nichts anderes übrig blieb, als es anzunehmen.

Ich habe Mullins wegen seiner Betrügereien zur Rede gestellt. Ich traf ihn in einer Gasse vor seiner Stammkneipe. Er war betrunken und wurde gewalttätig, als ich ihn beschuldigte. Er zog eine Waffe, und wir rangen. Ein Schuss löste sich, und er brach zusammen. Mir blieben nur wenige Augenblicke, um zu entscheiden, was ich tun sollte, also schob ich seine Leiche in den Laderaum meiner Kutsche und fuhr nach Hause. Ich fand einige zerrissene Papierfetzen. Ich wollte herausfinden, wie seine Anweisungen lauteten, sonst hätte man ihn als vermisst gemeldet."

Ich starrte einige Sekunden lang auf die Papierfetzen und begann sodann, sie zusammenzusetzen. Ich las die Nachricht und forderte George mit einem Nicken auf, fortzufahren.

„Er trug einen Zettel bei sich, mit der Anweisung, die Kinder am nächsten Morgen vor dem Haus abzuholen und sie dann zum Bahnhof zu bringen, um Sie gegen Mittag abzuholen. Ich fühlte mich so schuldig wegen dem, was ich getan hatte, dass ich das Geld, das ich bei ihm fand, in seiner Tasche ließ. Ich trug einen langen Mantel – so wie er – und eine Mütze, stellte meine Kutsche in der Nähe der matschigen Pfütze, die sich über die letzte Woche gebildet hatte, wo also niemand vorbeikommen würde, ab und ging den Rest des Weges nach Westwood Manor zu Fuß.

Ich fand den Schlüssel für die Kutsche in der Nähe des Stalls. Ich sattelte die Pferde, fuhr zum Haus, wo die Kinder warteten, und dann zum Bahnhof, um Sie abzuholen. Die Fahrt verlief ohne Probleme, und ich dachte, ich könnte seine Ermordung mit einem leeren Schuss inszenieren. In der Nähe der Bäume zog ich seine Leiche aus meiner Kutsche, trug sie zu der Kutsche der Bracewells und setzte sie auf den Fahrersitz.

Ich glaubte, ich sei aus dem Schneider, und wollte gerade zur Polizei gehen. Ich hätte nicht gedacht, dass Sie herauskommen würden, um Nachforschungen anzustellen. Ich versteckte mich in der Nähe und rauchte meine Zigarre, als ich sah, wie Sie aus der Kutsche stiegen, Mullins' Leiche untersuchten und sich dann verletzten, als Sie versuchten, zur Kutsche zurückzugehen. Ich konnte nicht noch einen Toten gebrauchen, vor allem nicht, wenn die Kinder dabei waren. Ich hatte also keine Wahl. Ich nahm den Schlüssel, den ich Ihnen gegeben hatte, schloss die Kutsche auf, setzte die Kinder in meine Kutsche und brachte sie hierher – nicht weit vom Ort des Geschehens. Dann kehrte ich zur Kutsche zurück, um Sie zu Mrs. Kemp zu bringen. Und schließlich habe ich die Tat der Polizei gemeldet.

Ich habe doch bloß versucht, mein Leben wiederaufzubauen. Hätte ich Mrs. Kemp doch nur gesagt, was vorgefallen war. Vielleicht wäre alles anders gelaufen, wenn sie gewusst hätte, dass ich mein Haus verliere ..." Seine Stimme brach ab.

Ich hatte Mitleid mit dem armen Mann. Trotz aller Fehler, die er gemacht hatte, war es am Ende Harry Mullins, der ihn zu seiner letzten Verzweiflungstat getrieben hatte. Er war nur des Betruges schuldig. Er hatte keinen Mann kaltblütig umgebracht. Ich fällte schnell meine Entscheidung und wiederholte: „Verschwinden Sie jetzt und kommen Sie nie mehr zurück." Es hatte eine Weile gedauert, bis er seine Geschichte erzählt hatte, und ich geriet in Panik, dass der Detektiv jeden Moment eintreffen würde.

Er schaute mich lange an und fing an, sein weniges Hab und Gut zusammenzupacken. Er reichte mir den goldenen Kerzenhalter und bat mich, ihn Mrs. Kemp zu geben. Ich verstaute ihn sicher in meinem langen Mantel und versicherte ihm, dass ich dies tun würde.

Als er gehen wollte, sagte ich ihm, er solle die Tür hinter sich abschließen. Ich ging nach oben, um nach den Kindern zu sehen und ihnen zu sagen, dass sie bald nach Hause fahren würden. Ich ging wieder nach unten zu der Kiste zurück, auf der ich zuvor gesessen hatte, und dachte über all das nach, was vorgefallen war.

Es dauerte nicht lange, bis Holmes, Watson und zwei Männer, die ich nicht kannte, eintrafen. Da ich meine Tarnung abgelegt hatte, erzählte ich ihnen, dass die Kinder oben in Sicherheit seien. Ich wartete auf der Kiste, bis sie diese Tatsache bestätigten, denn ich wusste, dass sie bald mit dem Verhör beginnen würden.

Zunächst war Holmes damit beschäftigt, mir von Lord Bracewell zu erzählen, der anscheinend ein Verwandter ist, der vorgibt, mein Arbeitgeber zu sein. Das ist für mich nicht von Bedeutung, da ich den echten Lord nicht kenne. Jedoch bemerkte ich, dass Holmes unsere Aufmerksamkeit auf die Kinder im Obergeschoss lenkte, um uns von diesem Verwandten von Bracewell abzulenken. Zusammen sammelten wir, mit Ausnahme von Bracewell, die Kinder und Spot, den Hund, ein.

Als Lestrade außer Hörweite war, bat mich Holmes, die Stellungnahme zu schreiben, die Sie gerade lesen. Möglicherweise halten Sie, Holmes, mich für eine Komplizin bei Hewitts Flucht, aber vielleicht könnte ich dasselbe auch über Sie und Bracewell sagen. Vielleicht ist an der Geschichte des falschen Lords genauso viel dran wie an der von Mr. Hewitt. Nichtsdestotrotz hoffe ich, dass meine Stellungnahme den unglücklichen Briefträger entlastet und es ihm ermöglicht, sein Leben neu aufzubauen, und ich habe eine Ahnung, dass er das gerne mit Mrs. Kemp tun würde.

Amelia Forman

Nach einer kurzen Unterhaltung mit Lestrade wandte sich Holmes an Amelia und sagte: „Sie dürfen gehen. Der Inspektor möchte gerne mit Hewitt sprechen, aber Ihre Stellungnahme sollte seine Freilassung sicherstellen."

„Ich danke Ihnen beiden", sagte Miss Forman. „Ich gehe davon aus, dass meine Anstellung bei den Bracewells in Kürze enden wird, sodass ich nach Hause zurückkehren werde."

„Unsere Pflicht ist hier getan", sagte Holmes. „Aber unsere Arbeit ist noch nicht beendet. Es gibt noch ein weiteres Rätsel, das unsere Aufmerksamkeit erfordert, und dafür müssen wir in die Baker Street zurückkehren und mit Gregson sprechen."

*Fahren Sie nun auf Seite 204 fort.*

Als wir ankamen, war Lestrade nirgends auffindbar. Wir stellten uns dem Besitzer des Pubs vor und fragten, ob der Inspektor uns eine Nachricht hinterlassen hätte. Der Mann zündete eine Kerze an, als wolle er einen genaueren Blick auf uns werfen. Es war offensichtlich, dass er uns erwartet hatte – aber zum Guten oder zum Schlechten?

Schließlich brach er sein Schweigen: „Ja, ein Mann mit dem Gesicht eines Frettchens hat sehr lange auf Sie gewartet. Er beschrieb Sie“, dabei zeigte er auf Holmes, „aber er erwähnte nicht, dass Sie in Begleitung sein würden. Er hat Ihnen diese Nachricht hinterlassen und meinte, Sie wüssten schon, was damit zu tun ist. Ich bin gleich wieder da – ich muss kurz nach einer Warenlieferung sehen.“ Er übergab Holmes einen Zettel und verschwand anschließend im hinteren Teil des Gebäudes.

Holmes las die Nachricht laut vor: „‚Wenn dies derjenige ist, der ich denke, der es ist, bestellen Sie bitte einen Drink in der Farbe des Frühlings mit Erbsenblüten, Spinnweben, Motten und Senfsamen. Es wird sich alles aufklären. – L.‘“

„Das klingt nicht gerade appetitlich, Holmes“, sagte ich und zuckte bei den Zutaten zusammen. „Was möchte Lestrade damit erreichen, uns ein solches Gebräu trinken zu lassen?“

„Das ist ein weiteres Rätsel“, antwortete Holmes und zog nachdenklich die Augenbrauen hoch.

„Ich hätte nicht gedacht, dass Lestrade so belesen ist“, grübelte Holmes laut. „Lassen Sie uns diese neueste Nachricht analysieren. Ein Getränk in der Farbe des Frühlings zu bestellen ist offensichtlich ein Hinweis darauf, dass die Flüssigkeit eine grüne Farbe hat. Erbsenblüte, Spinnwebe, Motte und Senfsamen sind keine Zutaten. Das sind die Feen, die Königin Titania aus dem Schauspiel *Ein Sommernachtstraum* begleiten.

Grüne Fee oder eher ‚Die Grüne Fee' ist ein Beiname für Absinth. Lassen Sie uns die entsprechende Flasche Absinth finden, uns ein Gläschen genehmigen und hoffen, dass sich Lestrades Nachricht aufklären wird."

Wir inspizierten die Hauptbar, konnten aber nirgends eine Flasche der Spirituose finden. Da der Besitzer des Pubs nun gänzlich verschwunden war, hoben wir die Klappe der Theke an und gingen hinter den Tresen, um uns die Bar einmal genauer ansehen zu können. Holmes und ich überprüften alle Flaschen und lasen uns ihre teilweise verblassten Etiketten durch. Es verdichtete sich die Erkenntnis, dass wir hier keinen Absinth finden würden. Allerdings entdeckten wir einen kleinen Raum links von der Bar. Die Tür war zwar geschlossen, aber nicht verschlossen, also gingen wir hinein. Die Wände waren über und über mit Regalen voller Flaschen bedeckt.

Als die Tür hinter uns ins Schloss fiel, hörte ich ein kleines Klicken. Aber wir waren so in unsere Suche nach der richtigen Spirituosenflasche vertieft, dass es unwichtig erschien. Ich nahm eine staubige, unbeschriftete Flasche mit einer milchig weißen Flüssigkeit aus einem kleinen Regal, das gleich hinter der Tür stand. Sie war drei viertel voll, und ihr Verschluss war mit Wachs versiegelt. Ich betrachtete sie neugierig.

„Aha!", rief Holmes, und fast ließ ich die Flasche fallen. Hastig stellte ich sie zurück auf das Regal, als er eine Flasche, gefüllt mit grellgrüner Flüssigkeit, von dem Regal vor ihm herunternahm. Ein zweites Klicken ertönte, das lauter war als das vorherige, und Holmes griff in den Raum dahinter, um ein kleines Päckchen hervorzuholen, das in Lestrades Handschrift an ihn adressiert war. Holmes stellte die Flasche Absinth an ihren Platz zurück, und wir gingen zur Tür, die jedoch fest verschlossen war. Wir saßen in der Falle!

*Fahren Sie nun auf Seite 107 fort.*

# Holmes begegnet seinem Meister

„Wir fahren ins Londoner West End, direkt in die Nähe des Piccadilly Circus“, bestätigte Holmes.

„Je schneller wir herausfinden, wem wir vertrauen können, Watson, desto schneller werden wir die Kinder finden. Die Abeitsagentur der Cromwells ist das entscheidende Bindeglied zwischen den Bracewells und Miss Forman. Sicherlich fragen Sie sich, warum Lord Bracewell ein Kindermädchen, selbst ein so fähiges wie Miss Forman, für eine solch exorbitante Summe einstellte. Ihr Gehalt ist viel höher als das eines gewöhnlichen Kindermädchens, was in etwa der Anzahl der Kinder unserer Majestät entspricht, multipliziert mit den Mitgliedern der Leibgarde zu Beginn von Dumas’ Roman. Welche Qualifikationen hat sie und wer hat sie Bracewell und Mrs. Clemens empfohlen?“

Wie hoch ist das typische Jahresgehalt für ein Kindermächen zu dieser Zeit?

„Ich habe keine Ahnung, auf welchen Roman Sie sich beziehen, Holmes“ sagte ich. „Was sollen wir unserem Gastgeber sagen?“

„Haben Sie noch nie *Die drei Musketiere* gelesen, Watson?“, bei diesem Gedanken schüttelte Holmes ungläubig den Kopf.

„Königin Victoria hatte neun Kinder, multipliziert man diese mit den drei Musketieren, ergibt das siebenundzwanzig Pfund.“

„Was die Information für unseren Gastgeber über unseren Aufenthaltsort betrifft, so werden wir nicht mehr sagen als unbedingt nötig. Lassen Sie uns einfach sagen, dass ein anderer Fall – zum Beispiel die Sache im Museum – uns nach London führt, und wir hoffen, mit ihm zu Abend zu essen … wo wir ihm mitteilen werden, was wir bisher herausgefunden haben."

Wir hinterließen unserem Gastgeber eine entsprechende Notiz.

Auf den Straßen herrschte reges Treiben, da die Verkäufer ihre Waren feilboten, und die Geräusche standen in auffälligem Kontrast zur Stille von Finchley. Wir waren überrascht, Inspektor Gregson an der Schaufensterfront von Cromwell's zu begegnen. Gregson, der sogar Holmes überragt, bereitete sich darauf vor, eine Ansprache vor einer kleinen Schar aufgeregter Journalisten zu halten, die sich mit ihren Fragen um seine Aufmerksamkeit bemühten. Die anderen Polizeibeamten taten alles, um die Menge davon abzuhalten, den Laden zu betreten.

Als er uns sah, blieb Gregson stehen und führte uns ins Innere des Gebäudes.

„Schlimme Angelegenheit, Mr. Holmes!", sagte er und schüttelte uns die Hand. „Ich bin so froh, Sie zu sehen, und Sie auch, Dr. Watson."

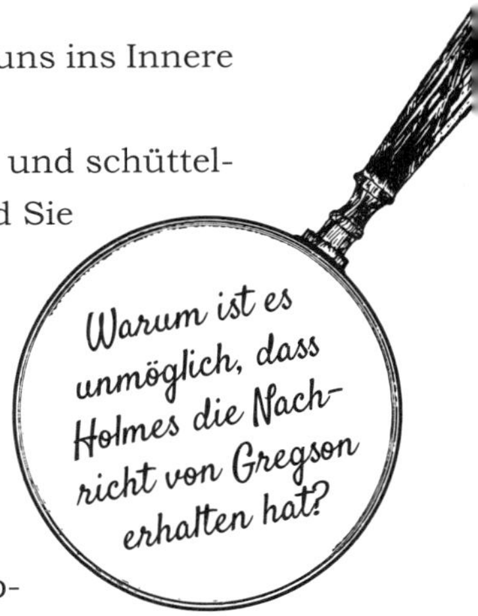


„Was ist denn los?", fragte mein Freund, als wir eine der inneren Räumlichkeiten erreichten.

„Haben Sie meine Nachricht denn nicht erhalten? Vor nicht einmal zwanzig Minuten habe ich eine in die Baker Street geschickt."

„Gregson, selbst Sie sollten wissen, dass das absolut unmöglich gewesen wäre", sagte Holmes.

„Wie meinen Sie das, Holmes? Ich habe vor nicht einmal zwanzig Minuten einen Boten losgeschickt, und jetzt stehen Sie vor mir", argumentierte Gregson.

Holmes seufzte. „Wenn Sie die Nachricht erst vor zwanzig Minuten abgeschickt haben – und selbst der schnellste Bote würde mit dem Taxi mindestens zwölf Minuten bis in die Baker Street brauchen –, hätten wir Ihre Nachricht lesen, uns sammeln und uns dann auf den Weg hierher machen müssen. Es hätte mindestens dreißig Minuten gedauert, ehe wir Sie erreicht hätten."

„Wie dem auch sei, dank einem glücklichen Zufall sind wir zur gleichen Zeit am gleichen Ort zusammengekommen. Wir waren … abwesend.“ Holmes winkte mit der Hand.

„Sie achten auch wirklich auf jedes Detail“, brummte Gregson. „Aber ich bin froh, dass Sie hier sind, ungeachtet der Umstände. Es hat einen Einbruch gegeben. Dieser Mann dort ist Mr. Cromwell, der Eigentümer, und die Dame ist Miss Stoper – die mit ihm zusammenarbeitet.“ Er nickte den beiden anderen Anwesenden in dem kleinen Büro zu. „Geben Sie mir einen Augenblick, um die Situation draußen einigermaßen unter Kontrolle zu bringen, und dann werde ich in Kürze wieder zu Ihnen stoßen.“

Wir setzten uns in das kleine Wartezimmer hinter der Eingangstür und konnten die zwei Personen im Nebenzimmer sehen. Mr. Cromwell war ein betagter Mann, der selbst inmitten eines solchen Chaos seine Nase tief in die neueste Veröffentlichung von Walter Besant gesteckt hatte. Er trug eine Brille mit dicken Gläsern auf seiner Nase, und seine klauenartigen Hände umklammerten seinen Roman. Wir hatten bereits seit etwa zehn Minuten gewartet, als ich beobachtete, wie Mr. Cromwell darüber murrte, dass er nicht mehr wusste, auf welcher Seite er zuletzt war, nachdem er das Buch mehrere Male auf den Boden hatte fallen lassen.

Miss Stoper hingegen machte einen sehr vernünftigen Eindruck. Ihr Haar war zu einem festen Dutt zusammengebunden, und ihre große Brille sorgte dafür, dass sie nichts übersah, während sie ihren Schreibtisch aufräumte, der in nahezu perfekter Symmetrie erschien. Sie saß in perfekter Körperhaltung, in perfekt gebügelter Kleidung und machte insgesamt einen gepflegten Eindruck – etwas, das mancher vermutlich von einer Dame erwarten würde, deren Aufgabe es ist, die Fähigkeiten potenzieller Kindermädchen zu beurteilen.

„Mr. Cromwell sollte in einen neuen Schreibtisch und eine neue Brille investieren“, bemerkte Holmes. „Ich bin überrascht, dass es Miss Stoper den ganzen Tag mit ihm aushält.“

„Was meinen Sie damit?“, fragte ich ihn. „Aus welchem Grund sollte Mr. Cromwell einen neuen Schreibtisch benötigen?“

Ehe Holmes antworten konnte, stürmte Gregson durch die Tür. Er führte uns durch den Raum zu den Verwaltern der Agentur. Doch bevor wir sie erreichten, hielt er kurz inne und sagte: „Ich bin froh, Sie hier als Erstes angetroffen zu haben, Holmes. Der andere Grund, warum ich Sie gerufen habe, ist, dass ich, wie ich zugeben muss, nicht in der Lage war, die Nachricht, die Sie mir gestern geschickt haben, zu verstehen. Was meinten Sie mit ‚Asket beschere morgen Sturm‘?“

„Ich dachte, dass sogar Sie in der Lage wären, ein einfaches Anagramm zu lösen, Gregson. Ich hatte Sie gebeten, uns morgen um sechs Uhr in der Baker Street zu treffen, was jetzt heute Abend wäre. Ich werde später mit Ihnen sprechen müssen. Ich werde Ihnen weitere Anweisungen zukommen lassen, sollten wir aufgehalten werden.“

„Dann sehen wir uns heute Abend. Jetzt sollten wir uns um diese Angelegenheit kümmern“, sagte Gregson, und wir wandten uns Miss Stoper und Mr. Cromwell zu.

„Was wurde gestohlen?“, fragte Gregson die beiden. Mr. Cromwell ließ sein Buch wieder fallen.

„Am besten richten Sie Ihre Fragen an mich“, sagte Miss Stoper.

„Mr. Cromwell ist hier der Buchhalter, aber er verbringt die meiste Zeit damit, die neuesten Werke von Mr. Besant zu lesen. Im Wesentlichen leite ich jetzt hier das Geschäft. Ich habe das Ansehen und den Bekanntheitsgrad dieser Agentur in den letzten Jahren gesteigert – die Leute, die wir empfehlen, sind jetzt in allen Schichten in ganz London gefragt. Ich bin die *jüngste* Arbeitsvermittlerin in der ganzen Stadt, worauf ich sehr stolz bin. Im Alter von achtzehn Jahren fing ich hier nach Jahren meiner eigenen strengen Ausbildung als Sekretärin an. Ich wurde von meinem Vater, der Lehrer in Eton war, zu Hause unterrichtet.“

„Eine beachtliche Leistung, meine liebe Dame“, sagte Holmes. „Aber können Sie uns erzählen, was passiert ist? Was wurde gestohlen?“

„Etwas von unschätzbarem Wert!“, rief Miss Stoper aus.

Sie blickte uns durch ihre Brille an. Ich spürte ihren intensiven Blick und bedauerte die jungen Frauen, die sie interviewte. „Wer sind Sie beide?“

Holmes und ich stellten uns vor.

„Das meine ich nicht“, beharrte sie. „Ich frage, was Sie beruflich machen. Ich sehe, dass Sie nicht von Scotland Yard sind. Sie haben nicht das richtige Auftreten.“

„Ich bin Arzt“, erklärte ich, „und mein Freund ...“, ich konnte die richtigen Worte nicht finden.

„Ich bin beratender Detektiv. Ich helfe der Polizei bei ihren Rätseln. Also, noch einmal, Miss Stoper, bitte sagen Sie uns, was gestohlen wurde.“

„Meine Akten!“, sagte sie und streckte uns ihre offenen Hände entgegen, als wäre der Wert dieser Gegenstände eine Selbstverständlichkeit. Da ihre Antwort wenig Eindruck auf uns machte, erklärte sie weiter: „Sie beinhalten private Informationen über unsere Mandanten, die auf unsere Diskretion vertrauen. Wenn sie in die falschen Hände geraten, ist die Firma wahrscheinlich ruiniert. All meine jahrelange harte Arbeit wäre dann umsonst!“

Ich selbst konnte den Wert der Adressen und der Korrespondenz mit ein paar Dutzend Personen nicht erkennen – ganz gleich, welche Abstammung sie hatten. Ich konnte sehen, dass Gregson meine Einstellung in dieser Angelegenheit teilte. Holmes hingegen wurde ziemlich unruhig.

„Wie viele Akten wurden entwendet?“, fragte er.

„Alle. Stellen Sie sich nur vor, wie wertvoll sie für unsere Konkurrenz sein könnten!“

„Zweifellos!“, stellte mein Freund fest. „Ist so ein Diebstahl hier schon einmal vorgekommen?“

„Noch nie, nicht in den siebzehn Jahren, die ich hier arbeite – seit dem Sommer, in dem ich mein Elternhaus verlassen habe. Wir haben keine Zeit zu verlieren, Mr. Holmes. Ich vermute die Colleys dahinter, eine Agentur, die kürzlich am Ende der Straße eröffnet hat. Sie sollten sie umgehend befragen. Sie werden von den Gerüchten gehört haben, dass Mr. Cromwell plant, sich zur Ruhe zu setzen und sein Geschäft zu schließen – obwohl ich hoffe, dass er mir erlauben wird, in seinem Namen weiterzumachen. Es sieht so aus, als warteten sie nur darauf, dass die Mandanten von sich aus bei ihnen unterschreiben, und ich weigere mich, für jemand anderen zu arbeiten.“

Pflichtbewusst schrieb Gregson das auf.

„Wann hat der Einbruch stattgefunden?“, fragte er.

„Es kann jederzeit zwischen Geschäftsschluss um sechs Uhr abends und heute Morgen passiert sein. Ich war wie immer um sieben Uhr im Büro.“

„Der Einbrecher hatte etwa zwölf Stunden Zeit?“

„In der Tat.“

„Werden die Geschäftsräume nachts abgeschlossen?“

„Verschlossen und verriegelt. All meine Akten bewahre ich in dem Metalltresor auf. Ich habe ihn selbst verschlossen, indem ich eine Zahlenkombination verwende, die ich jedes Jahr ändere – nur ich kann sie kennen. Eine Kopie der Kombination befindet sich in unserem Bankschließfach, zu dem nur ich und Mr. Cromwell Zugang haben. Der Tresor war absolut sicher, und Miss French, meine Assistentin, hat die inneren und äußeren Büroräume abgeschlossen, als wir gestern Abend gemeinsam Feierabend machten. Ich habe sie dabei beobachtet und nichts Ungewöhnliches feststellen können. Als wir heute Morgen ankamen, fanden wir das eingeschlagene Fenster vor.“

Wir sahen uns in dem kleinen Büro um. Es dauerte nicht lange, denn es war klar, wie der Täter eingebrochen war: Sowohl innerhalb als auch außerhalb des Gebäudes lag zerbrochenes Glas herum. Holmes untersuchte abwechselnd das Schloss, die Tür und das Fenster. Er schrieb etwas in sein Notizbuch und wandte sich wieder uns zu.

Was das Schloss betraf, fragte er Miss Stoper: „Wie oft ändern Sie die Kombination am Safe?“

„Jährlich. Obwohl ich sie erst letzten Monat geändert habe, weil ich den Halunken am Ende der Straße nicht traue.“

„Danke“, sagte Homes, „aber Ihre Kombination ist nicht so sicher, wie Sie hoffen. Jeder, der ein paar Details über Sie kennt, weiß, dass Sie stolz auf Ihre Errungenschaften sind, dass Sie eine Vorliebe für Logik, Ausgeglichenheit und Symmetrie haben und dass die Kombination wahrscheinlich persönlich ist, aber dennoch etwas, das Sie regelmäßig ändern können. Das macht sie absolut berechenbar.“

Holmes beugte sich zum Tresor herunter. Ich sah zu, wie er sich abmühte, die schwere Drehscheibe mehrere Male zu drehen. Der Safe öffnete sich bei seinem ersten Versuch.

„Wie haben Sie das gemacht?“, rief Miss Stoper. In einem Anfall von Wut warf sie die Papiere, die sie in der Hand hielt, zu Boden.

Ich konnte nicht umhin, den verschnörkelten Text oben auf dem Briefkopf zu bemerken, auf dem „Cromwell’s“ stand.

Cromwell’s

EMPLOYMENT AGENCY

150 Beak Street, London W1F 9RN

Holmes erklärte sich: „Als wir einander vorgestellt wurden, haben Sie uns detaillierte Hintergrundinformationen über sich selbst gegeben. Vor siebzehn Jahren haben Sie Ihre Stelle angetreten, eine Tatsache, die Sie mehr als einmal erwähnt haben, was ihre Wichtigkeit beweist. Damit schätze ich Ihr Alter auf etwa fünfunddreißig Jahre. Zweitens haben Sie Ihre Tätigkeit bei Cromwell's zu Beginn des Sommers aufgenommen, was vermutlich im Juni, dem sechsten Monat des Jahres, der Fall war. Die letzten zwei Ziffern sind wahrscheinlich das aktuelle Jahr, da Sie die Kombination jährlich ändern.

Die von mir verwendete Kombination lautete 35-6-90. Wie Sie sehen, Miss Stoper, bin ich mir sicher, dass viele, die mit Ihnen gesprochen haben, in der Lage wären, Ihnen diese Informationen zu entlocken. Natürlich ohne dass Sie es wüssten. Uns haben Sie diese Dinge unaufgefordert erzählt."

„Aber dass die Reihenfolge gleich bei meinem ersten Versuch richtig war", er drehte sich zu mir und zwinkerte mir zu, „war reines Glück." Als ich das hörte, musste ich leise lachen, unterdrückte es aber mit einem Husten.

Holmes wandte sich wieder an Miss Stoper.

„Watson und ich sind allerdings aus einem anderen Grund hier. Erinnern Sie sich an einen Mandanten namens Bracewell?"

Ungläubig lächelte Miss Stoper: „Ich erinnere mich an jeden Mandanten, der bei uns anfragt, und an jedes Kindermädchen, das dieses Büro besucht. Ich brauche keine physischen Akten, um mich daran zu erinnern, Mr. Holmes. Diese bestimmte Angelegenheit werde ich so schnell nicht vergessen. Irgendetwas war daran faul."

„Warum?"

„Sehen Sie, Mr. Holmes, es gab nur sehr wenig Korrespondenz zwischen seiner Vertreterin, einer Mrs. Clemens, und unserer Agentur. Es ist nicht ungewöhnlich, dass wohlhabende Männer und ihre Familien über einen leitenden Bediensteten auf uns zukommen; sie haben oft dringende Geschäfte und sind nicht immer in der Lage, uns persönlich zu besuchen.

Mrs. Clemens besuchte uns eines Nachmittags, setzte sich auf den Stuhl, auf dem Mr. Cromwell jetzt sitzt, und teilte uns die Bedingungen ihres Arbeitgebers mit. Die Summe, die sie anbot, war außergewöhnlich hoch, und ich kann Ihnen ehrlich sagen, dass es das beste Angebot war, das ich in all den Jahren, die ich hier arbeite, erhalten habe. Ich war selbst versucht, die Stelle anzunehmen. Es ist selten, aber nicht gänzlich unbekannt, dass ein Arbeitgeber innerhalb des ersten Jahres ein hohes Gehalt anbietet, um die Begabtesten anzulocken, und nach Ablauf des ersten Vertrags eine angemessenere Regelung ausarbeitet. Aber das war ein einmaliges Angebot.

Aber das ist noch nicht alles: Normalerweise würde ein potenzieller Arbeitgeber – oder sein Stellvertreter – das Kindermädchen selbst interviewen und zumindest die Referenzen prüfen. Mrs. Clemens hat jedoch deutlich gemacht, dass sie meinem Urteil vertraut und es mit der Anstellung sehr eilig hat, ohne das Kindermädchen vorher zu treffen."

„Hatten Sie irgendeinen Verdacht?"

Miss Stoper atmete tief ein. „Es gab wenig, was ich tun konnte. Ich hatte Miss French gebeten, das Haus der Bracewells zu besuchen, eine Empfehlung zu übergeben und sich mit seiner Lordschaft und den Kindern zu treffen. Ich war im Büro zu beschäftigt, um sie zu begleiten. Sie traf sich mit Lord Bracewell und übergab meinen Brief, sprach mit den Kindern, und die Situation schien so zu sein, wie Mrs. Clemens sie beschrieben hatte. Nun oblag es uns, ein passendes Kindermädchen zu finden. Sie kehrte mit Lord Bracewells Einverständnis zurück und wurde beauftragt, mit Mrs. Clemens zusammenzuarbeiten, um die richtige Kandidatin zu finden."

„Was können Sie uns über Miss Forman erzählen?"

„Sie war trotz ihrer begrenzten praktischen Erfahrung ein ausgezeichnetes Kindermädchen. Die Referenzen ihrer vorherigen Familie waren sehr gut, es gab keine Beschwerden über sie.“

„Kennen Sie sie schon lange?“

„Erst seit etwa zwei Jahren. Das arme Mädchen – seit dem Tod ihres Stiefvaters hat sie jeden Pfennig, den sie verdient hat, an ihre Familie geschickt, aber es war nicht viel. Die wirtschaftliche Situation für Kindermädchen ist schrecklich, Mr. Holmes. Viele von ihnen arbeiten für Kost und Logis, ganz ohne ein Gehalt. Ich war hocherfreut, dass ich Miss Forman mit den Bracewells zusammenbringen konnte. Ich hoffe, dass ich noch mehr gute Angestellte für sie gewinnen und ihre beste Agentin werden kann. Ich gehe davon aus, dass sie sich für die Kinder als geeignet erwiesen hat?“

„Vollkommen richtig“, antwortete Holmes, ehe ich etwas einwerfen konnte.

„Gut! Ich habe nichts anderes erwartet. Darf ich fragen, warum Sie mich zu diesem Fall befragen?“

„Genug von diesem Unsinn!“, platzte Gregson heraus, bevor Holmes antworten konnte. Wir blickten zu dem wütenden Kommissar herüber. „Sie sind verhaftet, Stoper und Cromwell!“ Geschockt ließ Mr. Cromwell bei diesem Ausruf sein Buch erneut fallen.

„Aber warum?“, fragte Holmes.

„Das müssen Sie doch sehen“, sagte Gregson.

Holmes und ich sahen uns verwundert an.

„Miss Stoper hat die Akten selbst gestohlen!“

Wir waren zu verblüfft, um zu antworten, doch Gregson brauchte keine weitere Aufforderung.

Warum kann Mr. Cromwell den Safe nicht öffnen?

„Und Mr. Cromwell hat ihr dabei geholfen.“

„Aber warum sollten sie ihre eigenen Akten stehlen?“

„Das sollen sie uns sagen – auf dem Polizeirevier!“

„Aber Sie haben keine Anklage erhoben“, protestierte ich.

Holmes fuhr fort: „Und Cromwell könnte seine eigenen Akten nicht stehlen, selbst wenn er es wollte, da er nicht in der Lage wäre, den Safe zu öffnen.“

Gregson blieb stehen, während Cromwell in seinem Stuhl ohnmächtig wurde.

„Holmes", sagte ich sanft, „haben Sie vergessen, dass Miss Stoper gesagt hat, dass ihre Kombination im Bankschließfach liegt und nur sie und Mr. Cromwell darauf zugreifen können?"

„Watson", seufzte Holmes. „Cromwell wäre nicht in der Lage, die schwere Drehscheibe zu drehen, um die Kombination einzugeben. Selbst ich hatte Schwierigkeiten, die Kombination einzugeben."

„Das ergibt keinen Sinn. Warum sollte Cromwell nicht in der Lage sein, die Drehscheibe zu drehen?", fragte Gregson.

„Schauen Sie sich seine Hände an. Sie sind zu Klauen zusammengezogen, und er lässt andauernd sein Buch fallen. Seine Hände sind von schwerer Arthritis geplagt, sodass es nahezu unmöglich ist, eine so schwere Drehscheibe mit der Präzision zu drehen, die für die Eingabe der Kombination erforderlich ist. Sie haben sich geirrt, Gregson."

„Ich habe versucht, Ihnen zu sagen, dass es die Colleys waren", rief Miss Stoper. „Ich bin unschuldig!"

„An dem Diebstahl vielleicht", warf Holmes ein. „Aber Sie sind nicht gänzlich unschuldig. Sie haben uns auch ein Motiv für den Verbleib der Akten gegeben."

*Was ist Miss Stopers Motivation dafür, diesen Diebstahl zu begehen?*

„Was für ein Motiv?", fragte Miss Stoper. „Ich bin seit siebzehn Jahren eine loyale Mitarbeiterin."

„Und diese Loyalität hat nun ein Ende, da Cromwell sein Geschäft schließen wird. Sie sind stolz auf das, was Sie für das Geschäft getan haben, und können es nicht ertragen, dass er Ihnen die Agentur nicht überlassen will. Also haben Sie einen Deal mit Bracewell gemacht: Er gibt Ihnen das Geld für eine eigene Agentur, und im Gegenzug dafür versorgen Sie ihn mit Bediensteten, wann immer er Ersatz braucht.

Unwissentlich hat Miss French Bracewell ein Angebot statt eines Empfehlungsschreibens übergeben.

Die Frage ist nur, warum Bracewell auf Ihr Angebot eingegangen ist, obwohl er Sie noch nie zuvor getroffen hatte. Nehmen Sie Miss Stoper fest, Gregson. Wir müssen diesen Fall weiter untersuchen und die fehlenden Akten finden."

Holmes wandte sich noch einmal Miss Stoper zu: „Sie haben den Tatort bei Ihrer Ankunft heute Morgen so arrangiert, dass auf beiden Seiten des Fensters Glas war, damit wir nicht feststellen können, ob das Glas von jemandem zerbrochen wurde, der versucht hat, hineinzugelangen, oder von jemandem, der sich drinnen versteckt und versucht hat, hinauszukommen. In jedem Falle sind die Akten verschwunden und müssen wiederbeschafft werden. Sie könnten uns einen Einblick in die vor uns liegende Angelegenheit geben."

Miss Stoper beteuerte ihre Unschuld. Während Gregson ihre Arme festhielt und sie zur Tür geführt wurde, drehte sie sich zum bewusstlosen Mr. Cromwell um. „Das ist alles Ihre Schuld", sagte sie. „Ich habe Ihnen alles gegeben, und Sie wollten sich nicht revanchieren, Sie kauziger alter Mann."

„Gregson, bevor Sie sie abführen", sagte Holmes, „habe ich noch eine letzte Frage. Miss Stoper, wenn Sie sich entschließen, mit uns zu kooperieren, wird alles, was Sie uns sagen können, berücksichtigt, wenn Anklage gegen Sie erhoben wird. Können Sie uns etwas über Lord Bracewell selbst sagen?"

„Lord Bracewell ist in Australien –" war alles, was Miss Stoper sagen konnte, bevor Gregson sie abführte.

*Fahren Sie nun auf Seite 147 fort.*

# Die Darstellung des Falles

Es war sehr still im Raum. Die große Uhr schlug zwei Uhr.

„Hier ist eine Karte des Tatorts", sagte Lestrade. „Die Stelle, an der die Kutsche gefunden wurde, habe ich mit einem ‚X' markiert. Das hier ist Westwood Manor. Bracewells Anwesen liegt nur einen kurzen Spaziergang nordwestlich vom nächsten Ort Totteridge entfernt. Wie Sie sehen können, war die Kutsche nur noch etwa zwei Meilen von ihrem Ziel entfernt, als sie zum Halten kam."

Holmes und ich hatten die Karte genau studiert und ich hatte eine Kopie gemacht.

„Wer hat die unglückliche Szene entdeckt?", fragte er.

„Ein Briefträger, als er seine Runde drehte. Sein Name ist George Hewitt. Er war etwa dreißig Meter vom Tatort entfernt. Aber bei all dem Regen und aufgrund seiner Kurzsichtigkeit konnte er die Kutsche kaum erkennen. Seinem Bericht zufolge machten der Regen und der Nebel die Sicht unmöglich, mit und ohne seine Brille."

„Hat er den Schuss gehört?"

Lestrade zückte lächelnd sein Notizbuch aus seiner Manteltasche und blätterte durch die Seiten. „Wissen Sie, Mr. Holmes, ich hatte all die Fragen gestellt, die Sie auch gestellt hätten, wenn Sie dabei gewesen wären. Hewitt hat den Schuss tatsächlich gehört. Er hat ihm und seinen Pferden einen Schrecken eingejagt."

„Stand die Kutsche still?"

„Ja. Hewitt wäre beinahe mit ihr zusammengestoßen. Die Pferde selbst blieben plötzlich stehen, was ihn fast von seiner Kutsche warf. Er hatte sie fast beruhigt, als der Schuss fiel und sie erneut aufschreckte. Es dauerte eine Weile, um sie zu besänftigen und den Mut aufzubringen, sich Bracewells Kutsche zu nähern.

Westwood Manor
High Road
Mrs. Kemps Gasthaus
Eingang zum Anwesen Westwood Manor
Tatort
Totteridge Lane
Laurel Way
Polizeistation
Whetstone Road
Haus von George Hewitt

Er erkannte das Familienwappen der Bracewells von seinen Lieferungen nach Westwood Manor.“ Lestrade hielt inne.

„Sie können sogar das Wappen an der Wand über dem Kamin sehen.“ Er nickte zu der Wand ihm gegenüber. „Die Familie spielte schon immer eine große Rolle in dieser Gegend.

Hewitt trat in den Matsch, der ihm bis zu den Stiefeln reichte, und bewegte sich mit einer Hand entlang seiner Kutsche auf die vor ihm zu. Ohne diese Vorsichtsmaßnahme hätte er es vielleicht nie zur Kutsche geschafft.“

„Was hat er dann gemacht?“

„Für den Fahrer, von dem wir mittlerweile wissen, dass es Harry Mullins war, konnte er nichts mehr tun. Aus Angst davor, dass der Tatort verunreinigt werden könnte, legte er die Leiche in die Kutsche und brachte Miss Forman, das Kindermädchen, zum Haus von Mrs. Kemp, einer feinen Dame, die etwa anderthalb Meilen östlich des Tatorts wohnt. Als er sie in seine Kutsche brachte, murmelte die bewusstlose Frau immer wieder etwas von ‚den Pfeilspitzen‘. Er meldete den Vorfall auf der Polizeistation in Whetstone, und der Polizeibeamte schickte nach mir.

Als ich ankam, hatte der Regen bereits alles weggespült, was es zu sehen gegeben hätte. Die verunglückte Kutsche wurde zur Begutachtung zur Polizeistation gebracht. Ich habe das Tagebuch an mich genommen, das ich selbst“, Lestrade machte eine Kunstpause, „am Tatort entdeckt habe.“

„Gut gemacht!“, rief Holmes mit einem Lächeln, als er dem Inspektor die Hand schüttelte. „Sie haben sich wirklich selbst übertroffen: Sie haben Ihren Durst nach der Wahrheit über Ihren üblichen Tatendrang gestellt. Lassen Sie mich raten. Sie haben das Tagenbuch hinter dem Wappen der Bracewells auf der Kutsche gefunden.“

„Gütiger Himmel, Holmes“, der Inspektor schnappte nach Luft,

und seine Ehrfucht überwog die Enttäuschung, die er verspürte. „Sie haben weder den Tatort noch die Kutsche gesehen. Wie wussten Sie davon?“

„Sie selbst haben mir den Ort mitgeteilt. Sie erwähnten, dass Miss Forman etwas von ‚den Pfeilspitzen‘ gemurmelt hat. Das Bracewell-Wappen enthält auch zwei silberne Chevrons, die zu der Beschreibung passen. Wäre ich doch nur da gewesen, um auch den Rest des Tatorts zu untersuchen! In den Spuren hätte ich viel erkennen können, auch für wie lange der Wagen hielt und warum. Zweifellos hat die Polizei alle Beweise zertrampelt, als sie die Kutsche weggebracht hat. Wurde Mr. Hewitt über die vermissten Kinder informiert?“

„Nein. Tatsächlich wussten wir nicht, dass die Kinder und der Hund vermisst werden, bis wir Miss Formans Tagebuch gelesen haben: Seit dieser traumatischen Situation hat sie Fieber, und wir konnten sie noch nicht befragen.“

„Haben sich die Entführer gemeldet?“

„Nein. Ich muss zugeben, Holmes, dass ich mit meinem Latein am Ende bin. Es gibt jede Menge Rätsel, aber die Fäden sind viel zu verworren. Bis jetzt haben wir es immerhin geschafft, diese traurige Angelegenheit vor den Zeitungen geheim zu halten, und das ist auch besser so: Wenn sich jetzt noch Journalisten in diese ganze Angelegenheit einmischten, würde das nur noch mehr Vewirrung stiften und dazu führen, dass wichtige Hinweise unterschlagen werden. Wer weiß, was der morgige Tag bringen wird?“

Für wie lange konnte Lestrade die Tat vor den Zeitungen verheimlichen?

„Ich stimme Ihnen zu, Lestrade“, sagte Holmes. „Sosehr ich mich auch auf die Zeitungen verlasse, vor allem auf die Kummerkästen, so würde unsere Arbeit mit herumschnüffelnden Journalisten doch um einiges komplizierter werden. Wir werden uns bemühen, diesen Vorfall so lange wie möglich aus der Öffentlichkeit herauszuhalten. Es ist ein Wunder, dass Sie das überhaupt schon für mehr als einen ganzen Tag geheim halten konnten, wo doch zwei schwere Verbrechen anscheinend mit einer derart bekannten Adelsfamilie zusammenhängen!“

Holmes holte seine Pfeife aus seiner Manteltasche, zündete sie an und begann zu rauchen. Meine Augen tränten, als sich der kleine Raum mit dem beißenden Rauch seines Tabaks füllte. Zu gerne hätte ich das Fenster geöffnet, befürchtete aber, meinen Freund damit zu stören. Als ich die Vorhänge zurückzog, war von dem wunderschönen Maimorgen, den wir in der Baker Street hinter uns gelassen hatten, nicht mehr viel übrig. Wieder einmal regnete es in Strömen, und der Regen prasselte aufs Dach und schlug heftig gegen die Fensterscheiben. Als der Gastwirt, Mr. Welsh, mit einer weiteren Lampe hereinkam, bestellte Holmes Sandwiches und Kaffee, was mich daran erinnerte, wie hungrig ich eigentlich war. Seit unserem hastigen Frühstück hatten wir nichts mehr gegessen, und das Abendessen schien in weiter Ferne zu liegen, während wir über das Rätsel grübelten.

Als Welsh mit unserem Essen zurückkam, bedankte sich Holmes bei ihm und erkundigte sich: „Mein Freund und ich sind nicht aus dieser Gegend, aber wir haben schon viel über den Charme von Westwood Manor gehört. Wir hoffen, das Anwesen heute Nachmittag besuchen zu können. Kennen Sie es?“

„Wie meine eigene Westentasche. Meine Mutter, Gott hab sie selig, war einst die Haushälterin, und ich war mit dem Vater des gegenwärtigen Lord Bracewell, Cecil, befreundet. Aber leider kommen Sie zu einem schlechten Zeitpunkt.“

Lestrade war überrascht von der Antwort des Wirtes, aber ein Blick von Holmes genügte, um den Inspektor daran zu hindern, auszusprechen, was ihm durch den Kopf ging.

„Und warum ist das so?“, fragte Holmes.

„Damit meinte ich nur, dass Lord Bracewell die letzten Jahre nicht mehr er selbst gewesen ist. Vor fünf Jahren, als Lady Bracewell noch lebte, wären Sie noch herzlicher empfangen worden. Sehen Sie, meine werten Herren, der Lord und die Lady waren sehr verliebt, doch ihr Tod war der Tropfen, der das Fass zum Überlaufen brachte und den jungen Herrn zerbrach."

„Ihre Mutter mit vier Jahren zu verlieren, wird sie zweifellos ihr ganzes Leben belasten", seufzte Holmes. „Wir wissen nur wenig über die heutige Generation der Bracewells. Vielleicht ist es am besten, wenn Sie ganz am Anfang beginnen."

„Die Bracewell-Familie ist eine der ganz großen des Landes", antwortete der Gastwirt. „Die Bracewells sind seit dem elften Jahrhundert am Welthandel beteiligt, und ich übertreibe nicht, wenn ich sage, dass dieses Land ohne sie ganz anders aussehen würde. Man kann gerade noch die lateinischen Worte des Familienmottos auf dem Wappen erkennen: *Ad finem itineris aperit nobilitas.*

Die Bracewells besaßen Grundstücke im ganzen Land und viele darüber hinaus. Doch der Großvater von Lord Bracewell, Edward, war ein böser Mensch. Er verprasste, verspielte und verspekulierte einen Großteil des Familienvermögens und machte das Leben seiner Frau und seines Sohnes zur Hölle."

„Wie ironisch, dass der alte Lord Bracewell vergessen hat, nach dem Motto seiner eigenen Familie zu leben, nicht wahr?", flötete Holmes.

Wählen Sie eine der drei Optionen aus:

***Adelsstand wird denjenigen verliehen, die ihn ergreifen.*** *Wenn Sie glauben, dass dies das Motto ist, fahren Sie auf Seite 30 fort.*

***Adelsstand beginnt am Ende der Reise.*** *Wenn Sie glauben, dass dies das Motto ist, fahren Sie auf Seite 196 fort.*

***Ewiger Adelsstand gehört denjenigen, denen er verliehen wird.*** *Wenn Sie glauben, dass dies das Motto ist, fahren Sie auf Seite 203 fort.*

# Lestrades Päckchen

Holmes und ich taten, was auch Sie, werte Leserinnen und Leser, getan hätten: Wir riefen um Hilfe. Wäre ich weniger ehrlich, hätte ich das nicht zugegeben. Aber ich habe versprochen, so wahrheitsgetreu wie möglich über Holmes' Aktivitäten zu berichten – selbst wenn das hieße, Ihre Bewunderung zu verlieren. Die dicken Wände dämpften unsere Schreie, und auch unser Hämmern gegen die Tür blieb unbemerkt. Niedergeschlagen begannen wir nach einer Weile, den Raum zu inspizieren. Es gab nur eine einzige Tür, durch die wir zuvor eingetreten waren, mit einem Schlüsselloch und einem kleinen runden Fenster in drei Metern Höhe – viel zu klein, als dass irgendwer hätte hindurchklettern können. Der Raum wurde von einer Laterne erhellt, und ich betete inständig, dass sie genügend Öl enthielt, um den Raum so lange wie nötig beleuchten zu können.

Holmes untersuchte das Schlüsselloch. „Es hat kein Schloss", bemerkte er. Er spähte durch den Schlitz zwischen Tür und Rahmen und stellte fest, dass die Tür mit kleinen Riegeln gesichert war.

„Ein Schlüssel würde uns hier sowieso nicht weiterhelfen."

Ich sah zu dem kleinen rechteckigen Tisch neber der Tür hinüber, der mit sieben Holzlatten und einer Reihe merkwürdiger Markierungen versehen war.

„Was halten Sie von denen?", fragte ich.

„Sie zeigen eindeutig die erste Hälfte des Mondzyklus", antwortete Holmes. Der Zusammenhang war mir nicht sofort klar, aber ich nickte zustimmend, während ich mir über das Kinn strich.

„Was bedeutet das?"

„Das müssen wir noch herausfinden", entgegnete Holmes.

„Sehen Sie irgendwo in diesem Raum einen Hinweis auf den Mond oder den Mondzyklus?“

Wir sahen uns um und untersuchten die Flaschen noch einmal, in der Hoffnung, Hinweise auf den Mond zu finden, auch wenn sie nur am Rande damit zu tun hatten. Aber nichts an den Namen oder Spirituosen deutete auf etwas Mondartiges hin.

**Wie entriegelt Holmes die Tür?**

Holmes hielt an der Tür inne und betrachtete die unbeschriftete Flasche, die ich kurz zuvor wieder zurückgestellt hatte, und rief: „Aha! Gleich werde ich uns hier rausholen.“

Holmes nahm die Flasche mit der weißen Flüssigkeit und platzierte sie an der leeren Stelle, die einen zunehmenden Dreiviertelmond (drei Viertel weiß) darstellte. Wir hörten ein lautes Klicken. Holmes drehte den Türknauf, und die Tür öffnete sich problemlos. Er stellte die Flasche an ihren ursprünglichen Platz zurück.

Holmes und ich verließen den Raum und gingen zurück in den Pub. An der Bar warteten wir auf den Besitzer, der gerade seine neueste Lieferung entgegengenommen hatte und nun die Gäste bediente.

„Es tut mir schrecklich leid! Sie waren vermutlich im Lagerraum eingesperrt. Ich habe ein Sicherheitssystem eingerichtet, damit sich die Tür automatisch schließt und verriegelt, wann immer eine Flasche von den Spirituosen entnommen wird. Durch die Gewichtsverlagerung des Regals wird ein Mechanismus ausgelöst, der die Tür verriegelt. Sobald die Tür entriegelt wird, balancieren sich die Gewichte für die Regale wieder aus. Ich sehe, Sie haben das System geknackt!"

„Ich muss Sie für die Entwicklung einer sehr wirksamen Diebstahlsicherung loben. Sie ist einzigartig! Sie könnten damit eine Menge Geld verdienen", sagte Holmes enthusiastisch. „Lassen Sie mich raten: Die Wachsversiegelung soll verhindern, dass Flüssigkeit verdampft und sich das Gewicht der Flasche verändert."

„Genau!"

„Wir haben das Puzzle zurückgesetzt und den ‚Schlüssel' wieder an seinen Platz zurückgelegt", sagte Holmes.

Ich wies uns auf das aktuelle Problem hin, indem ich auf Lestrades Päckchen zeigte: „Wir sind ein wenig von unserer Aufgabe abgehalten worden. Können Sie uns zu einem Ihrer Privaträume führen?"

Der Eigentümer, der sich selbst als Mr. Welsh ausgab, führte uns in einen Raum. Holmes und ich setzten uns an den gegenüberliegenden Enden eines kleinen Tisches und legten das Päckchen zwischen uns. Er zerriss das Papier und entnahm ein braunes Lederbuch, das mit einem dicken roten Band umwickelt war. Holmes blätterte durch die Seiten, von denen nur ein paar wenige beschrieben waren. Er untersuchte die saubere und präzise Handschrift genau. Ich sah, wie sich seine Nase rümpfte, als er das Tagebuch dicht vor sein Gesicht hielt und einatmete.

*Warum nahm Holmes das Tagebuch so genau unter die Lupe, und was hat er entdeckt?*

„Das sagt uns etwas über den Besitzer", sagte Holmes.

„Nichts Bemerkenswertes über das Briefpapier", fuhr er fort.

„Sowohl das Buch als auch der Füllfederhalter, den die Verfasserin benutzt hat, könnten überall erworben worden sein. Ihr Füllfederhalter ist in ausgezeichnetem Zustand. Die starke, feine Handschrift verweist auf einen festen und anspruchsvollen Geist."

„Sie?"

„Aus der Handschrift kann man viel ableiten, mein lieber Watson, und ein angehender Detektiv könnte daraus profitable Lehren ziehen. Die Besitzerin ist noch nicht lange im Besitz des Tagebuchs: Das zeigt sich sowohl an den wenigen Einträgen als auch an dem Hauch von Duft, den man gerade noch wahrnehmen kann, wenn man sich das Papier unter die Nase hält. Lassen Sie uns herausfinden, was Lestrade und die Autorin uns mitteilen möchten."

Holmes schlug das Buch auf und las laut vor:

*14. Mai*

*Ich atmete deinen Duft ein und kostete ihn aus, während ich deine neuen cremefarbenen Seiten durchblätterte. Mein liebstes Tagebuch, ich weiß gar nicht, wo ich anfangen soll, um dir zu sagen, wie stolz ich auf dich bin, mein erstes Luxusgut, gekauft mit meinem eigenen Geld. Oh je, wie egoistisch ich wirken muss.*

*Zwischen uns soll es keine Geheimnisse geben, also lass mich am Anfang beginnen: Ich befolgte die Anweisungen von Miss Stoper genau und traf mich in aller Herrgottsfrühe mit ihr in ihrem kühlen Büro im West End. Und schon flunkere ich. Um ehrlich zu sein, war es kurz vor zehn Uhr morgens. Mr. Cromwell, der Inhaber der Agentur, ist das genaue Gegenteil von Miss Stoper. Sie ist der Inbegriff von Fleiß: Sie empfängt potenzielle Arbeitgeber, zieht ihre Geschäftsbücher zurate, während eine Dame nach der anderen auf der Suche nach einer Anstellung hereingeführt wird, und diktiert ihrer Sekretärin Nachrichten wie diese, die ich erhalten habe. Mr. Cromwell hingegen hat seine*

Nase dauernd in einem Buch stecken. Heute Morgen war es nicht anders. Möglicherweise tupfte er sich die Augen ab, während er in George Gissings neuestes Werk vertieft war.

Mein Treffen mit Miss Stoper war kurz und auf den Punkt gebracht. Ihre Augen huschten über meine Bewerbung, während sie nebenbei Fragen stellte.

Stoper: Suchen Sie noch immer nach einer Anstellung als Kindermädchen?

Ich: Ja, gnädige Frau.

S: Êtes-vous suffisamment compétente pour enseigner aux petits enfants?

Ich: Bien sûr Madame! Je parle très bien français. La dernière famille pour qui j'ai travaillé passait souvent l'été à Paris. Les enfants recevaient donc des enseignements quotidiens. Mon père est français.

S: Sind Sie mit den grundlegenden L-S-R-Fertigkeiten vertraut?

Ich: Ja, Lesen, Schreiben, Rechnen.

S: Wie sieht es mit Zeichnen aus?

Ich: Jawohl, gnädige Frau.

S: Gut, und wie ich sehe, schätzten Ihre vorherigen Arbeitgeber Sie sehr. Ich habe eine hervorragende Stelle für Sie: Die Bracewells in Finchley benötigen ein Kindermädchen für ihre neunjährigen Zwillinge Charlie und Matilda. [Hier hielt sie kurz inne.] Ein letzter Test: Nur ein einziger Monat hat genauso viele Buchstaben wie seine Position im Jahreszyklus; multiplizieren Sie diese Zahl mit der Anzahl englischer Könige, die Henry heißen, und addieren Sie ein Bäckerdutzend – das wird Ihr Jahresgehalt sein.

Können Sie das Gespräch zwischen Amelia und Miss Stoper übersetzen?

Wie hoch ist Amelias Jahresgehalt?

Ich: Das ist ganz einfach. Der September ist der einzige Monat, der genauso viele Buchstaben hat, wie seine Position im Jahr ist, nämlich neun. Dann multiplizieren wir das mit den acht englischen Königen namens Henry – der berühmteste ist Henry VIII. Das ergibt zweiundsiebzig. Addieren wir ein Bäckerdutzend, also dreizehn, dann liegt mein Jahresgehalt bei 85 Pfund. Unglaublich, das ist überaus großzügig!

S: Richtig, 85 Pfund im Jahr – inklusive eines Vorschusses von 20 Pfund. Nehmen Sie das Angebot an? [Sie warf einen Blick auf meine schmutzigen Stiefel.]

Ich: Aber selbstverständlich, ja. Vielen Dank, Miss Stoper!

S: Sehr gut. Meine Assistentin, Miss French, wird Ihnen Ihre Dienstanweisungen geben. Guten Tag.

Miss French war herzlicher als ihre Arbeitgeberin: Ich soll die Bracewells am Samstagmittag am Bahnhof in Finchley treffen. Ich hätte die Dame knutschen können. Die liebenswerte, alte Dame! Ich war so glücklich, dass nicht einmal der Regen meine Laune auf dem langen Heimweg trüben konnte. Alle paar Schritte schaute ich in mein Täschchen, um sicherzugehen, dass mein Geld sicher verstaut war. Ich fühlte mich wie die Erbinnen, von denen man in Romanen liest, aber ich werde Mutters Beispiel folgen und sparsam sein. Neidisch blickte ich zu den vorbeifahrenden Omnibussen. Die Anstellung ist überaus großzügig – fast das Vierfache dessen, was ich für den Unterricht der sechs Kinder der Wilders erhalten hatte! Schon der Vorschuss würde reichen, um all unsere Rechnungen zu begleichen und die Kleinen versorgen zu können. Ich kann Anne davor bewahren, eine Ausbildung bei der schrecklichen Miss Sharpe anzufangen, und Mutter wird es an nichts mehr fehlen, selbst jetzt, da mein Stiefvater verschwunden ist. Eine Anschaffung werde ich als Erstes machen: Mein Mantel wird genügen – sollen die Leute doch reden! – und mein brauner Strohhut und ich *haben schon so manchen Sturm gemeinsam überstanden. Aber ich wünsche mir so sehr ein Tagebuch, einen engen Vertrauten, mit dem ich all meine Abenteuer und Geheimnisse teilen kann. Vor allem, wenn ich so weit weg von zu Hause sein werde und auch so bald schon abreisen muss! Jeden Tag werde ich Anne und Mutter schreiben, sonntags sogar zweimal – damit sie mich nicht so sehr vermissen müssen wie ich sie.*

Holmes hielt inne, und sein Blick schweifte ab, aber ich bat ihn, fortzufahren.

*16. Mai*
*Mein liebes Tagebuch, ich verspreche dir, eine bessere Korrespondentin zu sein: Ich gehöre nicht zu den Schreiberinnen, die nie mehr als ein bis zwei Tage ihre Tagebücher führen. Vor dem großen (morgigen) Tag gab und gibt es immer noch so viel zu tun! Ich habe Unterrichtsstunden vorbereitet und Schreibhefte für die Jüngsten gekauft, damit sie unter der Anleitung von Anne, die nun während meiner Abwesenheit zur großen Schwester aufgestiegen ist, weiterlernen können. Ich habe das Gefühl, dass ich seit meiner Anstellung kein Auge zugetan habe. Ich frage mich, wie die Bracewell-Kinder – Charlie und Matilda – wohl so sind und ob sie schon genauso aufgeregt sind, mich kennenzulernen, wie ich es bin. Ich habe sogar eine Aufgabe für sie vorbereitet.*

*Anne gab mir ihre Handschuhe und Mutter ihr Halstuch, obwohl ich mehrfach versicherte, dass es mir an nichts fehle. Meine Kleidung wurde geflickt und gebügelt und meine Tasche gepackt. Heute Nacht werde ich gut schlafen und bereit sein für alles, was morgen auf mich zukommen wird.*

17. Mai

Dieser lange Eintrag soll die Kürze des vorangegangenen wieder wettmachen. Nachdem ich Mutter und die Kleinen jeweils zweimal geküsst hatte, machte ich mich auf den Weg zu meinem Zug. Ich war auf halbem Weg zum Bahnhof, als du mir wieder einfielst, mein kostbarer (und einziger) Begleiter, den ich sicher versteckt hatte, um dich vor neugierigen Blicken zu schützen. Vor Kurzem habe ich angeboten, den Boden in meinem Zimmer selbst zu fegen. Als Mutter mich fragte, warum, erzählte ich ihr, dass die sich überkreuzenden Bretter in der Mitte meines Zimmers mich an Die Schatzinsel erinnerten, eine meiner Lieblingsgeschichten.

Ich rannte den ganzen Weg zurück nach Hause. Ich holte dich aus dem Versteck unter der Bodendiele in der Mitte des X in unserem Schlafzimmer (das X markiert die Stelle, ist aber gut sichtbar versteckt), küsste alle noch ein drittes Mal und machte mich auf den Weg zum Bahnhof. Als ich ankam, war ich durchnässter denn je, aber pünktlich! Nachdem ich einen Sitzplatz gefunden hatte, holte ich meine abgegriffene Ausgabe von Einer Geschichte aus zwei Städten aus meiner Tasche und las darin bis zur Ankunft am Bahnhof.

Finchley! Ich stieg aus und schaute mich um. Ich musste nicht lange suchen, bis ich Charlie und Matilda entdeckte, die einen kleinen Spaniel in der Hand hielt – der, wie ich später herausfand, Spot hieß. Eilig begrüßte ich sie, und in ihrer Aufregung ließ Matila Spot los, der durch den Bahnhof rannte. Wir nahmen die Verfolgung auf, fanden Spot und verloren Matilda. Als Spot und ich sie fanden, war Charlie verschwunden.

Als dann endlich alle Mitglieder unserer kleinen Truppe beisammen waren und einander richtig vorgestellt wurden, waren wir alle aus der Puste vom vielen Lachen und Rennen. Keine schlechte erste Begegnung mit den Schützlingen, würde ich be-

Wo hat Amelia ihr kostbares Tagebuch versteckt? Woher wissen Sie das?

*haupten! Rein zufällig entsprachen ihre Verstecke jeweils einem wichtigen Tag in meinem Leben! Wie komisch das Schicksal doch sein kann. Ich bin mir sicher, dass wir gute Freunde werden.*

*Der Fahrer hielt einen Regenschirm über uns, während er uns half, in die Kutsche zu steigen, und machte sogar kurz Pause, um Spot ein Leckerli anzubieten und ihm den Kopf zu tätscheln, damit er hineinsprang. Als wir alle in der Kutsche saßen, fuhren wir los Richtung Westwood Manor. Ich sage zwar „fuhren", aber um ehrlich zu sein, kamen wir nur sehr langsam voran. Stoisch kämpften der Kutscher und die Tiere, die armen Kreaturen, gegen den heftigen Wind an, der Regen prasselte die ganze Zeit nur so auf uns nieder. Die Kinder und ich machten es uns auf den Beifahrersitzen bequem und spielten mit Spot. Ich stellte ihnen Fragen über ihr Zuhause und ihre Familie, aber nun, da sie mir gegenübersaßen, wurden sie schüchtern und zurückhaltend.*

In diesem Moment hörten wir ein Klopfen an unserer Tür, und Lestrade, frettchenhaft wie immer, trat ein. Der Inspektor begrüßte uns herzlich und nahm zwischen uns Platz.

„Lestrade. Nun, da Sie schon einmal da sind“, sagte Holmes, während er das Buch zuklappte, „können Sie uns ja von dem Fall berichten.“

„Wie ich sehe, haben Sie das Rätsel gefunden, das ich für Sie hinterlassen habe. Hatten Sie große Schwierigkeiten dabei?“

„Es war recht einfach.“

„Ich muss zugeben“, sagte er grinsend, „ich hatte gehofft, Sie immer noch grübelnd vorzufinden. Ich kann nur annehmen, dass die Herausforderung für Sie keine große war. Haben Sie das Tagebuch von Miss Forman zu Ende gelesen?“

„Die Gruppe ist gerade auf dem Weg nach Westwood Manor“, sagte ich.

„Es steht nicht mehr viel in dem Tagebuch“, sagte Lestrade. „Warum beenden Sie es nicht, Mr. Holmes?“

Ich widmete mich wieder meinem Tagebuch, während meine neuen Schüler abwechselnd aus dem Buch Die Schatzinsel vorlasen. Plötzlich hielten wir abrupt an – oder besser gesagt, wir versuchten anzuhalten. Vor dem Haus gab es einen Tumult, und die Kinder und ich schauten neugierig aus dem Fenster. Aber alles, was wir sehen konnten, waren Regentropfen und Silhouetten. Der Kutscher konnte nicht viel tun, um die Pferde im Zaum zu halten: Er zog die Zügel straff, während die Pferde vor Schmerz wieherten. Wenige Augenblicke später zuckten wir zusammen, als wir einen Schuss hörten.

Stille.

Ich versuchte, den Kindern zu versichern, dass es hierfür bestimmt eine absolut sinnvolle – und gewaltfreie – Erklärung geben würde, doch um ehrlich zu sein, hätte ich selbst auch ein paar tröstende Worte gebrauchen können. Unsere Vorstellungskraft übermannte uns. Wir warteten und warteten, bis, so wie bei Jim Hawkins, von dessen Abenteuern die Kinder eben noch lasen, meine Neugierde meine Angst überwog und ich die Aufgabe, vor der ich mich fürchtete, nicht mehr weiter aufschieben konnte. Ich wies die Kinder an, in ihren Sitzen zu bleiben und die Aufgabe, die ich ihnen gestellt hatte, zu beenden. In einer Minute werde ich aus der Kutsche aussteigen, um nachzusehen, was passiert ist.

PS

<-4 PEWW HMIW QIMR PIXDXIV AMPPI WIMR.
EPP QIMR MVHMWGLIW LEF YRH KYX ZIVQEGLI MGL
QIMRIV WGLAIWXIV ERRI.

„Kommt da nichts weiter? Was ist dann passiert?“, fragte ich, nachdem Holmes fertig war. Wir wandten uns Lestrade zu.

„Miss Forman wurde bewusstlos in der Kutsche aufgefunden. Sie steht unter Schock und erholt sich jetzt im Haus einer vornehmen Dame. Wir hoffen, dass der rätselhafte Code uns weitere Informationen liefern wird.“

„Der Code hat nichts zu tun mit dem, was geschehen ist“, sagte Holmes.

„Er beschreibt lediglich den letzten Willen von Miss Forman. Es handelt sich um ein einfaches Chiffre-Rätsel, bei dem die Buchstaben um eine bestimmte Anzahl von Leerzeichen nach vorne oder nach hinten verschoben werden und sie in der Nachricht gleich bleiben. In diesem Fall muss jeder Buchstabe in ‚Peww‘ um vier Stellen im Alphabet rückwärts verschoben werden: Das ‚P‘ verschiebt sich erst zum ‚O‘, beim zweiten Mal zum ‚N‘, beim dritten Mal zum ‚M‘ und ein viertes Mal zum ‚L‘. Aus ‚Peww‘ wird also ‚Lass‘.

Wenn Sie dieses System auch auf den Rest der Nachricht anwenden, lautet sie: ‚Lass dies mein letzter Wille sein. All mein irdisches Hab und Gut vermache ich meiner Schwester Anne‘.“

„Ach“, sagte Lestrade. „Ich hatte gehofft, es würde etwas mehr Licht in diese mysteriöse Situation bringen. Aber glücklicherweise müssen wir Miss Formans Schwester diesen letzten Wunsch nicht übermitteln.“

„Lassen Sie uns die Szene, die Miss Forman beschrieben hat, noch einmal durchgehen. Der Schuss hat den Kutscher getötet“, sprach Holmes seine Vermutung aus.

„Ja.“

„Und die Kinder?“

„Sie werden vermisst.“

*Fahren Sie nun auf Seite 100 fort.*

# Die trauernden Mullins

Wir nahmen den Zug Richtung Osten nach Kent und kamen in Canterbury an. Die berühmte Kathedrale erhob sich vor uns, als wir den Bahnhof verließen. Wir gingen los und hofften, auf jemanden zu treffen, der die Familie Mullins kannte. Von Mrs. Clemens wussten wir nur, dass sie in der Nähe der Kathedrale wohnten. Nachdem wir etwa eine Viertelstunde umhergelaufen waren, hielt Holmes an, holte sein Notizbuch hervor und schaute sich noch einmal das Würfelspiel, den Kompass und seinen Namen, wie er auf dem Zettel im Würfelbecher geschrieben stand, an. Sein Blick fiel auf das Straßenschild an der nächsten Kreuzung.

„Watson", sagte er lächelnd, „Mullins und die Kinder waren keine Wahrsager, die meinen Einsatz in diesem Fall voraussagten. Was ich zunächst für meinen Namen auf dem Zettel hielt, ist in Wirklichkeit der Name der Straße vor uns, und auf dem Kompass ist das ‚N' eingekreist."

Ich schaute nach vorne und sah, dass die Straße, auf die wir zugingen, tatsächlich N. Holmes Road hieß.

„Das ist ja alles schön und gut, Holmes", sagte ich, „aber sollen wir jetzt an jeder Tür in dieser Straße klopfen? Hier muss es Dutzende Häuser geben."

„Nun, da ich weiß, dass es sich bei dem ‚Holmes' im Würfelspiel nicht um mich handelt, wird es ein Leichtes sein, herauszufinden, in welchem Haus die Eltern des verstorbenen Mr. Mullins leben."

Holmes zeigte mir sein Notizbuch. Die Würfelzeichnung befand

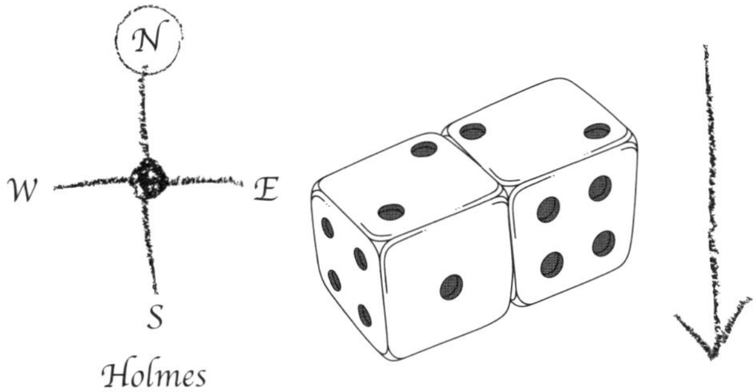

sich neben einem Kompass, auf dem die Richtung N eingekreist war und ein Pfeil nach unten zeigte.

„Wir müssen Haus Nummer zweiundzwanzig einen Besuch abstatten?“, vermutete ich.

„Nein, Watson“, sagte er. „Mullins und die Kinder würden es uns nicht so einfach machen. Sie müssen sich das ganze Rätsel genauer anschauen.“

Ich sah es mir noch einmal an. Nach ein paar Minuten sagte ich Holmes, dass ich ratlos sei.

„Ach, Sie geben zu schnell auf“, tadelte Holmes, während er zwei Würfel hervorholte, die er aus dem Zimmer der Kinder mitgenommen hatte, und sie auf seiner Handfläche anordnete. „Sehen Sie genau hin. Die Würfel sind in einer ganz bestimmten Position aufgestellt. Sie können sehen, dass die beiden Zweien so angeordnet sind, dass bei einem der Würfel die Eins auf der Vorderseite steht und bei dem anderen die Vier. Wenn Sie die Würfel genauso aufgestellt haben wie in der Zeichnung, drehen Sie sie in Ihre Richtung. Schauen Sie sich nun an, was oben auf dem Würfel zu sehen ist.“

„Eine 6 und eine 3, also 63“, seufzte ich. „Warum müssen sie alles so kompliziert machen?“

„Der Verstand eines Kindes kann komplizierter sein als der eines Kriminellen“, pflichtete Holmes bei. „Wir sollten uns auf den Weg machen und Mr. und Mrs. Mullins in 63 North Holmes Road besuchen.“

Es war früher Nachmittag, als wir bei dem Häuschen von Harry Mullins’ Eltern ankamen. Die betagte Frau Mullins öffnete uns die Tür. Wir stellten uns vor und erklärten, warum wir gekommen waren.

„Mein herzliches Beileid zu Ihrem jüngsten Verlust, Mrs. Mullins“, sagte mein Freund mit ruhiger Stimme. „Mein Name ist Sherlock Holmes, und dies ist mein Freund und Kollege, Dr. John Watson. Ich bin beratender Detektiv und unterstütze die Polizei bei ihren Ermittlungen zu dem Tod Ihres Sohnes.“

Mrs. Mullins war in Trauerkleidung gekleidet, doch trotz ihrer ernsten Miene verriet ihr Gesicht Anzeichen von echter Erleichterung. Verwundert blickte sie Holmes an, als sie uns ins Haus führte. Mr. Mullins aß gerade zu Abend und trug seine alte Soldatenuniform mit der schwarzen Trauerbinde.

„Herzlich willkommen, Mr. Holmes und Dr. Watson“, sagte Mr. Mullins. „Ich bin Joshua Mullins, und meine Frau, Hope, haben Sie ja bereits kennengelernt. Wir werden unser Bestes tun, um Ihre Fragen zu beantworten, aber auch wenn wir um Harry trauern, bin ich ehrlich gesagt sehr erleichtert, dass wir seine schlechten Entscheidungen nicht weiter unterstützen müssen.

Er war ein guter Junge – bis er erwachsen wurde. Und irgendwann in seinen frühen Zwanzigern veränderte sich sein Verhalten, einfach so. Da geriet er an die falschen Leute. Wir haben uns Sorgen um ihn gemacht, seitdem zwei Männer hier waren …“

„Joshua!“, zischte Mrs. Mullins.

„Hope, es gibt keinen Grund, es vor diesen beiden Herren zu verheimlichen. Ein ehrliches Bild von Harry könnte ihre Ermittlungen beschleunigen.“ Er wandte sich uns wieder zu. „Vor einer Woche sind zwei Männer vorbeigekommen und haben uns gesagt, wir sollten Harry daran erinnern, dass Ms Geduld langsam zu Ende sei und er sich seine tausend Pfund holen werde. Ich schickte einen Boten los, mit all dem Geld, das ich zusammenkratzen konnte, in der Hoffnung, dass schon eine Teilzahlung an diesen ‚M‘ die Gefahr für eine Weile von ihm abwenden würde. Wir haben erst gestern Abend erfahren, dass Harry in Finchley tot aufgefunden wurde. Vielleicht finden er – und wir – nun endlich Frieden.“

Die Augen von Mrs. Mullins glänzten, aber es fielen keine Tränen, und sie schenkte uns Tee aus einem abgenutzten Teekessel ein. Das Zimmer, in dem wir uns befanden, war tadellos sauber, obwohl alle Möbel – vom Tisch über die Stühle bis zu den Bücherregalen – schon bessere Tage erlebt hatten. Die Holzoberflächen brauchten dringend einen neuen Anstrich und eine Politur, und es war nicht klar, wessen Stuhl wackeliger war, der von Holmes oder meiner. Ich traute mich nicht, mich nach vorne zu lehnen,

und ich merkte, dass es meinem Freund ähnlich erging, als er versuchte, seine übernatürliche Körpergröße an die Enge des Stuhls anzupassen. Es gab nur sehr wenige Schmuckstücke zu sehen, aber die Bilder hatten einen prominenten Platz auf dem abgenutzten Kaminsims erhalten. Holmes stand auf und ging hinüber, um sich ein Bild von Harry Mullins anzusehen.

„Man hat uns gesagt, dass Harry seine Stelle im Haus der Bracewells gekündigt hat, um hierher zurückzukehren und Sie im Alter zu unterstützen", sagte Holmes.

Mrs. Mullins wandte sich ihrem Ehemann zu und antwortete: „Harry hat tatsächlich gekündigt, aber nicht uns zuliebe, wie er seinem Arbeitgeber sagte, obwohl auch wir das anfangs glaubten. Er hatte Schulden, viele Schulden. Harry hatte sich bei Leuten von der schlechten Sorte verschuldet. Nicht alle Schulden können mit Geld zurückgezahlt werden."

„Von der schlechten Sorte?", wiederholte Holmes.

„Er hatte viele Schulden, aber Schulden bei Leuten, die ihn nicht in Ruhe lassen wollten", erklärte Mr. Mullins. „Lassen Sie mich versuchen, Ihnen eine bessere Vorstellung von seinem Charakter zu geben. Harry war ein Einzelkind und maßlos verwöhnt. Dafür übernehme ich eine gewisse Verantwortung: Ich habe ihm den Eindruck vermittelt, dass ihm die Welt zu Füßen liegt, ohne zu wissen, dass er versuchen würde, immer mehr zu nehmen."

Mrs. Mullins legte eine ihrer faltigen Hände auf den Arm ihres Mannes. „Gut jetzt."

Ihr Gatte fuhr fort: „Es ist wahr. Trotz unserer Ermutigung haben wir ihm mehr ermöglicht, als wir hätten tun sollen. Anderen gegenüber war Harry ein Tyrann, und dennoch schlugen wir ihm nichts aus. Er trank und spielte und war ein Schurke durch und durch. Wir drückten ein Auge zu und unterstützten seine Pläne. Er erzählte mir, er wolle alles in Ordnung bringen und hier in der Stadt ein Geschäft eröffnen, damit er in der Nähe sein und sich um uns kümmern könne.

Dummerweise habe ich ihm geglaubt. Ich gab ihm all meine Ersparnisse, zusammengesammelt aus einer spärlichen Rente für Verletzungen, die ich vor zweiunddreißig Jahren – im Jahr 1858 – im Krimkrieg erlitten hatte. Ich wusste nicht, dass er das nur in wenigen Tagen am Roulettetisch verspielt hatte. Das habe ich erst vor ein paar Tagen erfahren. Nun haben wir nur noch Hopes Einkommen als Haushälterin und meine restlichen Rentenschecks, um uns zu versorgen. Unser Zuhause hat schon bessere Tage gesehen ...“ – dabei fuchtelte er mit dem Arm im Zimmer herum – „aber das ist jetzt auch egal: Harry ist tot und unser Haus doppelt verpfändet. Als er das letzte Mal hier war, hat er angefangen, mutlos in unseren Tisch zu ritzen – sodass wir ihn nicht einmal mehr für zusätzliches Geld verkaufen können, wenn wir es brauchen. Als er mit dem Tisch fertig war, fing er mit den Stuhlbeinen an, wie Ihnen bestimmt aufgefallen ist. Wir haben Glück, wenn wir im hohen Alter noch ein Dach über dem Kopf haben.“ Er stand auf und verließ das Zimmer, um ein weiteres Holzscheit für das Feuer zu holen. Mrs. Mullins bot uns an, noch mehr Tee zu holen, was wir beide annahmen.

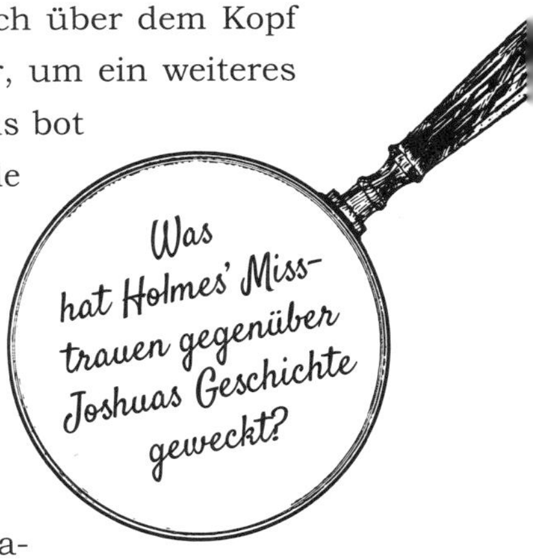


„Watson, an Joshuas Geschichte stimmt etwas nicht“, sagte Holmes leise zu mir, als wir allein waren. „Sehen Sie sich die Beine Ihres Stuhls an, während ich meinen untersuche. Sagen Sie mir Bescheid, wenn Sie etwas finden. Es muss einen besseren Grund dafür geben, dass der Tisch angeritzt ist und die Stühle nicht gerade sind.“

Ich tat, worum mein Freund mich bat – während seine Untersuchung ergebnislos blieb, fand ich eine Kappe am Ende eines Stuhlbeins und einen Zettel darin. Rasch steckte ich ihn in meine Manteltasche und setzte die Kappe wieder auf das Bein.

„Es gibt noch viel zu klären“, stimmte ich zu. „Warum sollte er einfach so die Rente hergeben, die er sich zweiunddreißig Jahre zusammengespart hat? Ich kann bezeugen, dass es sich um keinen hohen monatlichen Betrag handelt, aber wenn man so lange gespart hat …“

„Genau das ist es, Watson“, sagte Holmes. „Er sagte, er sei 1858 im Krimkrieg verwundet worden, aber die Kämpfe sind Anfang 1856 zu Ende gewesen. Entweder hat er seinem Sohn mehr gegeben, als er uns gesagt hat, oder Mullins hat doch nicht alles genommen, aber Mr. Mullins möchte nicht, dass Mrs. Mullins davon erfährt.“

Mr. und Mrs. Mullins kehrten von ihrer Hausarbeit zurück, und wir bekamen beide noch eine Tasse Tee.

Ich fuhr fort: „Als Kutscher und Allround-Handwerker hatte er bei den Bracewells eine gute Stelle.“

„Ja, wir dachten, es würde ein Wendepunkt für ihn sein, und das war es vielleicht auch. Aber seine Sünden holten ihn ein“, sagte Mrs. Mullins.

„Haben Sie jemals mehr von ihm über diesen ‚M‘ erfahren?“, fragte Holmes.

„Haben wir nicht“, sagte Mrs. Mullins. „Aber …“

„Wir sollten es ihnen sagen“, sagte Mr. Mullins sanft. „Nun besteht keine Gefahr mehr.“

Er hielt für einen Moment inne und betrachtete seine Teetasse. Holmes und ich akzeptierten sein Schweigen und nippten an unserem Tee. Er fuhr fort: „Vor nicht allzu langer Zeit, etwa einem Monat, stand ein junger Bursche Anfang zwanzig vor unserer Tür. Er bestand darauf, dass Harry ihm und seiner Mutter unrecht getan hatte. Natürlich waren wir neugierig. Abgesehen davon, dass wir seine Rechnungen bezahlten, waren wir nie in die Einzelheiten seines Lebens eingeweiht.

Der Junge zeigte uns ein Medaillon, in dem ein Foto von unserem Harry und ein paar seltsame Symbole waren“, sagte er, ging zum Kaminsims und zeigte uns ein Stück Papier.

Was bedeuten die Symbole?

„Es war ein Foto von Harry von vor etwa zwanzig Jahren, das war nicht zu leugnen. Seitdem haben wir uns die Symbole mehrmals angesehen, können aber nichts mit ihnen anfangen.“

Holmes schaute sich die Symbole nur einen Moment lang an und sagte dann: „Ich hab’s.“

Doch anstatt uns seine Entdeckung mitzuteilen, forderte er Mr. Mullins auf, fortzufahren.

„Der junge Mann hatte eine schreckliche Geschichte zu erzählen. So wie es aussieht, hat Harry seine Mutter ruiniert – sie war mit einem unehelichen Kind schwanger. Kurz nach der Geburt verließ Harry sie und ihr Kind, und sie musste in ein Armenhaus. Schließlich heiratete sie eine mitfühlende Seele und fand ein glückliches Leben. Jahrelang schwor der Junge Rache für die Entbehrungen, die seine Mutter durchmachen musste, und er sagte, er würde sie kriegen.“

„Was haben Sie getan?“, fragte Holmes.

„Ich versprach, Harry zu schreiben, und bot ihm an, ihm zu zahlen, was wir hatten.“

„Ich dachte, Harry hätte all Ihre Ersparnisse genommen und verspielt?“

Mr. Mullins schaute seine Frau an und sagte: „Sie sind sehr aufmerksam, Mr. Holmes. Ich gebe zu, dass ich einen Teil der Rente versteckt hatte. Die Rente wurde hierher zu Hope gesendet, während ich selbst nach Kriegsende noch, so gut ich konnte, auf der Krim als Teil der Sicherheitskräfte diente – wofür ich ebenfalls einen Standardlohn erhielt. Die Aufzeichnungen wurden schlecht geführt, sodass niemand bemerkte, dass ich sowohl Lohn als auch Rente bezog. Ich hatte meinen kleinen Sohn und meine Frau zurücklassen müssen, um zu kämpfen, also wollte ich sie so gut wie möglich versorgen. Das tat ich für ein paar Jahre, bis meine Wunde schlimmer wurde und ich endgültig aus dem Dienst ausschied. Es tut mir leid, mein Liebling."

„Joshua, du hast dein Bestes gegeben. Du hast nichts getan, was der Vergebung bedarf", sagte sie.

„Dieser junge Mann", sagte ich und lenkte unsere Aufmerksamkeit wieder auf unsere Ermittlungen. „Hat er Ihnen seinen Namen genannt?"

„Nein. Und er wollte auch nichts von unserem Geld. Er war so höflich zu uns, wie es die Umstände zuließen, aber er konnte seinen Zorn nicht verbergen, als wir ihm Harrys Adresse verweigerten. Sein Gesicht wurde tiefrot, und er schlug mit der Faust auf diesen Tisch; da sahen wir das Gesicht unseres Kindes in seinem."

„Hat er irgendeinen Hinweis darauf gegeben, was er als angemessene Rache empfinden würde?"

„Nicht den geringsten Hinweis, aber es hatte offensichtlich nichts mit Geld zu tun", antwortete Mrs. Mullins. „Da wir unser Enkelkind gerade erst kennengelernt hatten, waren wir nicht bereit, ihn gehen zu lassen, aber wir konnten ihn nicht davon überzeugen zu bleiben. Wir haben versucht, ihn nach seiner Mutter zu befragen, um herauszufinden, wie es ihr geht, aber dazu hat er geschwiegen. Wie versprochen haben wir dann an Harry geschrieben, in der Hoffnung, dass er dieses Rästel für uns lösen würde."

„Wie lautete Harrys Antwort?"

„Er gab keine und ignorierte unsere ersten Nachrichten vollends", sagte sie.

„Haben Sie in den letzten Monaten etwas von ihm gehört?"

„Nichts außer seinem Plan, hierherzuziehen. Zumindest dieser Teil seiner Geschichte war wahr. Wir hatten gehofft, dass wir die Unterhaltung über sein Kind fortsetzen könnten, sobald er in unserer Nähe wohnt."

„Was, glauben Sie, hat Harry dazu bewogen, nach Kent zu ziehen, um seine Geldgeber abzuschrecken?"

„Oh, aber er hatte nicht vor, zu bleiben", sagte Mrs. Mullins.

„Er hatte vor, nach Südamerika zu gehen. Wir haben uns gefragt, wie er sich ein solches Unterfangen leisten wollte."

„Ich weiß wie", sagte Holmes. „Ihr Sohn war ein sehr gerissener – und manipulativer – Mann."

„Wir haben kein Geld mehr", sagte Mr. Mullins. „Und mit seinen Schulden hätte er zu einem großen Vermögen kommen müssen, um sie abzubezahlen und sich den Umzug leisten zu können. Ich hoffe, er hatte nichts Schändliches vor."

„Der Arbeitgeber Ihres Sohnes, Lord Bracewell, wird Harry das Geld angeboten haben", sagte Holmes. „Wir glauben, dass dies das Geld ist, das nach seinem Tod bei ihm gefunden wurde."

„Wir kennen Lord Bracewell", sagte Mrs. Mullins. „Er war ein guter Mann und hat versucht, einen guten Einfluss auf Harry auszuüben. Kurz nach dem Tod von Lady Bracewell hat er Harry eine Stelle angeboten. Wir wissen, dass unser Sohn gut mit den Kindern umgehen konnte … es steckte also trotz seiner anderen Probleme noch etwas Gutes in ihm."

Holmes hatte keine weiteren Fragen, also schaltete ich mich ein: „Was gedenken Sie nun zu tun?"

„Wir haben nichts anderes vor, als unser Leben so gut wie möglich weiterzuführen", sagte Mrs. Mullins.

„Vielleicht gibt es noch Hoffnung", schlug Holmes vor. „Ihr Sohn wurde mit einem kleinen Vermögen bei sich aufgefunden, das ihm Lord Bracewell geschenkt hatte. Dieses Geld wird Ihnen zusammen mit seinen persönlichen Gegenständen zurückgegeben werden."

„Wir sind keine Almosenempfänger", sagte Mr. Mullins stolz.

„Wir wissen, dass Sie es beide gut meinen", wandte seine Frau ein, „aber wir können nicht mehr von anderen erhoffen oder annehmen. Das ist alles, was unser Harry je getan hat. Die Rente meines Mannes und mein Lohn als Haushälterin sollten ausreichen, um alt werden zu können."

„Dann nehmen Sie das Geld, um ein kleines Geschäft zu gründen – so wie Harry es vielleicht getan hätte – und anderen zu helfen, wenn Sie können", schlug ich vor.

„Außerdem haben Sie noch ein Enkelkind, an das Sie denken müssen, falls er sich jemals wieder bei Ihnen melden sollte."

Holmes und ich tranken unseren Tee aus, bedankten uns bei unseren Gastgebern und standen vom Tisch auf. Holmes griff nach unten, um die Serviette aufzuheben, die er fallen gelassen hatte, und starrte einen Moment lang auf eine Reihe von Kratzern auf dem Tisch. Während unsere Gastgeber das Geschirr abräumten, gab er mir ein Zeichen, mir die Kratzer anzusehen. Ich untersuchte sie einen Augenblick lang.

Gibt es bei den Kratzern auf dem Tisch ein Muster?

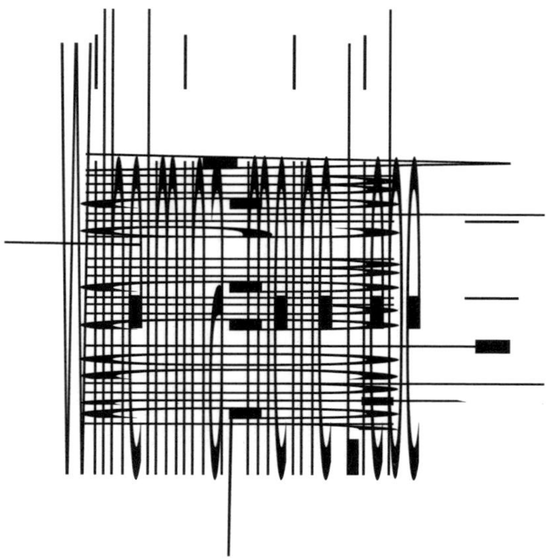

Als unsere Gastgeber aus der Küche zurückkehrten, stand ich auf. Wir zogen unsere Jacken an und verabschiedeten uns.

Auf unserem Weg nach draußen rief uns Mr. Mullins zu: „Bitte finden Sie heraus, wer das getan hat. Das würde uns etwas Frieden geben. Wir hatten vielleicht kein gutes Verhältnis zu unserem Sohn, aber nichts rechtfertigt seinen Mord."

Auf dem Rückweg zum Bahnhof überlegte ich: „Was waren das für Kratzer am Tisch? Sie sahen aus, als wären sie absichtlich gemacht worden."

„Sie wurden absichtlich gemacht, Watson. Und das gibt uns mehr Einblick in die Familie Mullins."

„Wie kann es so viele unvereinbare Aspekte bei nur einem Mann geben?"

„Sie sind nicht unvereinbar. Harry Mullins hat jedem Beteiligten das gezeigt, was er sehen wollte", antwortete Holmes.

„Und was halten Sie von diesem Jungen? Sollten wir nicht versuchen, seine Identität zu ermitteln?", fragte ich.

„Ich habe bereits herausgefunden, wer der Junge ist", sagte Holmes. „Es gibt eine Reihe von Hinweisen auf seine Identität."

„Was meinen Sie damit, Holmes?", fragte ich. „Die einzigen Leute, die wir getroffen haben und auf die diese Beschreibung passen würde, sind die Bediensteten auf Westwood Manor, und die hätten doch sicherlich gewusst, wo sie Mullins finden, anstatt seine Eltern aufsuchen zu müssen."

„Watson", sagte Holmes. „Dieser Junge ist niemand anders als Miss Amelia Forman."

Ich war zu schockiert, um einen Schritt weiterzugehen. Ich sah Holmes an, der verzweifelt fragte: „Sind Ihnen die Fotos auf dem Kaminsims denn nicht aufgefallen? Es gab eine eindeutige Ähnlichkeit mit Miss Formans Bewerbung, die uns Lestrade gezeigt hat. Oder waren Sie zu sehr mit den Möbeln beschäftigt?

Was ist mit dem Medaillon, das Mullins' Bild enthielt? Ähnelt dieses Medaillon nicht der Beschreibung des Medaillons, das bei Mullins' Leiche gefunden wurde und in dem sich ein Foto seiner Verlobten befand? Und zu guter Letzt: Die merkwürdigen Symbole auf dem Medaillon mit Mullins' Foto sind in Wirklichkeit ein Datum – geschrieben als Spiegelbild. Das Datum lautet 13.12.1870, das ist der Geburtstag von Miss Forman, glaube ich."

„Miss Amelia Forman ist Mullins' Tochter", wiederholte ich sprachlos, als ich versuchte, diese neue Erkenntnis zu verarbeiten. „Aber was ist mit dem Tagebuch?"

„Warum", überlegte Holmes rhetorisch, „vertrauen oder misstrauen wir dem geschriebenen Wort? Es sind doch nur Worte. Es gibt keinen Grund anzunehmen, dass irgendetwas von dem, was Miss Forman geschrieben oder uns in unseren Befragungen erzählt hat, tatsächlich wahr oder unwahr ist."

„Sie nehmen an, dass Sie diese Begegnung inszeniert hat, um ihren Vater zu ermorden?"

„Ich vermute nichts dergleichen. Sie nahm diese Anstellung an und kam dadurch ihrem Vater näher. Er starb. Die Ereignisse können zusammenhängen oder auch nicht. Wir wissen es einfach nicht."

„Verdächtigen Sie sie?"

„Ich misstraue den Motiven hinter ihrem Tagebuch. Es ist ein zu großer Zufall, dass sich Miss Forman auf eine Anstellung bewirbt und diese erhält, die sie in die Nähe des Mannes führt, den sie so sehr verachtet hat. Ihr Tagebuch gibt merkwürdigerweise keine Auskunft über ihre Beweggründe, es sei denn, sie hat es absichtlich geschrieben, um uns auf die falsche Fährte zu locken. Die Umstände sind verdächtig, und wir täten gut daran, Miss Forman noch ein weiteres Mal zu befragen, um ihre Unschuld oder ihre Schuld zu beweisen."

„Und die Papiere, die ich in dem ausgehöhlten Stuhlbein gefunden habe?", fragte ich.

„Wir werden bald Zeit haben, um sie zu überprüfen, mein lieber Watson. Aber jetzt sollten wir Mrs. Kemp und Miss Forman erst einmal einen Besuch abstatten.“

Auf dem Weg zum Bahnhof griff ich in meine Tasche und holte das leicht verbrannte Papier heraus, das ich im Stuhlbein versteckt gefunden hatte.

„Nun, Watson?“, fragte Holmes. „Was steht drauf?“

Vorsichtig glättete ich das Papier. Ich konnte nur die letzten paar Zeilen lesen. Der Rest war verbrannt. Es muss aus dem Feuer gezogen worden sein, bevor die Flammen es vollständig verzehrt hatten.

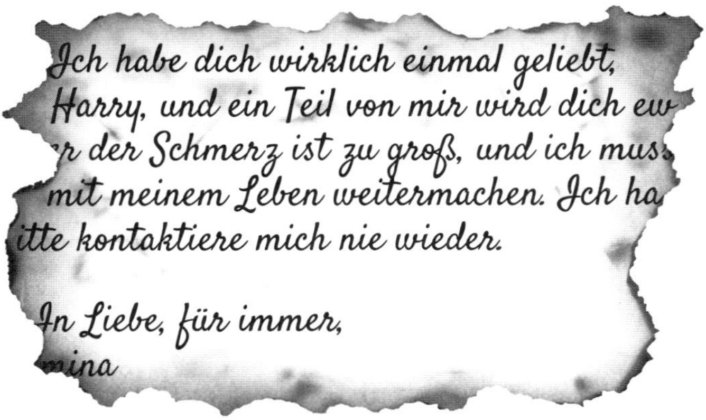
*Ich habe dich wirklich einmal geliebt,*
*Harry, und ein Teil von mir wird dich ew*
*r der Schmerz ist zu groß, und ich muss*
*mit meinem Leben weitermachen. Ich ha*
*itte kontaktiere mich nie wieder.*

*In Liebe, für immer,*
*mina*

*Fahren Sie nun auf Seite 54 fort.*

# Was Amelia Forman zu sagen hatte

Am nächsten Morgen baten wir früh um ein Gespräch mit der ehrwürdigen Mrs. Clemens. Sie war eine Frau von etwa 45 Jahren, die trotz des häuslichen Kummers Würde und Selbstbeherrschung ausstrahlte. Sie beantwortete all unsere Fragen zu den Hausangestellten, deren Anzahl sich seit Lady Bracewells Ableben verringert hatte. Dann führte sie uns in Charlies und Matildas Kinderzimmer, das durch ein Labyrinth aus Treppen vom Rest des Hauses abgetrennt war. Jeder Treppenabsatz war mit einer Vase mit Blumen und Grünzeug des Anwesens bestückt. Als wir die Treppen hinuntergingen, bückte sich Holmes und hob eine kleine, zertretene lilafarbene Wildblume von dem ansonsten makellosen Boden auf und steckte sie in seine Tasche.

Das Kinderzimmer selbst war gemütlich eingerichtet. Es sah aus wie ein Ort, an dem die Kinder häufig spielten. Ein Gemälde des Nachthimmels zog sich über die ganze Decke, worauf ich Mrs. Clemens ansprach.

Sie lächelte traurig und sagte: „Die Bracewells waren so glücklich darüber, Kinder zu haben, und fühlten sich mit der Geburt der Zwillige besonders gesegnet. Lord Bracewell nutzte seine Verbindungen zur nahe gelegenen Universität, um hier eine Sternkarte vom 12. Dezember 1881 – ihrem Geburtsdatum – malen zu lassen. Außerdem nutzte die Familie die Sternbilder seit Generationen zur Navigation auf See.

Er hat absichtlich eine Konstellation weggelassen und sagte, seine Familie werde immer mit den Sternen verbunden sein, damit sie nicht auf das Elmsfeuer als gutes Omen warten müssen."

**Bärenhüter**
**Nördliche Krone**
**Herkules**
**Waage**
**Großer Wagen**
**Jungfrau**
**Drache**
**Zwillinge**
**Löwe**
**Schlangenträger**
**Kleiner Wagen**

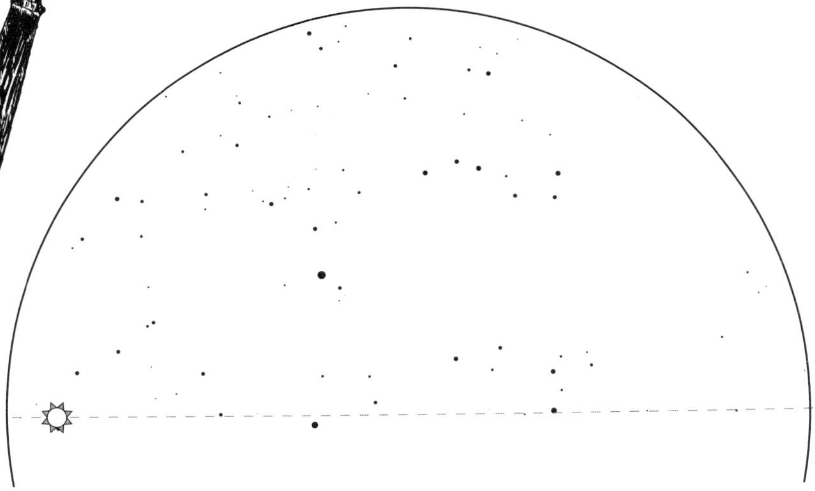

Ich schaute zum Himmel an der Decke hinauf, um zu sehen, ob ich herausfinden konnte, was fehlte. Doch ich konnte nicht sofort feststellen, was es war. Holmes seinerseits nahm keinerlei Notiz davon, und es dämmerte mir, wie schon zuvor, dass ihm die Kenntnis der Sterne völlig fremd war.

Da Holmes anscheinend kein Interesse daran hatte, ging ich in Gedanken immer wieder durch, was in diesem Zimmer fehlen könnte. Nachdem ich mich an meine nächtlichen Sternbeobachtungen erinnert hatte, konnte ich schließlich feststellen, dass das Sternbild Zwillinge fehlte. Ich lächelte über meine Erkenntnis, wohl wissend, dass Castor und Pollux, die Dioskuren, die hellsten Sterne in diesem Sternbild waren. Wenn in diesem Sternbild das Elmsfeuer erscheint, gilt das als gutes Omen für Seefahrer. Wie passend, dass Bracewell ausgerechnet dieses Sternbild weggelassen hat. Ich ging auf die andere Seite des Kinderzimmers, wo Holmes und Mrs. Clemens sich unterhielten.

„Noch bis vor Kurzem war dieses Zimmer eine Art Keller", erklärte sie. „Lord Bracewell ist in den letzten Jahren sehr lärmempfindlich geworden. Die Kinder sind wohlerzogen, aber es sind trotzdem Kinder, und er kann es nicht mehr ertragen, sie spielen zu hören."

„Hatten sie vor Miss Forman bereits ein Kindermädchen?"

„Nein. Lord Bracewell hat sie selbst unterrichtet, aber wenn sie spielten, waren sie im Wesentlichen sich selbst überlassen. Es fehlt ihnen an nichts Materiellem." Sie hielt inne und fügte dann leiser hinzu: „Ich war es, die vorgeschlagen hat, dass sie eine Bezugsperson brauchen, wenn sie nicht in der Schule sind. Der Hausherr ist ein guter Mensch, aber er hat ihre emotionalen Bedürfnisse vernachlässigt. Er hat ihnen den Hund gekauft, aber das ist nicht genug."

Holmes lief im Zimmer herum und schaute sich die vielen Spielsachen und die vielen, vielen Bücher in den Regalen an. Auf einem kleinen Tisch war ein Damespiel aufgebaut, und in der Ecke war ein Becher mit einem Würfelpaar. Er schaute in den Becher und sah einen Zettel, wahrscheinlich eine Spielanleitung.

„Was halten Sie hiervon?", fragte Holmes.

„Mullins hat mit den Kindern andauernd Spiele gespielt. Ich mochte es nicht, dass er ihnen das Würfelspiel beibrachte, aber er versprach, dass es nur lehrreich sei und nichts mit Glücksspiel zu tun habe. Er brachte ihnen immer etwas Neues bei, um sie zu beschäftigen und bei Laune zu halten. Sie waren so traurig, als er ihnen sagte, dass er weggehen würde, um sich um seine Eltern zu kümmern. Er sagte, wenn sie nach seiner Abreise traurig seien, könnten sie die Spiele spielen, die er ihnen beigebracht hatte, vor allem das Würfelspiel. Dann könnten sie sich an die schöne Zeit erinnern, die sie gemeinsam hatten."

Holmes faltete das Papier im Würfelbecher auf. Zu seiner Überraschung erschien sein Name auf dem Papier, zusammen mit einer Zeichnung zweier Würfel und einem Kompass mit einem eingekreisten N und einem Pfeil, der nach unten zeigte.

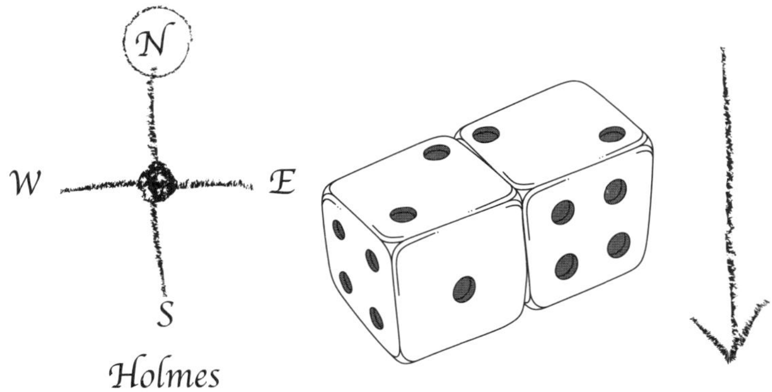


„Gute Frau“, rief er. „Bitte erklären Sie mir sofort, warum mein Name auf diesem Zettel steht? Wie konnte mein Name hier auftauchen, bevor ich überhaupt mit diesem Fall betraut wurde?“

„Mr. Holmes!“, rief Mrs. Clemens aus. „Ich schwöre Ihnen, dass nichts in diesem Zimmer angefasst wurde, seitdem die Kinder verschwunden sind. Ich weiß nicht, warum Ihr Name auf diesem Zettel steht. Es war Mullins, der dieses Spiel mit ihnen gespielt hat, ich schwöre es!“

Holmes, sichtlich erschüttert, nahm sie beim Wort und schrieb die gesamte Nachricht von dem Zettel in sein Notizbuch. „Das ist sehr merkwürdig, Watson, und ein Rätsel, das zu einem anderen Zeitpunkt gelöst werden muss.“

Holmes ging im Zimmer umher und bemerkte die große Anzahl an Büchern im Raum. „Die Kinder sind unersättliche Leser?“, fragte er.

Mrs. Clemens lächelte. „Absolut – genau wie ihr Vater.“

Holmes untersuchte ausgiebig die Bücherregale. Jedes Buch war methodisch platziert. Mir schien es jedoch, dass sie nicht sinnvoll angeordnet waren. Holmes fuhr mit dem Finger über das Regal und fand kein Körnchen Staub. Ich hörte ein „Hm …“ von ihm, während er das tat. Natürlich sagte er kein Wort, also drängte ich ihn.

„Holmes, was haben Sie gefunden?“

„Nur, dass die Regale selbst zwar makellos sind, dass aber in der Rückwand des Regals einige merkwürdige Linien eingekratzt sind. Nicht eine einzige gerade Linie. Was denken Sie?“

„Auf den ersten Blick fällt mir nichts auf, Holmes. Die Linien befinden sich nur an einem Regal. Aber jetzt, wo Sie es erwähnen, ist es schon merkwürdig, dass keine der Linien gerade über das Regal verläuft, wie Sie sagten. Das Einzige, was mir in den Sinn kommt, ist die Höhe der Bücher.“

„Sehr gut beobachtet, Watson. Ihre Augen trügen Sie nicht. Wie dem auch sei, ich nehme an, dass es nur die Art ihrer Mutter war, ihnen zu zeigen, wo die Bücher nach dem Lesen wieder hingestellt werden sollten.“

„Wird das Spielzimmer regelmäßig gereinigt?“, fragte er Mrs. Clemens.

„Wir lüften es alle zwei Tage. Aber die Kinder sind sehr eigen, wenn es um die Anordnung ihrer Bücher geht. Wahrscheinlich, weil es sie am stärksten an ihre Mutter erinnert, wie sie die Bücher aus dem Regal nahm und ihnen Geschichten vorlas“, antwortete sie. „Wir haben das Zimmer genau so gelassen, wie es war, als die Kinder verschwunden sind.“

„Darüber bin ich sehr froh“, sagte Holmes. Er ging ein letztes Mal im Zimmer umher, blieb noch einmal vor dem Bücherregal stehen, um die Titel und die Höhe der Buchrücken zu studieren, bevor er feststellte: „Ich denke, ich habe nun alles in diesem Haus gesehen, was ich sehen musste. Watson und ich müssen Miss Forman treffen. Aber bevor wir gehen, können Sie uns noch etwas über sie erzählen?"

„Ich habe die Anzeige selbst aufgegeben", antwortete sie. „Aber ich hatte bisher noch nicht das Vergnügen, Miss Forman zu treffen. Ich habe einiges über sie gelesen. Aber nach ihrem Martyrium ging es ihr ziemlich schlecht, sodass wir es für das Beste hielten, sie vorerst bei Mrs. Kemp zu lassen."

„Können wir die Adresse von Mrs. Kemp und die von Mullins' Eltern haben?"

Mrs. Clemens notierte beide für uns und erklärte, als sie uns die Informationen über Mullins' Eltern überreichte, dass sie nur die allgemeine Umgebung kannte, in der sie lebten. Sie hatten ein kleines, aber gemütliches Häuschen in einer kleinen Straße in Canterbury in der Grafschaft Kent, ganz in der Nähe der Kathedrale. Die genaue Straße und die Hausnummer kannte sie nicht.

Holmes und ich machten uns auf den Weg zu Mrs. Kemps Haus, das etwa drei Meilen von Westwood Manor entfernt lag. Wir waren uns sicher, dass der lange Spaziergang uns guttun und dabei helfen würde, den Kopf frei zu kriegen. Als wir das Haus der Bracewells verließen – dieses Mal über das südliche Haupttor –, atmete ich den Geruch der freien Natur und der feuchten Erde ein und dachte über die Rätsel nach, die vor uns lagen. Das Anwesen befand sich in der vollen Blüte des Frühlings. Die Bäume trugen dichtes Blattwerk, und die Gärten, aus denen Mrs. Clemens die Blumen holte, die das Haus schmückten, blühten in allen Farben. Ein üppiger Rasenteppich bedeckte das Anwesen, und Pferde grasten auf den Weiden mit hohen Süßgräsern und Wildblumen. Die Stille wurde gelegentlich von zwitschernden Vögeln unterbrochen. Wie sehr unterschied sich dieser Ort doch von unserer gewohnten Umgebung im Zentrum von London!

Holmes hatte mir viel Stoff zum Nachdenken gegeben und doch weit weniger, als er versprochen hatte. Inzwischen kannte ich seine Art: Er hielt einen eher hin, als dass er etwas verriet, und dennoch war klar, dass er eine Vorstellung davon hatte, wie die verschiedenen Fäden dieses Rätsels zusammenlaufen würden.

Holmes ging zügig, und ich hatte Mühe, mit ihm Schritt zu halten. Er redete die ganze Zeit über Vivaldi und Kricket und über Tabak und Gift. Schließlich fragte ich ihn über die Angelegenheit im Natural History Museum aus.

„Wright wurde ermordet“, sagte Holmes, „und er war auf irgendeine Weise an dem Verbrechen beteiligt. Vielleicht hat er etwas gesehen, aber ich glaube eher, dass er direkt involviert war. Seine Beunruhigung nach dem Einbruch hat mich dazu gebracht, ihn zu verdächtigen. Ich vermute auch, dass er nicht der einzige Verantwortliche war. Ich bin der Sache auf der Spur: Aus den beiden Telegrammen, die ich verschickt habe, geht hervor, dass es einen Einbruch gegeben hat. Aber das, was gestohlen wurde, war anscheinend immer noch nachweisbar.

Erinnern Sie sich an den Zeitungsartikel? Es ist, als würde uns jemand mit einem versteckten Hinweis verhöhnen. Nur jemand mit großem Einfluss konnte dafür sorgen, dass die Rechtschreibfehler in dem Zeitungsartikel, den wir gelesen haben, erhalten bleiben.“ An dieser Stelle legte er die Finger auf die Lippen. „Ein Spieler sollte seine Karten nicht zu früh preisgeben.“

Nach dem ganzen Regen in den vergangenen Tagen schien die Sonne hell, und das Blattwerk blühte und gedieh. Das verlieh dem Morgen eine gewisse Lebendigkeit. Wenn nicht so viel auf dem Spiel gestanden hätte – die vermissten Kinder, der ermordete Mann, der am Boden zerstörte Vater –, wäre es vielleicht sogar eine angenehme Gelegenheit dafür gewesen, den profunden Musikkenntnissen meines Freundes zu lauschen.

Nach etwa einer Stunde Fußmarsch kamen wir bei Mrs. Kemps Gästehaus an. Auf den ersten Blick bot sich uns ein sonderliches Bild: Das alte Gebäude hatte viele Anbauten in verschiedenen Farben und Stilen, und an mindestens einem Viertel des Hauses wurden gerade Reparaturarbeiten durchgeführt. Wir gingen den Weg hinauf und sahen einen großen Garten an der Seite des Hauses. Ich schloss daraus, dass dies der Ort war, aus dem sie all die Zutaten für die Mahlzeiten ihrer Gäste bezog.

Als wir ankamen, saßen Mrs. Kemp und Miss Forman gerade beim Mittagessen. Wir stellten uns vor und gesellten uns zu ihnen. Mrs. Kemp war eine Frau in den späten Vierzigern, deren Aktivitäten über ihr Alter hinwegtäuschten. Sie schrieb eifrig Briefe und diktierte einem Dienstmädchen einen bevorstehenden Vortrag über die Bedeutung der Philanthropie in der heutigen Zeit. Letztere war – was soll ich sagen? – die Lieblichkeit in Person. Normalerweise, so wurde uns gesagt, beherbergt das Haus etwa zehn bis zwölf weibliche Gäste, doch derzeit war es bis auf die Gastgeberin und das Kindermädchen leer.

Obwohl das Haus von außen verschroben wirkte, war es im Inneren sehr charmant. Ein kleines Wohnzimmer mit bequemen Sofas und einem kleinen Kaffeetisch war umgeben von Wänden voller Bücher. In der Luft lag der frische Duft von Blumen. Ein goldener Kerzenständer, der in der Nähe der Sitzecke neben der Tür zur Küche stand und der mythischen Figur Psyche nachempfunden war, spiegelte das Licht der Nachmittagssonne wider. Eine schmale Treppe führte zu den Gästezimmern, mit einer Reihe kaum sichtbarer Türen, die wegen der laufenden Renovierungsarbeiten verbarrikadiert waren.

Mrs. Kemps Mitgefühl für Menschen in ärmlichen Verhältnissen deckte sich offensichtlich so sehr mit dem von Hewitt, dass er für Miss Forman keinen besseren Zufluchtsort hätte wählen können. Selbst nach einer so kurzen Bekanntschaft hatte sich Mrs. Kemp sichtbar an ihre neue Freundin gewöhnt und sie beschützt. Sie unterbrach ihr Diktat, um ihrem jungen Schützling einen Tee zu bringen. Zur Beruhigung fügte sie eine winzige Tinktur Laudanum hinzu, das sie ohne Frage aus Mohnblumen aus ihrem eigenen Garten gezüchtet hatte.

Unterdessen war Miss Forman noch immer aufgelöst durch ihr Martyrium. Ich erklärte ihr, dass ich Arzt sei, und bat darum, ihren Puls und ihre Temperatur zu messen. Sie hatte Fieber, aber die Gefahr war vorüber. Ohne Umschweife begann Miss Forman, uns auszufragen.

„Mr. Holmes, ich habe Ihren Roman über die arme Lucy und Jefferson gelesen."

„Das freut mich", antwortete er. Holmes selbst hätte diesen Ausdruck zwar nicht gewählt, um die Jefferson-Affäre zu beschreiben, aber ich konnte sehen, dass er insgeheim froh darüber war, dass die Erzählung über sein Denkvermögen weite Kreise gezogen hatte.

„Seien Sie ehrlich, Mr. Holmes, gibt es irgendwelche neuen Entwicklungen? Wissen Sie, wo die Kinder sind? Wie geht es ihrem Vater? Wissen Sie, wer der Mörder ist? Warum wurde der Kutscher getötet?"

„Auf fast all Ihre Fragen, Miss Forman, habe ich eine Antwort. Aber Sie müssen mir erlauben, dass ich meine Karten erst offenlege, wenn die Zeit reif ist. Ich bin gekommen, um Ihnen ein paar Fragen zu stellen."

„Sie haben mein Tagebuch gelesen."

„Das habe ich, ja."

„Der Inhalt war nie dafür bestimmt, geteilt zu werden."

„Was auch immer Sie darin geschrieben haben, ist bei uns sicher. Wir möchten Ihre Version der Geschehnisse hören, die sich ereigneten, nachdem Sie den Bahnhof verlassen haben."

Mrs. Kemp wollte sich einmischen, doch Miss Forman war entschlossen zu helfen: „Ich beantworte gerne all Ihre Fragen." Sie begann sofort damit, uns ihre Version der Geschehnisse zu schildern. „Am Bahnhof passierte nichts Aufregendes mehr, nachdem ich die Kinder und Spot gefunden hatte. Es begann zu regnen. Als wir in die Kutsche stiegen, hielt der Fahrer einen Regenschirm über uns und versuchte, den Hund zu motivieren, hineinzuspringen. Bevor er die Tür schloss, gab er mir einen Schlüssel für den Wagen, damit ich die Tür sichern konnte, falls Wind sie aufdrücken würde. Wie ich in meinem Tagebuch erwähnt habe, unterhielt ich mich mit den Kindern und versuchte, mich mit ihnen anzufreunden. Sie waren interessiert, etwas über mich zu erfahren, aber als ich sie nach sich selbst und ihrer Familie fragte, verstummten sie. Da fing ich an, mit ihnen über *Die Schatzinsel* zu sprechen, eine meiner Lieblingsgeschichten."

„Sehr gut. Warum bringen Sie uns nicht zurück zum Ort des Geschehens in der Kutsche?"

„Ich werde mein Bestes tun."

„Wir wissen, dass die Kutsche abrupt angehalten hat. Wie viel Zeit verging zwischen dem Anhalten und dem Schuss?"

„Es müssen fast zehn Minuten gewesen sein. Sehen Sie, Mr. Holmes, ich habe geschrieben und versucht, meine Schüler zu beruhigen, während sich die Ereignisse abspielten. Um ihre Nerven zu beruhigen, bat ich sie, mir von der Karte in der Geschichte *Die Schatzinsel* und den Orten darauf zu erzählen."

„Ja, Ihre Darstellung war sehr anschaulich. Können Sie das Geräusch beschreiben, das Sie gehört haben?"

„Es war ein lauter Knall, und die Kutsche schaukelte sehr."

„War er schrill?"

„Ich bin mir nicht sicher", gab sie zu. „Ich hatte nicht die Absicht, in meinem Tagebuch zu flunkern, aber ich musste es irgendwie beschreiben."

„Ja, natürlich. Hat das Geräusch die Pferde aufgeschreckt? Gab es einen Ruck, oder haben sie vor Angst gewiehert?"

„Nein, die Pferde waren nicht besonders aufgebracht."

„Was geschah, nachdem Sie den Beifahrersitz verlassen hatten?"

„Ich sagte den Kindern, sie sollten weiter auf die Karte schauen. Während sie abgelenkt waren, habe ich mich vor sie gestellt und mein Tagebuch zwischen dem Familien-Wappen der Bracewells und der Kutschwand befestigt. Ich stieg aus, machte die Tür zu und verriegelte sie. Ich lief zum vorderen Teil der Kutsche – dort sah ich, dass der Fahrer ganz still saß. Ich rief nach ihm, aber als er nicht reagierte, griff ich nach oben und rüttelte an seinem Bein. Er sackte nach vorne und bewegte sich nicht mehr."

„Blutete er?"

„Nicht soweit ich es sehen konnte. Ich kletterte auf den Sitz neben ihm, um ihn zu untersuchen, aber er hatte keinen Puls."

„Was haben Sie dann gemacht?"

„Ich stand unter Schock und war nass. Ich konnte dem armen Mann nicht mehr helfen, also beschloss ich, bei den Kindern zu bleiben und mit ihnen das Unwetter abzuwarten. Als ich versuchte, aus dem Fahrersitz zu steigen, rutschte ich auf dem nassen Holz aus und fiel hin. Ich schlug mit dem Kopf auf etwas Hartem auf und muss für einige Minuten bewusstlos gewesen sein. Ich kam wieder zu mir und machte mich auf den Weg zurück in den Wagen. Der Wind schlug mir entgegen, und der Regen strömte ohne Unterlass auf mich nieder. Ich konnte bereits sehen, dass das Unheil geschehen war: Ich hatte die Kinder gebeten, in der Kutsche zu bleiben und die Tür geschlossen zu halten, aber als ich zurückkam, wehte sie offen im Wind. Ich suchte den Schlüssel bei mir und fand ihn im Schlüsselloch der Tür, also muss ihn jemand in meiner Tasche gefunden haben, während ich bewusstlos war.

Als ich wieder in den Wagen stieg, waren die Kinder und der Hund verschwunden. Alles, was blieb, war die Ausgabe von *Der Schatzinsel.*"

„Erinnern Sie sich, auf welcher Seite sie zuletzt waren?", fragte Holmes.

„Ja, das Buch war bei der Karte aufgeschlagen. Um sie abzulenken, hatte ich sie angewiesen, anhand der Karte eine Geschichte zu schreiben, wie sie zu vier Orten ihrer Wahl gelangen."

Sie ging kurz fort und kehrte mit einem Zettel wieder, den sie Holmes reichte. Darauf stand:

Wir starteten östlich des Foremast Hills und wanderten gen Süden, bis wir zu unserer dritten Bergkette kamen. Als wir bemerkten, dass wir zu weit gegangen waren, gingen wir in nordöstlicher Richtung weiter durch einen Wald und machten an der Rückseite eines kleinen Hügels eine kleine Pause, um dann in südöstlicher Richtung nach Spring zu gehen und uns an unserem endgültigen Standort niederzulassen.

Unsere zweite Reise begann dort, wo unsere erste endete. Wir reisten nach Westen, zurück über den Hügel und durch den Wald. Wir beschlossen, nach Südosten zu gehen, und hielten an, als wir an einem Sumpf ankamen. Von dort aus ging es weiter nach Südwesten bis zu der Stelle, an der das X den Ort markiert. Wir fanden keine Reichtümer und zogen weiter nach Osten, bis wir müde wurden.

Die nächste Reise begann in den Gewässern des Nordostens. Wir reisten viele Meilen in südliche Richtung, ehe wir nach Osten abbogen und nie mehr zurückblickten. Bis wir anhielten, natürlich.

Unsere letzte Exkursion begann auf Skeleton Island. Wir fuhren in nördliche Richtung durch die White Rocks bis ganz zur Nordbucht. Wir wechselten vom Boot aufs Pferd und ritten nach Südwesten zum Spyeglass Hill. Als wir unseren Leichtsinn bemerkten, ritten wir nach Osten und entdeckten von unserem Aussichtspunkt am White Rock aus das Boot, mit dem wir zurück zum Spyeglass Hill gesegelt waren.

„Sehr interessant. Und bis zu welcher Stelle des Romans hatten sie gelesen?“ Mrs. Kemp und ich schauten Holmes verwundert an.

„Jim kehrte heimlich auf die Hispaniola zurück.“

„Ausgezeichnet! Sie würden eine hervorragende Detektivin abgeben, wenn Sie sich darauf einließen, Miss Forman!“

Wir waren zu verwirrt, um auf Holmes’ Kompliment zu reagieren.

Er fuhr fort:

„Was taten Sie als Nächstes?“

„Mit letzter Kraft machte ich die Tür zu und schloss mich selbst mit meinem Schlüssel ein. Ich verlor ein zweites Mal das Bewusstsein, bis ich wieder zu mir kam und mich hier bei Mrs. Kemp wiederfand. Ich erinnere mich vage daran, dass ich kurz zu Bewusstsein kam und das Gesicht eines anderen Mannes sah, von dem ich jetzt weiß, dass es George Hewitt war, der mich in seine Kutsche setzte.“

„Was für ein ehrenhafter Mann“, sagte Mrs. Kemp. „Er klopfte an meine Tür und fragte, ob er Miss Forman heraufbringen könne, da sie in einen schlimmen Unfall verwickelt gewesen sei. Ich erkannte ihn von seinen Briefauslieferungen und fühlte mich bei ihm in sicheren Händen, da er als Briefträger eine Vertrauensstellung hat.“

„Ich muss zugeben, dass es mir ein wenig peinlich ist“, sagte Miss Forman. „Ich fürchte, dass ich in meiner Bewusstlosigkeit etwas gemurmelt habe, aber ich wollte mein Tagebuch nicht zurücklassen, für den Fall, dass mir etwas zustoßen sollte. Bei meinem letzten Eintrag hinterließ ich eine Nachricht für Anne, um sicherzustellen, dass meine Familie versorgt ist, falls ich mich nicht erholen sollte.“

„Sie haben das Richtige getan, Miss Forman, und Ihr Mut ist beeindruckend.“

Miss Forman verbeugte sich. „Haben Sie noch weitere Fragen?“

„Nein, keine weiteren Fragen“, antwortete Holmes. „Aber dürfte

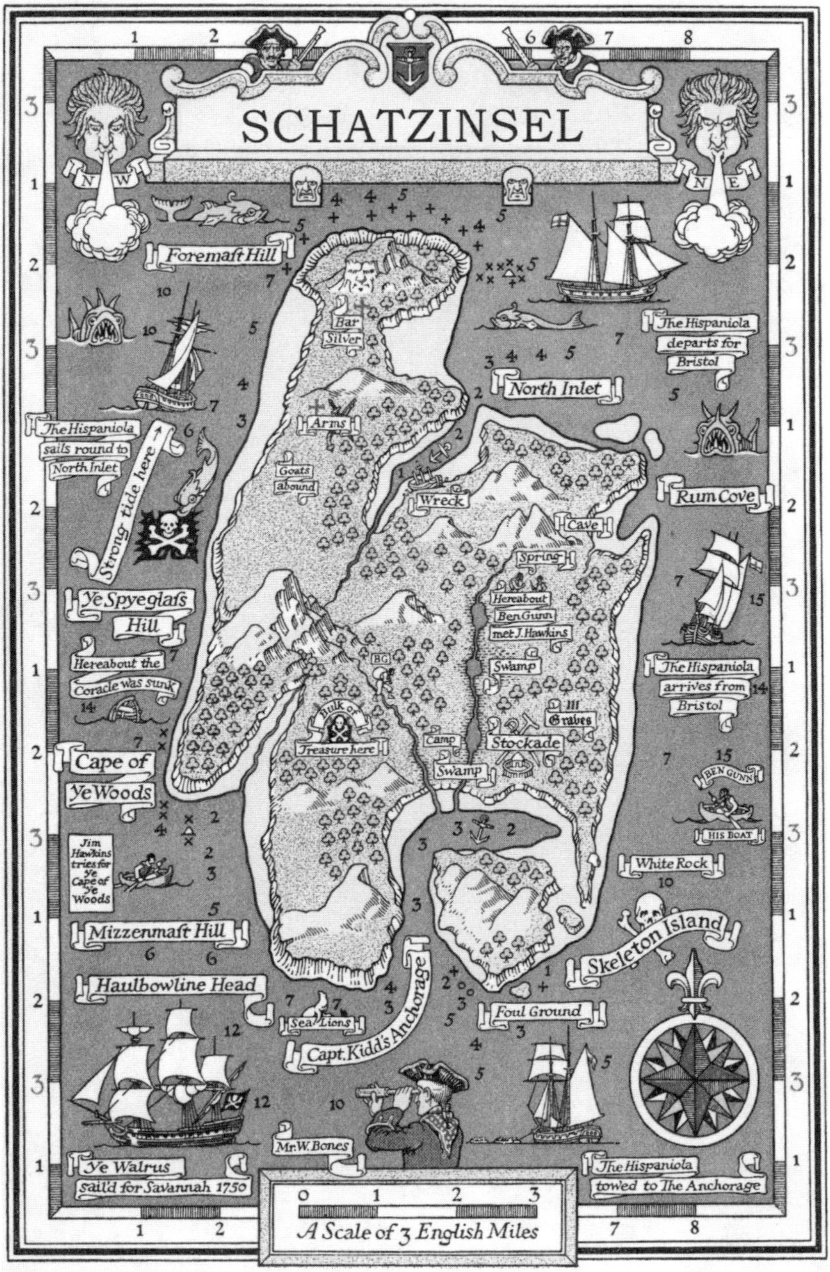
SCHATZINSEL
N W
N E
Foremast Hill
Bar Silver
Arms
Goats abound
The Hispaniola sails round to North Inlet
Strong tide here
The Hispaniola departs for Bristol
North Inlet
Wreck
Rum Cove
Cave
Spring
Hereabout Ben Gunn met J. Hawkins
Ye Spyeglass Hill
Hereabout the Coracle was sunk
BG
Swamp
Graves
Bulk of Treasure here
Camp
Stockade
Swamp
The Hispaniola arrives from Bristol
Cape of Ye Woods
Ben Gunn
His Boat
Jim Hawkins tries for Ye Cape of Ye Woods
White Rock
Skeleton Island
Mizzenmast Hill
Haulbowline Head
Sea Lions
Capt. Kidd's Anchorage
Foul Ground
Mr. W. Bones
Ye Walrus sail'd for Savannah 1750
The Hispaniola towed to The Anchorage
0 1 2 3
A Scale of 3 English Miles

ich mir Ihre Ausgabe der Geschichte *Die Schatzinsel* ausleihen?“ Nachdem Mrs. Kemp zugestimmt hatte, nahm er das Buch aus ihrem Bücherregal und schaute es sich eine Weile an.

Er sah mich an, nickte und wünschte den beiden Damen kurzerhand einen guten Morgen. Ich folgte ihm. Wir waren noch nicht weit gegangen, als Holmes zu mir sagte: „Mindestens eine Partei lügt, Watson, aber wir werden der Sache auf den Grund gehen und die vermissten Kinder wiederfinden. Erinnern Sie sich an den Zettel, den mir Miss Forman gegeben hat – den die Kinder für sie geschrieben haben? Ich glaube es ist kein Zufall, was sie geschrieben haben. Wenn wir die Punkte, auf die sie sich beziehen, auf der Karte einzeichnen, was sehen Sie dann?“

Finden Sie anhand der Karte und des Zettels heraus, was die Kinder wirklich zu sagen hatten.

Holmes reichte mir das Buch, und ich schlug die Karte auf und las noch einmal die Geschichte der Kinder. Ich folgte den Punkten auf der Karte, auf die sie verwiesen. Nachdem ich mir die Karte angesehen hatte, bemerkte ich, dass sich ein Muster auf dem Weg ergab. Ich fing wieder von vorne an und konnte tatsächlich ein Wort erkennen.

„Ich werd verrückt“, sagte ich. „Die Kinder haben, bevor sie verschwanden, das Wort ‚Hilfe‘ kartiert.“

„Aber Hilfe wofür – oder womit?“, grübelte Holmes. „Oder Hilfe von wem? Vielleicht brauchen wir ein paar mehr Hintergrundinformationen über einige Figuren in dieser Geschichte.

Watson, sollen wir mit der Arbeitsagentur der Cromwells sprechen, um mehr Informationen über Miss Forman und ihren Hintergrund zu erhalten, oder sollen wir Mullins’ Eltern besuchen?“

*Wenn Sie die Arbeitsagentur der Cromwells besuchen möchten, fahren Sie auf Seite 88 fort.*

*Wenn Sie Mullins’ Eltern in Canterbury besuchen möchten, fahren Sie auf Seite 118 fort.*

# Die Falle steht

„Australien?“, fragte ich Holmes, als wir uns nach der Festnahme vor der Agentur der Cromwells wiederfanden. „Warum sollten wir Miss Stoper Glauben schenken, jetzt da wir wissen, dass sie am Diebstahl der Akten beteiligt war? Wie Sie festgestellt haben, war Bracewell bereit, sie in einem neuen Geschäft einzubinden. Versucht sie, uns von der Spur abzubringen und ihre eigenen Taten in Zweifel zu ziehen? Falls sie nicht lügt, wer in aller Welt war dann unser Gastgeber auf Westwood Manor?“

„Zwischen Lord Bracewell und Australien besteht eine eindeutige Verbindung“, sagte Holmes. „Bracewell verbrachte dort die erste Hälfte seines Lebens, das ist kein Geheimnis. Miss Stoper könnte uns eine plausible Lüge auftischen, um die Ermittlungen zu verzögern, da es einige Zeit in Anspruch nehmen würde, einen Boten nach Australien zu schicken, um den Wahrheitsgehalt ihrer Aussage zu überprüfen. Ich glaube jedoch, die Antwort zu kennen, und werde sie verraten, sobald ich mir sicher bin. Man kann ein Buch nicht nach seinem Einband beurteilen, denn die wahre Geschichte steht auf den Seiten im Inneren des Buches.“

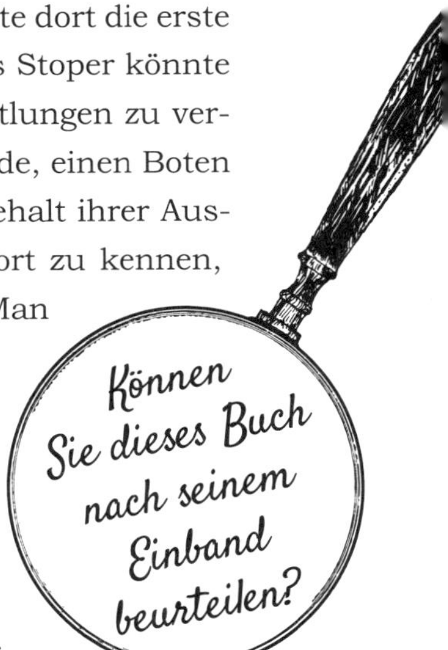


Diese Rätselhaftigkeit war für mich fast nicht mehr zu ertragen.

Ich wollte Holmes gerade dazu auffordern, seine Vermutung zu teilen, als plötzlich einer seiner Handlanger auf uns zukam und sich tief verbeugte. Er überreichte Holmes ein Telegramm, das dieser sofort aufriss.

„Unsere Falle steht, mein lieber Watson. Wir werden unseren Täter aus dem Museum in Kürze fangen. Er ist zugegebenermaßen ein cleverer Mann, aber er hat Angst.“

„Angst?“, überlegte ich laut. „Er hat mindestens einen Menschen umgebracht.“

„Das stimmt, aber nichts ist, wie es scheint, Watson. Die gefährlichste Macht hinter diesem Geheimnis ist eine, die wir nicht sehen können.“ Holmes holte sein Notizbuch hervor, kritzelte eine kurze Bleistiftnotiz hinein und riss die Seite heraus. Er übergab sie dem Jungen, zusammen mit einer 20-Schilling-Münze, und sagte: „Sieh zu, dass diese Notiz direkt an Mrs. Hudson geht und an niemanden sonst. Bleib draußen, wenn du ihr die Nachricht übergibst, und verärgere sie nicht, während du dort bist. Ansonsten muss ich mir jemand anderes suchen, der meine Nachrichten übermittelt.“ Der Junge blickte kurz finster drein, verbeugte sich noch einmal und verschwand in den belebten Straßen.

„Watson, wir müssen nach Nordlondon zurückkehren. Beeilen Sie sich. Lestrade wird am Bahnhof auf uns warten, um mit uns nach Finchley zurückzufahren. Bevor wir die nächsten Schritte in dieser Ermittlung einleiten, müssen wir mit ihm die Entwicklungen des letzten Tages besprechen.“

„Wieso ziehen Sie Mrs. Hudson mit hinzu?“, fragte ich, während ich versuchte, mit den langen Schritten meines Begleiters mitzuhalten. „Sie sollte doch sicher lieber in Sicherheit gebracht werden.“

„Das ist genau das, was ich mache, Watson“, sagte Holmes.

„Ich habe ihr gesagt, dass wir unvermeidlich aufgehalten wurden und dass ich möchte, dass sie die Karten, die ich für die Symphonie heute Abend gekauft habe, mitnimmt und einen schönen Abend verbringt. Ich habe sie außerdem gebeten, einen Zettel an unserer Tür mit Anweisungen für Gregson zu hinterlassen, falls er vor uns eintreffen sollte.“

Wir machten uns auf den Weg zum Bahnhof und warteten auf Lestrade, der zu uns stieß. „Diesmal werde ich die Türen des Waggons einer doppelten Kontrolle unterziehen, um zu verhindern, dass wir uns selbst herausstemmen müssen“, sagte ich trocken.

Lestrade traf pünktlich ein, und wir stiegen in den Zug. Ich saß Holmes und Lestrade gegenüber und hielt Blickkontakt mit meinem Begleiter. Die letzten Tage waren eine Herausforderung gewesen, und meine Nerven konnten schlicht keine weitere Aufregung ertragen. Ich war nicht gewillt, meinem Freund einen weiteren Schritt zu folgen, ohne dass er mehr Transparenz an den Tag legte. Holmes durchschaute mich ohne Weiteres.

„Sind Sie bereit, all die Fragen zu stellen, die sich in Ihrem Kopf aufgestaut haben?“

„Ja, Holmes“, antwortete ich knapp. „Ich verstehe nicht, warum Sie sich unter keinen Umständen in die Karten schauen lassen.“

„Das ist meine Natur, mein lieber Watson. Ich mache das schon seit vielen Jahren und hatte bis vor Kurzem keinen Partner bei meinen Ermittlungen und Abenteuern. Aber nun zur Sache selbst: Ich hatte von Anfang an eine Vermutung, dass der Bracewell, den wir trafen, jemand anders als der wahre Lord Philip Bracewell gewesen sein könnte. Miss Stopers Enthüllung brachte etwas Klarheit in diese Idee.“ Auch wenn ich meinen eigenen Gesichtsausdruck nicht sehen konnte, als ich das hörte, wenn er auch nur annähernd dem glich, der im gleichen Moment in Lestrades Gesicht aufblitzte, hätte dies eine schöne Studie der Überraschung angrenzend an Erstaunen ergeben.

„Lassen Sie mich die Geschichte so erzählen, wie ich sie sehe“, sagte Holmes und richtete seine Mütze. „Wie sich vermutlich herausstellen wird, verließ Lord Bracewell England vor einigen Monaten, um sich auf eine ausgedehnte Geschäftsreise nach Australien zu begeben. Vielleicht etwas, das das Familiengeschäft bedrohen könnte, an dessen Wiederaufbau er so hart gearbeitet hat.

Er ging, ohne zu wissen, wie lange er fort sein würde, und ließ seine Kinder in der Obhut von Mrs. Clemens, Mullins und den anderen Bediensteten, von denen viele kurz nach seiner Abreise ersetzt wurden. In Harry Mullins, einem Mann, den sie bereits kannten, fanden die Kinder einen zweiten Vater. Nachdem Mullins gekündigt hatte, sollte ein Kindermädchen eingestellt werden, das seinen Platz einnehmen sollte.

Lassen Sie mich Ihnen beiden ein paar Fragen stellen, die eventuell dabei helfen, dass Sie die Dinge so sehen, wie ich sie sehe. Was für ein lebensveränderndes Ereignis ist in den letzten Jahren in Lord Bracewells Leben geschehen? Und wie könnte sich das auf sein jüngstes Verhalten ausgewirkt haben?"

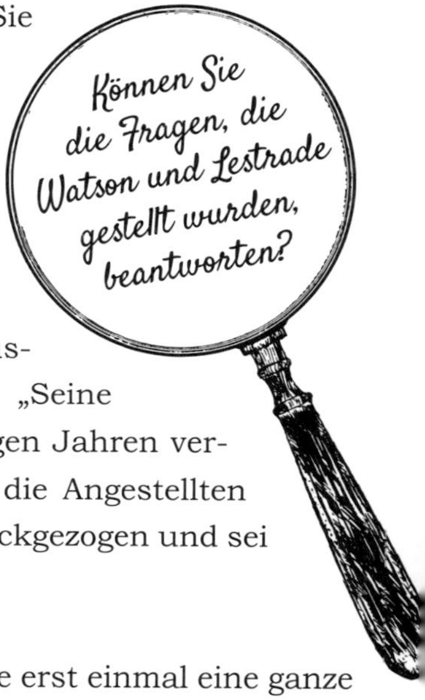


Lestrade und ich schauten uns ausdruckslos an, bevor es mir dämmerte. „Seine Frau, die er sehr geliebt hat, ist vor einigen Jahren verstorben. Ich erinnere mich daran, dass die Angestellten sagten, er habe sich nach ihrem Tod zurückgezogen und sei in seinem Büro geblieben."

„Genau, Watson!"

Ich fuhr fort: „Ich an seiner Stelle würde erst einmal eine ganze Weile niemanden sehen wollen. Das würde außerdem erklären, warum er es plötzlich nicht mehr ertrug, die Kinder spielen zu hören, und warum die Kinder sich ins untere Stockwerk des Hauses zurückzogen."

„Nun, bei unserem ersten Besuch auf Westwood Manor waren viele Dinge nicht ganz so, wie sie hätten sein sollen", sagte Holmes.

„Falls Sie sich erinnern, als wir uns im Speisesaal die Gemälde der letzten vier Generationen von Lord Bracewell ansahen, habe ich den Mann, den wir kurz danach trafen, genau studiert. Er sah anders aus, das ist wahr, aber zehn Jahre können das Aussehen eines Menschen verändern, vor allem nach einer Reihe von Tragödien. Als Lord Bracewells Vater starb, hinterließ er ihm die doppelte Verantwortung für die Leitung des Anwesens und des Familienunternehmens. Beides befand sich bereits seit Generationen in der Hand der Familie, was ohne Zweifel zusätzlichen Druck auf ihn ausübte.

Wie auch immer, ich habe den Mann, den wir getroffen haben, ganz genau beobachtet, da ich bereits einen Verdacht hatte. Es gab nichts Handfestes, bis wir die Nachricht erhielten, dass er geschäftlich nach London müsse. Wenn man sich seine Nachricht ansieht, sieht man, dass einige der Buchstaben verwischt sind, woraus ich schließe, dass der Verfasser Linkshänder ist. Wenn Sie sich an sein Porträt erinnern, hielt Lord Bracewell den Griff seines Schwertes in seiner rechten Hand. Der Bracewell auf dem Gemälde war Rechtshänder, und der Bracewell, den wir getroffen haben, war Linkshänder."

Lestrade und ich sahen Holmes schockiert an, unfähig zu glauben, was wir da hörten.

„Der Mann, mit dem wir es zu tun hatten, ist offensichtlich sein Verwandter, ein Mann, der dem echten Bracewell zumindest flüchtig ähnelt", sagte Holmes.

„Seine Nachbarn und Mieter müssen Bracewell doch vom Sehen her kennen", sagte Lestrade.

„Und was ist mit den Haushaltsbediensteten?", fügte ich hinzu.

„Ich glaube, dass einige Mitglieder des Personals involviert sind. Der Hochstapler – lassen Sie uns ihn als solchen bezeichnen – hat sich kurz nach dem abrupten Abgang des echten Lord Bracewell im Haus eingerichtet. Ich würde sagen, dass Lord Bracewell im Laufe des Jahres gegangen ist. Die Kinder wussten sicherlich, dass dieser Mann nicht ihr Vater war, aber sie erwähnten ihn nicht, als sie Miss Forman trafen. Die Kinder scheinen nichts über seine Identität zu wissen, da sie ihn nur als weiteren Hauswart des Anwesens kennen.

Da sie jedoch kluge Kinder sind, müssen sie wissen, dass etwas nicht stimmt, denn sie haben Miss Forman eine Nachricht auf der Karte in *Der Schatzinsel* hinterlassen. Mrs. Clemens und Harry Mullins hielten die Kinder von Lord Bracewell fern. Sein Plan war, wie ich finde, ein ziemlich meisterhafter. Er konnte einfach im Haus bleiben und das Anwesen leiten, ein recht komfortables Leben führen und die Kinder als seine unwissenden Geiseln unter Kontrolle halten. Sie waren sich nicht bewusst, dass sie entführt worden waren, und es bestand nie die Notwendigkeit, sie loswerden zu müssen, geschweige denn die Polizei einzuschalten."

Der Zug ratterte weiter, während Lestrade und ich Holmes aufmerksam dabei zuhörten, wie er die Fäden des Rästels entwirrte.

„Die wichtigste Frage ist nun: Warum haben Mrs. Clemens und Harry Mullins bei diesem Plan mitgemacht? Der Hochstapler fing an, langjähriges Personal durch neue Mitarbeiter zu ersetzen, und dazu brauchte er die Hilfe von Miss Stoper. Er bot ihr das Geld an, das sie brauchen würde, um ihre eigene Agentur aufzubauen. Durch sie verschaffte er sich die Dienste von Miss Forman, die den Hochstapler Lord Bracewell nicht vom echten hätte unterscheiden können. Sie hätte als direkte Bezugsperson der Kinder agieren können.

Doch wie wir wissen, verlief nichts nach Plan. Die Kutsche wurde aus einem noch ungeklärten Grund überfallen, Mullins wurde ermordet und die Kinder wurden entführt. Unser Hochstapler befand sich nun in der heiklen Situation, die Kinder, die er verstecken wollte, wiederfinden zu müssen, oder sein ganzer Plan würde auffliegen."

„Ihre Theorien, Mr. Holmes, sind ziemlich skurril. Was sind Ihre Beweise für all das?", unterbrach ihn Lestrade, während er sich eine Zigarette aus seinem Etui nahm und auch mir eine reichte. Holmes zündete unsere Zigaretten an, bevor er sich selbst eine Pfeife anzündete.

„Wie Watson weiß, kehrte ich mit einer gewissen Ahnung von der ganzen Situation ins Zentrum Londons zurück. Von Anfang an sind mir ein paar Ungereimheiten aufgefallen: Es stimmt, dass das Gehalt von Miss Forman nicht mit ihrer Position übereinstimmt, was sie nicht unbedingt dazu veranlassen würde, irgendwelche Besonderheiten infrage zu stellen. Der Einbruch bei Cromwell's hat meine Vermutungen eher bestätigt, denn was könnte jemand mit Miss Stopers Unterlagen wollen?"

„Sie vermuten, dass der Hochstapler Lord Bracewell in die Agentur eingebrochen ist?", fragte ich, als ich durchs Fenster die sich bewegende Landschaft beobachtete.

„Ich bin mir dessen recht sicher. Er ist seit gestern verschwunden. Als die äußerst gründliche Miss Stoper den Hintergrund von Lord Bracewell untersuchte, um herauszufinden, welche Art von Kunde er sein könnte, fand sie heraus, dass der echte Lord in Australien ist. Mit ihrem Brief an den Hochstapler könnte sie ihn erpresst haben, ihr eine eigene Agentur einzurichten, unter der Drohung, dass sie seine Identität preisgeben würde. Er hatte keine andere Wahl, als zuzustimmen. Warum sonst würde er eine solch hohe Geldsumme an jemanden zahlen, den er noch nie zuvor gesehen hat? Zweifellos versucht er in diesem Moment, die Akten loszuwerden – die er gestohlen hat, um sich an seinem Erpresser zu rächen – und gleichzeitig Miss Stopers Geschäft aufzubauen. Ohne gegenteilige Beweise sieht es so aus, als ob Miss Stoper Cromwell seine Entscheidung, in den Ruhestand zu gehen, übelnahm und deshalb die Agentur sabotierte."

„Aber das hilft uns nicht einmal annähernd dabei, den Mord an Harry Mullins und die Entführung der Kinder aufzuklären", warf ich ein. „Sind diese Verbrechen unabhängig voneinander, oder stehen sie in Zusammenhang mit unserem Hochstapler?"

„Wir haben noch eine weitere Person getroffen, von der ich annehme, dass sie eine Hauptrolle in diesem Drama spielt", sagte Holmes. „Und es gibt ein kleines Detail, das mich zu der Annahme veranlasst, dass dies der Fall ist."

„Holmes", sagte Lestrade. „Es gibt viele Fakten in diesem Fall, die wir bisher noch nicht vollständig überprüft haben. Sprechen Sie von einer Anschuldigung oder haben Sie lediglich einen Verdacht?“

Ich wartete auf Holmes’ Antwort, wohl wissend, dass dies eine wesentliche Enthüllung sein könnte.

„Ich verdächtige Mr. Hewitt“, sagte Holmes. „Es ist ein Logiksprung, aber ich habe meine Gründe.“

Meine Erwartungen wurden nicht enttäuscht.

„Hören Sie, Holmes“, sagte Lestrade. „Hewitt ist der Held dieser Geschichte! Er hat Miss Forman gerettet und dafür gesorgt, dass sie Hilfe erhielt, um sich von ihrer Verletzung zu erholen. Außerdem ist er Postbote – ein ehrwürdiger Beruf – und hat unseres Wissens nach nie eine Straftat begangen. Er wurde mehrfach befragt, und seine Geschichte hat sich kein bisschen verändert. Kann jemand innerhalb eines Wimpernschlags von einem gesetzestreuen Bürger zu einem grausamen Mörder werden?“

„Lassen Sie mich den Tatort umreißen“, begann Holmes zu erklären. „Ich vermute, dass Hewitt Mullins, aus welchem Grund auch immer, früher am Tag getötet hat und dass er es war, der die Kutsche mit Miss Forman und den Kindern fuhr. Irgendwann während der Fahrt hielt er an und inszenierte die Tat so, wie Miss Forman sie in ihrem Tagebuch beschrieben hat.“

„Aber warum?“, fragte Lestrade.

„Hewitt wollte Miss Forman nie in Gefahr bringen. Jedoch könnte seine Freundlichkeit gegenüber Miss Forman uns von seiner Beteiligung an anderen Aspekten des Geschehens ablenken.

Zum Beispiel davon, etwas so Seltsames und Ungereimtes zu berücksichtigen, wie eine Leiche mit trockenem Mantel, obwohl es draußen in Strömen regnete.

Sie müssen außerdem bedenken, dass diese Beweise nicht vollständig bestätigt werden können: Miss Forman sah hinter ihrer Kutsche keine weitere Kutsche, und sie beschreibt weder Hewitt noch den Fahrer, der ihr und den Kindern am Bahnhof in die Kutsche half – oder sie kann sie nicht beschreiben. Sie erwähnte lediglich, dass sein Gesicht durch seine Mütze und seinen Kragen verdeckt war. Die Kinder machten keine Angaben dazu, ob sie ihren Kutscher kannten oder nicht, waren aber während der Fahrt ruhig, als Miss Forman sie nach ihrer Familie fragte.

Wenn Mullins bereits vor seinem letzten Arbeitstag verschwand, war die Nachricht, die die Kinder in die Karte einzeichneten, vielleicht dafür bestimmt, Hilfe für ihn anstatt für sich selbst zu finden. Das kleinste Detail in diesem Bild ist, dass Spot dem Kutscher gegenüber nicht aggressiv war, und wir wissen, dass er Mullins nicht mochte. Als der Fahrer Spot in die Kutsche setzen wollte, konnte er ihn ohne Schwierigkeiten streicheln. Das lässt mich vermuten, dass Spot wusste, wer Hewitt war, denn er ist der Briefträger, der regelmäßig die Post zum Anwesen bringt. Hewitt hatte die Mittel und die Gelegenheit, diese Tat zu begehen. Jetzt müssen wir herausfinden, ob er auch ein Motiv hatte."

„Wenn das, was Sie sagen, stimmt, Holmes, wo sind die Kinder dann jetzt?", wunderte ich mich.

„Ich habe eine sehr gute Vorstellung davon, wo sie sind, aber ich möchte, dass wir dieses Spiel nach meinen Regeln spielen."

„Wie meinen Sie das?", fragte Lestrade und zog seine Augenbrauen zusammen.

„Ich möchte etwas Hilfe rekrutieren."

„Wen möchten Sie denn rekrutieren?", fragte ich verwirrt.

„Den Hochstapler Bracewell."

Lestrade und ich schreckten auf.

„Ich dachte, wir wollten ihn festnehmen!", rief der Inspektor.

„Er ist in einer einzigartigen Position, uns zu helfen", fuhr Holmes fort.

„Wie meinen Sie das?", fragte ich.

„Sehen Sie, Hewitt weiß nicht, dass Lord Bracewell nicht der echte Bracewell ist. Das können wir zu unserem Vorteil nutzen."

Sosehr wir uns auch bemühten, wir konnten Holmes keine weiteren Einzelheiten entlocken. Nach unserer Ankunft am Bahnhof von Finchley machten wir uns auf den Weg nach Westwood Manor. Dort brachte uns der gleiche Bedienstete, den wir zuvor gesehen hatten, in das Arbeitszimmer, um den Mann zu treffen, der sich als Lord Bracewell ausgab. Er stand am prasselnden Feuer und blickte gedankenverloren auf ‚sein' Anwesen hinaus. Als der Bedienstete die Tür hinter sich schloss, ging Lestrade mit verschränkten Armen und einer stählernen Miene, die zur Konfrontation einlud, direkt auf unseren Gastgeber zu.

„Sie haben das Rätsel also geknackt, Mr. Holmes", sagte Bracewell ruhig, doch sein aschfahles Gesicht verriet seine Überraschung über diesen Überfall. „Dann wissen Sie auch, dass ich bisher nichts Unrechtes getan habe. Ich habe die Kinder nicht entführt und würde sie auch nie entführen."

„Da haben Sie recht. Wir können Sie nicht für Ihre Pläne festnehmen", antwortete Holmes. „Aber wir können Sie für den Überfall bei Cromwell's festnehmen."

„Und was genau soll ich gestohlen haben?", fragte der Hochstapler Lord Bracewell.

„Durchsuchen Sie das Haus. Sie werden keine Beweise für irgendeinen Diebstahl finden."

„Das werden wir augenblicklich tun", sagte Holmes.

„Unbedingt", sagte Bracewell. „Lassen Sie mich Sie dorthin führen, wo Sie beginnen möchten."

„Das ist nicht notwendig, wer auch immer Sie sind", sagte Holmes. „Es ist unwahrscheinlich, dass Sie das Diebesgut im Haus lassen würden, wo es entdeckt werden könnte. Allerdings ist das ein sehr großes Feuer für Mitte Mai. Watson, ich frage mich, ob sich Akten als Zündmaterial eignen?"

„Noch mehr haltlose Anschuldigungen", sagte der Hochstapler lächelnd, während er zum Kamin blickte.

„Vielleicht“, sagte mein Freund. „Watson, bitte überprüfen Sie den Kamin für mich.“

Ich untersuchte das knisternde Feuer und seine Umgebung. In den Ecken des Kamins befanden sich noch mehrere Papierschnipsel. Auf einem Schnipsel stand ein ‚C‘ und auf einem anderen ein teilweise verbranntes ‚v‘.

„Diese werden uns genügen“, sagte ich.

„Sehen Sie, Sie haben keine Beweise“, sagte der falsche Bracewell.

„Das sehe ich nicht so“, sagte ich. „Das ‚C‘ passt zu Cromwells Briefkopf, den ich in den Akten gesehen habe, die Miss Stoper in der Hand hielt.“

„Es gibt kein ‚v‘ in Cromwell“, sagte der Hochstapler. „Das diskreditiert Ihre Theorie.“

„Ein Teil des ‚w‘ in Cromwell wurde verbrannt, was dazu führt, dass es aussieht wie ein ‚v‘“, sagte ich.

Lestrade nahm die Stücke des verkohlten Papiers und steckte sie in seine Tasche, um die Beweise zu sichern.

„Wir brauchen Ihre Hilfe“, sagte Holmes.

Nun war es der Hochstapler, der überrascht war.

„Hilfe?“, wiederholte er.

„Sie wollen doch sicher nicht, dass den Kindern etwas zustößt?“, sagte Holmes. „Wenn ich nicht gänzlich falschliege, dann sind sie in gewisser Weise mit Ihnen verwandt. Sie können uns dabei helfen, sie zu finden. Vielleicht wird ein Drink Ihre Nerven beruhigen.“

Als wären wir zu Hause in der Baker Street, ging Holmes langsam auf einen großen Globus zu, auf dem eine Linie um die Mitte verlief. Während er Blickkontakt mit unserem Hochstaplerfreund hielt, drehte er den Globus, griff nach unten und drückte etwas darauf. Wir hörten ein Klicken. Holmes klappte die nördliche Hemisphäre des Globus auf, holte eine Karaffe und ein paar Gläser heraus und schenkte jedem von uns einen Drink ein. Er reichte uns unsere Gläser, und ich achtete darauf, welche Hand Bracewell verwendete, um das Glas von ihm entgegenzunehmen.

Als unser Hochstapler sein Glas fest in der linken Hand hielt, fragte ich mich, woher Holmes wusste, dass sich in dem Globus eine Bar befand. Ich bemerkte nur, dass er eine Stelle auf dem Globus berührte, um ihn zu öffnen.

Holmes erwiderte meinen Blick und sagte: „Mir sind hier zwei Dinge aufgefallen: Die Naht um den Globus und das Fehlen eines sichtbaren Getränketisches in diesem Raum. Dies ist immerhin ein Arbeitszimmer. Da Bracewells Verbindungen zu weltweiten Reisen bekannt sind und der Globus die richtige Größe für eine Karaffe hat, habe ich auf den Kontinent Australien getippt."

Er wandte sich dem Hochstapler zu und fragte: „Möchten Sie uns Ihre Geschichte erzählen?"

„Ich bin Peter Brooks", sagte er. „Mir steht dieses Anwesen genauso zu wie Philip Bracewell selbst. Sein Großvater hat meine Mutter, Florence, verleugnet, nachdem sie durchgebrannt war, und aus diesem Grund habe ich immer nur Armut gekannt. Ich verüble es meinem Cousin nicht: Nach allem, was andere, die ich getroffen habe, über ihn sagen, ist er ein guter Mensch.

Nachdem ich vom Tod seiner Frau gehört hatte, habe ich mich über ihn erkundigt. Ich war schockiert, als ich ihn das erste Mal sah, es war, als würde ich in einen falsch zusammengebauten Spiegel schauen. Die Ähnlichkeit zwischen uns beiden ist unheimlich. Von seinem australischen Büro hörte er von einer Bedrohung für sein Unternehmen, und er war sich darüber im Klaren, dass es ihn für eine längere Zeit von England fernhalten würde.

Ich begann, Ermittlungen über die Bediensteten von Westwood

Manor anzustellen. Zuerst wandte ich mich an Harry Mullins. Ich folgte ihm in einen Pub und bot ihm an, einige seiner Schulden zu begleichen, wenn er mich dabei unterstützte, Philips Identität anzunehmen und das Anwesen zu leiten. Wir besiegelten unsere Vereinbarung, indem ich ihm versprach, ihm Philips graviertes Zigarettenetui zu geben. Zuerst hatte ich überlegt, es als ‚Beweis' für meine Identität zu behalten, da wir die gleichen Initialen haben. Zusammen überzeugten wir Mrs. Clemens davon, unserem Beispiel zu folgen, indem wir ihr versprachen, ihr später eine geheime Rente zukommen zu lassen. Alles lief gut, bis Mullins unerwartet seine Anstellung kündigte und wir jemanden brauchten, der sich um meinen jungen Cousin und meine junge Cousine kümmerte. Ich beschloss, dass ein Kindermädchen die beste Lösung wäre, und bat Mrs. Clemens, sich um die Einzelheiten zu kümmern.

Allerdings fand Miss Stoper heraus, dass ich nicht Philip Bracewell war, und drohte, dies den Behörden mitzuteilen. Ich bot ihr noch einmal Geld aus dem Bracewell-Topf an und erklärte mich bereit, ihre neue Agentur zu finanzieren. Auf diese Weise würde ich wenigstens Mitarbeiter einstellen können, die mich als den echten Lord Bracewell kennen würden. Dann wurde Mullins ermordet, die Kinder wurden entführt, und Sie sind vor meiner Tür aufgetaucht."

„Wie, dachten Sie, würden Sie damit durchkommen, sobald der echte Lord Bracewell zurückkehrt?", fragte Holmes.

„Meine Mutter hat mir erzählt, dass dieses Haus ein Teil meines Erbes ist und dass der Schlüssel dazu sich in der Standuhr im Erdgeschoss befände. Ich hatte gehofft, dort etwas zu finden, das mir meinen Anteil an diesem Anwesen verschafft. An diesem Punkt würde ich meinem Cousin Philip gegenüber meine Identität preisgeben. Ich habe die Uhr gründlich durchsucht und bisher noch keinen Schlüssel gefunden. Mein einziger Trost ist, dass diese vermaledeite Uhr nicht zu funktionieren scheint, was über meine Unbeholfenheit während meiner Suche hinwegtäuscht."

„Es wird Zeit, die Kinder zu retten“, sagte Holmes und führte uns somit zurück zum eigentlichen Thema. „Werden Sie uns bei der Suche nach Ihrem Cousin und Ihrer Cousine behilflich sein? Alles, was wir wissen, ist, dass sie zuletzt in einer verschlossenen Kutsche gesehen wurden. Ich kann mir zwei Möglichkeiten vorstellen. Die erste ist, dass sie entführt wurden und irgendwo gegen ihren Willen festgehalten werden; die zweite ist, dass sie vermisst werden und nicht glauben, dass sie in Gefahr sind.“

„Mr. Holmes, ich werde Ihnen unter der Bedingung helfen, dass Sie die Ermittlungen gegen das Personal einstellen“, sagte Brooks. „Ich übernehme die volle Verantwortung für jeglichen Schaden, den die Mitarbeiter auf meine Anweisungen hin verursacht haben. Ich habe vielleicht einige schlechte Entscheidungen getroffen, aber ich bin kein allzu schlechter Mensch. Sagen Sie mir, was ich für Sie tun kann, und ich werde es tun.“

„Sie müssen eine Entscheidung treffen“, sagte Holmes. „Sie können sich uns bei der Suche nach Ihrer Cousine und Ihrem Cousin anschließen, oder Sie können hierbleiben. Wenn sie gefunden werden, können Sie sich weiterhin um sie kümmern. Oder wenn eine Lösegeldforderung für sie eintrifft, können Sie weiterhin als Lord Bracewell handeln und ihre Freilassung sicherstellen.“

„Lassen Sie uns gehen“, sagte Holmes zu mir. „Vielleicht treffen wir auf dem Weg noch auf Miss Forman, klären ihre vorherigen Aussagen auf und bringen diesen Fall zu einem gewissen Abschluss.“

*Wenn Sie glauben, dass die Kinder entführt wurden und gegen ihren Willen festgehalten werden, fahren Sie auf Seite 72 fort.*

*Wenn Sie glauben, dass die Kinder vermisst werden, aber sich nicht in unmittelbarer Gefahr befinden, fahren Sie auf Seite 161 fort.*

# Auszug aus Amelia Formans Stellungnahme

Bislang habe ich die Geschichte vor allem aus meinen Erinnerungen – mit gelegentlichen Anstößen von Holmes, der mit Kritik weitaus großzügiger ist als mit Lob – und aus Quellen wie Telegrammen, Zeitungsartikeln und Tagebüchern wieder zusammengesetzt. Es ist allerdings an der Zeit, diese Geschichte an einen gänzlich anderen Erzähler zu übergeben, und es wird gleich deutlich werden, warum. Dies wurde uns von Miss Forman hinterlassen.

*Meine Stellungnahme: Amelia Forman* [redacted]

*Es wird Sie überraschen, Sherlock Holmes, diesen Brief von mir zu lesen. Sie haben vielleicht bereits alles oder Teile dessen, was ich zu sagen habe, vermutet, aber ich möchte nicht, dass Sie sich in Bezug auf das, was ich getan oder nicht getan habe, in die Irre führen lassen. Was Sie in meinem Tagebuch gelesen haben, war absolut korrekt: Es stimmt, dass ich das älteste Kind in einer Familie war, in der wir oft hungrig zu Bett gingen, aber das alles änderte sich, als ich noch sehr jung war.*

*Als meine Mutter meinen Stiefvater heiratete, vergrößerte sich unsere Familie, als sie selbst Kinder bekamen. Wir waren viele*

Jahre lang glücklich, bis er verstarb. Zu dieser Zeit erfuhr ich von meinem leiblichen Vater: ein Mann, der meine arme Mutter kurz nach meiner Geburt verlassen hatte. Mehr erzählte mir meine Mutter nicht, und sie sagte lediglich, das sei Vergangenheit und am besten zu vergessen. Ich suchte nach Arbeit, um meiner Mutter und meinen Stiefgeschwistern helfen zu können. Als ich mich an Cromwell's wandte, wurde ich sofort für kurze Zeit bei einer Familie untergebracht. Als diese Familie dauerhaft nach Frankreich zog, kehrte ich mit mehr Erfahrung zu Cromwell's zurück. Es stimmt auch, dass ich eine Anstellung angeboten bekam und akzeptierte, die besser war als alles, was ich hätte erwarten können.

Sie haben zu Recht gefragt, was geschah, nachdem ich aufgehört hatte, in mein Tagebuch zu schreiben. Um Sie daran zu erinnern, was vorgefallen ist: Ich hatte gerade die Kinder zur Ruhe gebracht und ihnen ein Rätsel gegeben, an dem sie arbeiten sollten. Ich beendete meinen Tagebucheintrag, wappnete mich selbst vor dem, was kommen mochte, und schloss die Tür der Kutsche auf. Um die Kinder zu beschützen, schloss ich die Tür wieder ab. Dies ist der Punkt, an dem meine Lüge beginnt.

Es regnete in Strömen. Vor der Tür hielt ich inne, um eine Übersicht über meine Umgebung zu erlangen. Ich wusste nicht, was auf mich zukam, aber ich war fest entschlossen, herauszufinden, was uns so lange aufhielt. Ich hörte ein Geräusch vom Laderaum auf der Rückseite der Kutsche, trat einen Schritt zurück, um besser sehen zu können, und sah, wie unser Fahrer sich abmühte, den Körper eines anderen Mannes von der Rückseite der Kutsche zu entfernen. Er schaute mich erwartungsvoll an.

Ich war noch nie zimperlich, und ich glaube, dass meine fehlende Angst den Mann überraschte. Auf der anderen Seite beruhigte mich seine Gelassenheit, und ich war mir ziemlich sicher, dass er weder mir noch den Kindern etwas antun würde.

„Ich hatte nicht erwartet, dass Sie die Kutsche und die Kinder unbeaufsichtigt lassen, Miss."

„Ich bin gegangen, um ihre Sicherheit zu gewährleisten. Sie sind sicher im Inneren der Kutsche eingeschlossen. Ist er verletzt?", fragte ich und nickte in Richtung des Körpers.

„Er ist tot, und das schon seit Stunden", erwiderte er. „Der Teufel hat ein weiteres Monster gewonnen."

Aufgrund des ganzen Regens konnten wir einander kaum verstehen. Er wies mir den Weg zu einer Kutsche, die nicht weit hinter unserer geparkt war. Ich folgte ihm, er öffnete die Tür, und ich stieg ein. Als wir einander gegenübersaßen, zündete er sich mit zitternden Händen eine Zigarre an.

Von welcher Marke war die Zigarre, die angezündet wurde?

Er wirkte sehr ruhig, als er ein paar Züge von seiner Bolivar-Zigarre nahm. Der aromatische Rauch schien ihn zu beruhigen. Nach wenigen Augenblicken festigte er sich, als würde er all seinen Mut zusammennehmen wollen.

„Mein Name ist George Hewitt. Nach allem, was Sie gerade gesehen haben, dürfen Sie mich fragen, was immer Sie wollen. Ich werde nicht lügen, das verspreche ich. Ich erwarte, dass ich für meinen Anteil am Tod dieses Mannes erhängt werde, und ich habe meinen Frieden damit geschlossen. Es ist nicht alles so, wie es scheint, doch wenn ich für ein Verbrechen bestraft werden soll, möchte ich sichergehen, dass jemand die ganze Geschichte kennt, ehe ich in mein Grab steige."

Trotz des Ernstes der Lage wurde ich sofort neugierig. „Wer ist der ermordete Mann?", fragte ich.

„Lord Bracewells Chauffeur – schon seit einigen Jahren – und ein durch und durch schlechter Mann. Ich nahm seinen Platz ein, wohl wissend, dass Sie den echten Fahrer noch nie gesehen haben. Ich hatte vor, Sie zu meinem ahnungslosen Alibi zu machen."

„Aber warum?"

„Ich wollte, dass er starb, aber ich musste dafür sorgen, dass sein Tod wie ein Unfall aussieht. Lord Bracewell ist ein guter Mann und meine Familie war viele Jahre lang Hausverwalter seiner Familie, doch seit zwei Generationen sind wir nur noch seine Mieter. Mein Großvater hatte eine Meinungsverschiedenheit mit seinem Großvater – Lord Edward Bracewell –, und so verloren wir unseren Status und unsere Anstellung. Mein Vater verlor den Kontakt zu Cecil Bracewell, als dieser nach Australien floh. Erst durch den gegenwärtigen Lord Bracewell war meine Familie in der Lage, unsere alte Beziehung als Verwalter des Anwesens einigermaßen wiederherzustellen." George drehte einen großen Siegelring mit einem stilisierten ‚H' an seinem Finger.

„Allerdings hat Philip Bracewell Mullins viel zu viel Verantwortung übertragen, so auch das Einholen der Mieten von seinen Pächtern. Dieser Gauner missbrauchte seine Macht auf jede erdenkliche Weise. Er erpresste Geld und bestahl uns – so wie es aussah, mit Bracewells Segen –, und wir konnten nichts dagegen tun. Ich versuchte, nach Westwood Manor zu fahren und ein persönliches Gespräch mit Bracewell zu führen, aber mir wurde ein Termin bei ihm verwehrt. So wie es aussah, mussten wir selbst mit seinem Handlanger klarkommen. Eines Abends versuchte ich, nach einem Spiel in dem örtlichen Pub mit ihm zu reden. Betrunken lachte er mir ins Gesicht und sagte, dass ich nicht mehr lange mit ihm zu tun haben würde, da ich mit meiner Miete im Rückstand war und mein Zuhause verlieren würde.

Ich konnte noch nie gut mit Blut umgehen, aber meine Hand wurde dazu getrieben. Ich kannte seine Gewohnheiten – wie jeder andere auch –, und so habe ich ihn gestern Abend in der örtlichen Taverne aufgespürt. Ich fand heraus, dass er einem ruchlosen Mann – ich wage nicht einmal, seinen Namen zu nennen – eine

Menge Geld schuldete. Das brachte mich auf eine Idee, wie ich ihn loswerden und unbemerkt bleiben konnte. Ich vergiftete sein Getränk mit dem Gebräu, das mir eine Freundin gab. Medikamente in einer Apotheke zu kaufen, hätte unnötige Spuren hinterlassen."

Ich dachte einen Moment lang nach, und dann fiel mir die Antwort ein.

Er muss das Gebräu von Mrs. Kemp erhalten haben. Ich vermute, dass es sich um Laudanum handelt, das sie von den Mohnblumen in ihrem Garten gewinnt. Seit dem Vorfall wurde ich selbst damit behandelt, immer in kleinen Dosen in Kannen mit Tee. Ich kehrte gedanklich wieder in die Kutsche zurück, wo George mit seiner Geschichte fortfuhr.

„Zusammen mit zwei Freunden – deren Namen ich niemals erwähnen werde – schafften wir ihn aus der Taverne fort. Niemand schöpfte Verdacht, da es einfach so aussah, als hätte er zu viel getrunken. Das Laudanum hielt ihn gefügig. Als wir nicht mehr in der Öffentlichkeit waren ... tötete ich ihn ... indem ich ihm in sein schwarzes Herz schoss."

Ich brauchte einen Moment, um diese Enthüllung zu verdauen, bevor ich fragte: „Aber warum geben Sie vor, er zu sein? Warum haben Sie die Kinder und mich vom Bahnhof abgeholt?"

„Ich dachte, dass es den Fokus der Ermittlungen von mir ablenken würde, wenn seine Leiche unter mysteriösen Umständen wie diesen aufgefunden würde. Das Geld, das er diesem Mann schuldete, würde den Verdacht ebenfalls von mir ablenken. Und Sie, meine gute Dame, sollten mein Alibi sein, da Sie sich auf die Sicherheit der Kinder konzentrieren würden. Es würde einfach so aussehen, als hätte er bekommen, was er verdient hat. Ich habe eine große

Menge Bargeld bei ihm gefunden, aber das würde ich nicht an mich nehmen, nicht einmal, um meine Verluste wiedergutzumachen. Mein schlechtes Gewissen betrifft einzig seine Geliebte, da sie nie herausfinden wird, was in seinen letzten Momenten mit ihm geschah."

„Er hatte eine Geliebte?", fragte ich.

George reichte mir ein Medallion. „Das hatte er bei sich."

Ich öffnete das Medaillon und starrte schockiert auf das Porträt, das ich darin sah. Meine Hände begannen zu zittern.

„Was ist los?", rief George. Er ergriff meine zitternden Hände.

„Das ist ein Foto meiner Mutter", stotterte ich. „Das bedeutet, dass ... dieser schreckliche Mensch, den Sie beschreiben ... mein Vater sein muss!"

„Ihr Vater ist Harry Mullins?" Ich sah in seinem Gesicht ein kurzes Aufflackern von Schuld, gemischt mit Panik, als ihm klar wurde, dass er seine Mordtat niemand anderem als einer Familienangehörigen des Opfers gestanden hatte.

Der Schock ließ langsam nach, und ich sammelte mich wieder. „Ich kannte ihn nicht, habe ihn nicht einmal persönlich gesehen – bis heute. Ich stimme Ihnen zu, dass er ein böser Mensch war. Er verließ meine Mutter, und sie musste mich ganz allein großziehen, was sie dazu zwang, über Jahre unter schrecklichen Bedingungen zu arbeiten, bis sie meinen Stiefvater traf." Ich schaute George Hewitt direkt in die Augen, als ich sagte: „Er hat bekommen, was er verdient hat. Aber was gedenken Sie jetzt zu tun?"

George schien erleichtert über meine Worte und sagte: „Nichts wird sich verändern. Sie müssen in die Kutsche zurückkehren und so tun, als hätten Sie mich nie gesehen. Versprochen?"

„Versprochen, aber vielleicht kann ich Ihnen helfen." Mittlerweise hatte der Mann mein vollstes Verständnis. Trotz des Schocks, den die Entdeckung meiner familiären Verbindung zu der Leiche im Laderaum der Kutsche auslöste, empfand ich nichts für ihn. Auch ich hatte meine Erfahrungen mit ausbeuterischen Vermietern gemacht, und ich verstand Georges Beweggründe.

„Wie wollen Sie helfen?“, fragte er.

„Was wäre, wenn die Kinder vorübergehend verschwinden würden? Dann würden sich die Ermittlungen darauf konzentrieren, sie zu suchen und in Sicherheit zu bringen“, sagte ich, und meine Gedanken rasten.

„Ich möchte die Kinder nicht in Gefahr bringen“, sagte George. „Sie sind unschuldig in dieser ganzen Angelegenheit.“

„Das möchte ich auch nicht. Aber was wäre, wenn wir sie im Haus versteckten? Auf Westwood Manor? Keiner würde davon erfahren. Vielleicht verschafft es Ihnen etwas Zeit zur Flucht. Sie können sich in Sicherheit bringen und dann der Polizei sagen, wo die Kinder sind.“

Wer, glaubt George Hewitt, kann ihnen helfen?

Seine Augen leuchteten vor Aufregung: „Ich weiß genau, wo im Haus wir sie verstecken können, und ich kenne jemanden, der uns helfen kann.“

Nun war es an mir, überrascht zu sein. Ich hatte nicht erwartet, dass uns jemand dabei helfen könnte.

„Falls Sie sich erinnern, war meine Familie über Generationen hinweg Verwalter des Bracewell-Anwesens. Die Geschichten wurden mit der Zeit weitergegeben. Und nachdem der Großvater des jetzigen Lord Bracewell gestorben war und sein Vater Jahre später aus Australien zurückkehrte, versuchten einige aus meiner Familie, nach Westwood Manor zurückzukehren.

Mrs. Clemens, die Haushälterin, ist meine Schwester. Sie kann uns dabei helfen, die Kinder zu verstecken“, sagte er.

Mrs. Clemens war so freundlich, mich allein aufgrund meiner Referenzen und Bewerbung einzustellen, und ich wollte eine so nette Person nicht in die Tat verwickeln, aber es gab keinen anderen Weg.

Aber ich möchte ehrlich sein. Letztendlich hatte Mrs. Clemens keine Kenntnis von unseren Aktivitäten und half uns auch nicht, die Kinder zu verstecken.

Wir kehrten zu Lord Bracewells Kutsche zurück. George ließ seine aufgerauchte Zigarre fallen, als er den hinteren Teil der Kutsche, in dem Mullins' Leiche lag, verschloss. Er steckte das Medaillon mit dem Bild meiner Mutter zurück in Mullins' Tasche. Wir holten die Kinder ab und fuhren nach Westwood Manor. Mrs. Clemens war an dem fraglichen Abend krank geworden, sodass wir glücklicherweise das Haus betreten konnten, ohne jemandem zu begegnen. Wir versteckten die Kinder an einem Ort, von dem nur wenige wissen, dass er existiert. Wissen Sie, Mr. Holmes, die kaputte Standuhr im Haus ist aus einem bestimmten Grund kaputt. Sobald Sie das Rätsel im Inneren der Uhr lösen, wird eine Geheimtür geöffnet, die zu einer Reihe von versteckten Räumen führt. Alte Häuser sind oft voller Geheimnisse, und dieses wurde durch seine Familie an George weitergegeben – ebenso wie das Gedicht, das die Tür zur Uhr öffnet:

**Welche Abfolge von Zügen muss ausgeführt werden, um die Tür der Uhr zu öffnen?**

Die Kinder müssen essen, Schaukel, höre auf zu schwingen.
Der Magd Herz schlägt für den Seemann: Die Vögel fangen an zu singen.
Amselpastete wird es geben: Zeit zu essen, es ist so weit.
Esst innerhalb einer Stunde, und ihr bekommt mehr Spielzeit.

Ich hatte den Kindern erzählt, dass wir ein Spiel spielen würden, und sie waren ganz begeistert, von dem Geheimnis in ihrem eigenen Haus zu erfahren. Wir brachten Sie dorthin, gaben ihnen genug zu essen und zu trinken, und verschlossen die alte Tür der Uhr wieder. Ich rechnete damit, dass Ihre Aufmerksamkeit, Mr. Holmes, während der Ermittlungen zu ihrem Verschwinden überallhin gerichtet sein würde, außer auf das Haus selbst.

Nachdem wir uns um die Kinder gekümmert hatten, kehrten wir zur Kutsche zurück und fuhren wieder dorthin, wo wir zuvor angehalten hatten, um die Tat zu inszenieren. Wir fanden unseren exakten Haltepunkt, da der Zigarrenstummel immer noch im Matsch lag. Dann stellte sich die Frage, wie bekommen wir Mullins' Leiche in den Fahrersitz?

Dank dem Regen war es noch schwieriger, und der ganze Matsch sorgte dafür, dass jede Bewegung gefährlich war. George hob die Leiche aus dem hinteren Teil der Kutsche, warf sie sich über die Schulter und ging nach vorne. Wir wickelten das Seil von der Seite der Kutsche um die Leiche, unter seinen Armen hindurch, und zogen es dann durch den Eisenring in der Nähe des Fahrersitzes. George zog an dem Seil unserer provisorischen Hebevorrichtung, und während sich Mullins' Leiche nach oben bewegte, lenkte ich ihn auf den Fahrersitz.

Irgendwann rutschte George in dem Matsch aus, und seine Hände flogen gegen die Kutsche, an der er sich abzustützen versuchte. Sein großer Ring drehte sich und zerkratzte die Seite der Kutsche. Dann knallte Mullins' Leiche gegen meinen Kopf, und ich sah Sterne. Mir wurde schwindlig, und ich hielt das Seil fest. Als er wieder auf den Beinen war, kletterte George auf den Fahrersitz und positionierte Mullins' Körper so, dass er über dem Lenkrad zusammensackte. Wir entfernten das Seil, hängten es zurück an die Seite der Kutsche und schlossen die Tür ab.

Meine Nerven lagen mittlerweile blank. Nachdem ich so lange bei tückischem Wetter draußen gewesen war und einen Schlag auf den Kopf bekommen hatte, fühlte ich mich ziemlich unwohl. George brachte mich in seiner Kutsche zu Mrs. Kemp. Sie verabreichte mir ein hausgemachtes Beruhigungsmittel, um meine Nerven zu beruhi-

*gen und das Schwindelgefühl zu lindern. George fuhr bald darauf zur Polizeiwache, um seine Aussage zu machen.*

*Was mich betrifft, so bin ich viel zu sehr in dieses Verbrechen verwickelt, um nicht als Mitwisserin zu gelten, vor allem jetzt, da meine Abstammung aufgedeckt worden ist. Also muss ich mich absetzen, so wie George sich kürzlich abgesetzt hat. Aber seien Sie versichert, dass meine Familie nichts von meinen Handlungen weiß – wer hätte gedacht, dass mein neuer Job Schande über mich bringen würde. Aber wenn Sie den verzweifelten Ausdruck in Georges Gesicht gesehen hätten, hätten Sie sich sicher ähnlich verhalten.*

*Ich hoffe, dass wir uns eines Tages unter besseren Umständen wiedersehen.*

*Amelia Forman*

Nachdem er Amelias Stellungnahme zu Ende gelesen hatte, rauchte Holmes noch für eine Weile seine Pfeife.

„Ich habe mich geirrt", sagte er schließlich. „Ich hatte den Fall im Sinne einer Bestätigung betrachtet. Das heißt, ich hatte nach den Gemeinsamkeiten und Unterschieden in Miss Formans und George Hewitts Aussagen gesucht. Aber ich hatte die Möglichkeit einer Zusammenarbeit zwischen den beiden übersehen."

„Seien Sie nicht zu hart zu sich selbst", sagte Lestrade, der seine Freude darüber, dass sein verbündeter Rivale so hinters Licht geführt worden war, kaum verbergen konnte. Er spielte mit seinem Hut und verbarg sein Lachen schließlich mit einem Husten.

„Ohne Sie, Holmes, hätten wir diesen Punkt nie erreicht", versicherte ich meinem Freund.

Zurück auf Westwood Manor suchten wir Mrs. Clemens und erzählten ihr, was passiert war. Sie führte uns zur Standuhr, woraufhin wir, den Anweisungen im Gedicht folgend, die geheimen Räume fanden:

*Die Kinder müssen essen, Schaukel, höre auf zu schwingen.* Zuerst hielten wir das Pendel an.

*Der Magd Herz schlägt für den Seemann: Die Vögel fangen an zu singen.* Als Nächstes drückten wir auf den herzförmigen Stein, auf dem die Magd stand, und tatsächlich fingen die Vögel über ihr an zu zwitschern – wobei sich ihre mechanischen Schnäbel mit dem Lied bewegten.

*Amselpastete wird es geben: Zeit zu essen, es ist so weit.* Vierundzwanzig Amseln gehören in eine Pastete, also stellten wir die Uhr auf zwanzig nach vier.

*Esst innerhalb einer Stunde, und ihr bekommt mehr Spielzeit.* Wir fügten einfach eine Stunde hinzu und stellten die Uhr auf zwanzig nach fünf.

So haben wir nicht nur die Kinder wiedergefunden, sondern auch eine Botschaft. Um genau zu sein, hatten die Kinder das Dokument in einer der vielen Truhen in den geheimen Räumen gefunden und hatten bereits einige Zeit damit verbracht, die Nachricht darin zu entschlüsseln. Dieses Dokument, das vom Großvater des heutigen Lord Bracewell verfasst wurde, war eine Überraschung, mit der keiner von uns gerechnet hatte:

An meine lieben Erben,

für viele Jahre habe ich versucht, den alten Glanz unseres Namens wiederherzustellen und den Schaden, den ich sowohl in der Beziehung zu meinem Sohn als auch zu der Gemeinde, die von uns abhängig ist, verursacht habe, wiedergutzumachen.

Nun Liege ich auf meinem Sterbebett und muss etwas offenbaren, das ich viel zu lange geheim gehalten habe.

Vor mehr als zwanzig Jahren hatte ich eine Tochter: Sie war das schönste Mädchen, das ich je gesehen hatte.

Von Anfang an war sie ein braves Mädchen und ich war vernarrt in sie. Als sie älter wurde, zog sie natürlich viele Verehrer an.

Letztendlich wusste ich, dass wir Einen Mann mit passender gesellschaftlicher Stellung für sie finden würden. Doch eines Tages fand ich heraus, dass sie nicht nur ohne meinen Segen, sondern auch ohne mein Wissen geheiratet hatte.

Da ich mein Temperament Nicht unter Kontrolle hatte, tat ich etwas, das ich seither zutiefst bereue: Ich verbannte und enterbte sie.

Unbedacht, wie ich war, sah ich sie nie wieder.

Noch heute hoffe ich, dass, sollten sie oder ihre Kinder am Leben sein, mein Sohn und seine Erben sich um ihre Familie in einer Art kümmern werden, in der ich es nie getan habe.

Hätte das Schicksal es besser mit uns gemeint und hätte ich mein Temperament besser unter Kontrolle gehabt, wären die Dinge vielleicht ganz anders verlaufen.

In Liebe,
Lord Edward Bracewell.

„Ach, Watson“, sagte Holmes. „Es gibt Leute, die sehr daran interessiert sein werden, diese Botschaft jenseits des Grabes zu erfahren. Wir werden sie an diejenigen weitergeben, die sie lesen müssen.“

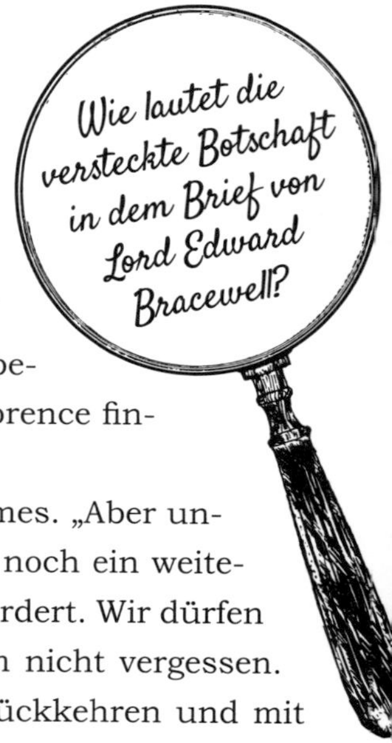


„Der alte Mann hat es am Ende wirklich bereut“, sagte ich. „Ich hoffe nur, dass sie Florence finden können.“

„Unsere Pflicht ist hier getan“, sagte Holmes. „Aber unsere Arbeit ist noch nicht beendet. Es gibt noch ein weiteres Rätsel, das unsere Aufmerksamkeit erfordert. Wir dürfen den Einbruch ins Natural History Museum nicht vergessen. Dafür müssen wir in die Baker Street zurückkehren und mit Gregson sprechen.“

*Fahren Sie nun auf Seite 204 fort.*

„Lassen Sie uns mit Bracewell anfangen“, antwortete Holmes. „Er kann uns etwas über Mullins erzählen, und auf dem Weg nach Westwood Manor können wir die Überreste des Tatorts untersuchen. Danach können wir an der Polizeiwache anhalten und die Kutsche genau untersuchen. Zeit ist wertvoll, Watson, wir wollen nicht, dass der Tatort weiter verunreinigt wird.“ Holmes hielt eine Kutsche an und gab dem Fahrer eine Wegbeschreibung.

*Fahren Sie nun auf Seite 16 fort.*

George Hewitt lebte in einer unansehnlichen Gegend. Unsere Kutsche brachte uns in eine düstere Straße, und wir bahnten uns auf der Suche nach seinem Haus einen Weg von einer dunklen Gasse zur nächsten. Ratten krochen durch Unrat, der auf der Straße verteilt lag, und streunende Hunde knurrten und bellten Passanten an. Die Adresse, die Lestrade uns gab, war nahezu unbrauchbar, da der Regen die Tinte verwischt hatte.

Keine der Haustüren war nummeriert. Es gab weder Schilder noch Nachbarn, die wir hätten fragen können. Holmes und ich wandertern umher, bevor wir zu einer Tür mit Vordach zurückkehrten. Hier im Trockenen konnten wir die nasse Adresse genauer studieren.

„Ah“, sagte Holmes, „jetzt hab ich es endlich. Hewitt wohnt in 136 Laurel Way, was irgendwo hier sein müsste.“

Wir gingen die Straße hinunter, konnten aber keine Tür mit der Nummer 136 finden. Holmes entdeckte eine Tür am Ende der Gasse, aus deren Briefschlitz Briefe herausquollen.

„Wäre es nicht erstaunlich, wenn die einzige Tür, aus der Briefe ragen, die unseres Briefträgers wäre?“

„Das wäre es in der Tat, Holmes!“

Holmes klopfte. Und klopfte noch einmal. Endlich öffnete der Briefträger, die Augen schwer vom Schlaf, seine Tür.

Hewitt war ein Mann mittleren Alters mit dicken Koteletten und einem großen Schnurrbart, der in die Koteletten überging. Er war gleichermaßen verärgert über die Störung und neugierig gegenüber dem Besuch. Als Holmes uns vorstellte und Hewitt fragte, ob er ein paar Fragen zu dem Vorfall beantworten könne, antwortete dieser knapp: „Ich habe meine Aussage bereits getätigt."

„Trotzdem würden wir die Beweise gerne direkt von Ihnen hören. Sie erhalten zwanzig Schilling, wenn Sie uns genau berichten, was Sie letzte Nacht gehört und gesehen haben."

„Ich bin zwar arm", sagte er und deutete auf seine Umgebung, „aber auch stolz. Sie können Ihr Geld behalten. Ich werde Ihnen gerne dabei helfen, den Mörder zu fassen und die Straßen für alle wieder sicherer zu machen."

Holmes verbeugte sich: „Wir werden unser Bestes geben."

Hewitt bat uns in sein Haus, das nur spärlich eingerichtet war. Es gab weder Tische noch Stühle; das einzige Möbelstück war eine auf dem Kopf stehende orangefarbene Kiste. Das gesamte Zimmer war nicht sonderlich sauber. Alle Fenster waren verbarrikadiert. Er zündete eine Kerze auf einem goldenen Kerzenhalter in der Form von Amor an, der bereitstand, einen seiner Pfeile abzuschießen. Das flackernde Licht erhellte unsere Umgebung nur schwach. Nichtsdestotrotz war das Haus gut gebaut, Wände und Türen waren, wie ich feststellen konnte, dick und stabil. Draußen heulte ein Hund und löste einen Chor aus Jaulen und Bellen aus. Hewitt zog sich ein langes Hemd an und rieb sich die Augen.

„Verdammte Köter!", rief er. „Ein Mann braucht seinen Schlaf. Ich wünschte, der Vermieter würde sich mehr um diese Gegend kümmern und sie endlich vertreiben. Außerdem sind sie ein Berufsrisiko für einen Briefträger."

„Ich verstehe", antwortete Holmes mitfühlend. „Vielen Dank, dass Sie sich bereit erklärt haben, uns von Ihren Entdeckungen zu berichten."

„Gern geschehen", sagte Hewitt. „Wie geht es dem Kindermädchen? Miss Forman ist ihr Name, nicht wahr?"

„Wir haben sie bisher noch nicht in Mrs. Kemps Haus besucht."

„Sie werden feststellen, dass Mrs. Kemp einen einfachen Geschmack hat, so wie ich, aber ihr Haus ist genauso ansehnlich wie – wenn nicht sogar mehr als – manches vornehmere Haus."

„Das freut mich. Können Sie uns von Ihrer gestrigen Runde erzählen?", fragte Holmes.

„Die fing an wie jede andere auch. Ich holte meine Post ab und brach kurz nach Mittag auf. Der Regen hatte den Pferden die Fahrt erschwert, und ich war nass bis auf die Knochen. Aber das war nichts, was wir nicht schon einmal überstanden hätten. Diese Straße fahre ich nun schon seit vielen Jahren."

„Wann fiel Ihnen das erste Mal auf, dass etwas nicht stimmt?"

„Ich kann nicht weit sehen. Dort, wo Sie stehen", er zeigte auf mich, „weiter kann ich nicht sehen, seit ich meine Brille vor ein paar Tagen verloren habe. Die Pferde sahen die Kutsche also vor mir, und fast wären wir zusammengestoßen. Ich stieg aus, um die Pferde zu beruhigen, dann hörte ich den Schuss. Oder besser gesagt, meine Pferde und ich hörten ihn, und wir erschraken. Es ist nicht ungewöhnlich, dass uns Füchse über den Weg laufen, aber noch nie haben wir einen Schuss gehört. Ich kann nicht sagen, wie lange es gedauert hat, um die Pferde wieder in Bewegung zu bringen. Zehn Minuten?

Schließlich kamen wir Stück für Stück voran, und dann bot sich mir dieser traurige Anblick. Ich stieg wieder aus meiner Kutsche aus und untersuchte den Tatort. Miss Forman war in der Kutsche eingeschlossen, und der Kutscher war tot. Ich kenne meine Schlösser, und dieses war einfach zu knacken. Ich bin zwar kein Arzt, aber er war definitiv tot, und niemand hätte ihm mehr helfen können. Ihr wiederum konnte ich helfen, und das tat ich dann auch."

„In welcher Position befand sich der Kutscher, als Sie ihn fanden?"

„Er war vornübergebeugt auf seinem Sitz. Zuerst dachte ich, er würde etwas suchen, was er verlegt hatte, oder dass er betrunken war. Aber als ich ihn an der Schulter berührte, fiel er runter, und da merkte ich, dass er tot war."

„Er war trocken, nicht wahr?"

Hewitt fuhr zusammen. „Waren Sie dort? Wie sonst hätten Sie das wissen können? Das war genau das, was ich nicht verstanden habe. Als ich die Polizei darauf ansprach, sagte man mir, ich stünde unter Schock. Vermutlich hatte ich einen, aber das hat meine Wahrnehmung nicht gestört. Ich war nass bis auf die Knochen, aber der Kutscher war relativ trocken."

Bevor Holmes antworten konnte, rüttelte es an der Tür. Hewitt öffnete sie – viel schneller, als er es bei Holmes und mir getan hatte –, und ein kleiner Straßenjunge trat ein.

„Ich habe Nachrichten für Mr. Sherlock Holmes", rief der kleine Junge. Als er meinen Freund erkannte, ignorierte er Hewitt völlig, verbeugte sich vor Holmes und übergab zwei Telegramme.

„Die Baker-Street-Spezialeinheit", erklärte Holmes Hewitt stolz. „Sie sind sogar noch effizienter als der Telegrafendienst! Gut gemacht, Wiggins!"

Holmes riss die Umschläge auf und las sie rasch durch. Er zog einen Bleistift und ein Stück Papier aus seinem Mantel hervor und schrieb mit fester Hand zwei kurze Nachrichten. Ich schaute ihm über die Schulter, während er die zweite schrieb, die keinerlei Sinn ergab:

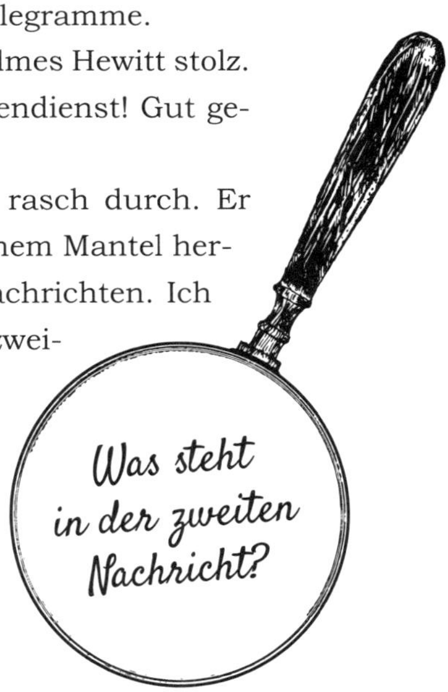


Holmes drehte sich um und vertraute beide Nachrichten dem Jungen an.

„Hier hast du einen Schilling, Wiggins, und ein Pfund. Ich möchte, dass du und die anderen die Zeitungsagenturen besucht, die ich hier aufgeschrieben habe, und bei jeder diese kurze Anzeige aufgebt. Es sollte nicht mehr als einen Schilling pro Anzeige kosten. Das Wechselgeld kannst du behalten. Die zweite Nachricht übergibst du bitte unserem Freund in der Behörde."

Nachdem sich Wiggins auf den Weg gemacht hatte, führte Holmes seine Befragung von Hewitt fort, als wären wir nicht gerade unterbrochen worden, und bot auch keine Erklärung an.

„Haben Sie den Kutscher durchsucht?"

„Nein."

„Haben Sie eine Waffe gefunden?"

„Nein. Wer auch immer den Kutscher getötet hat, muss sie mit sich genommen haben. Ich konnte nicht so gut sehen. Zwischen seinem Mantel und dem Regen habe ich kaum etwas erkennen können. Ich könnte Ihnen nicht sagen, wo er getroffen wurde. Ich habe die Wunde nicht gesehen."

„Erzählen Sie uns von Miss Forman."

„Ich fand sie in der Kutsche eingesperrt."

„War die Tür von innen oder von außen verschlossen?"

„Von innen. Sie lag ausgestreckt im Wagen und, wie ich bereits sagte, war das Schloss nicht schwer zu knacken." Er drehte den Ring an seinem Finger, während er sprach.

„Was für eine bewundernswerte Fertigkeit! Und waren ihre Kleider nass oder trocken?"

„Nasser als die des Kutschers, aber nicht so klatschnass wie meine."

„Haben Sie noch etwas anderes in der Kutsche gefunden?"

„Ja, da war eine Ausgabe von *Der Schatzinsel.*"

„War sie aufgeschlagen oder zugeschlagen?"

„Aufgeschlagen, aber ich schlug sie zu und legte sie in ihre Tasche."

„Haben Sie sich die Seite notiert?“

„Nein, aber ich habe auf der Seite ein Eselsohr hinterlassen, damit sie nicht vergisst, wo sie im Buch zuletzt war. Ich habe es mir nicht angeschaut. Etwas ragte aus den Seiten hervor, aber auch das habe ich mir nicht angeschaut.“

„Haben Sie in ihre Tasche geschaut?“

„Das steht mir nicht zu, Sir.“

„Lag noch etwas in dem Wagen?“

„Nein.“

„Laut Ihrem Bericht brachten Sie Miss Forman in Ihre eigene Kutsche und legten Mullins’ Leiche in ihre.“

„Ja. Ich hatte gehofft, die Beweise so gut wie nur möglich zu schützen. Außerdem wollte ich nach Hilfe für Miss Forman suchen. Wer weiß, wann die nächste Person vorbeigekommen wäre? Ich nahm sie mit. Ich hoffe, das war richtig so.“

„Ihr Handeln war einwandfrei. An Ihrer Stelle hätte ich auch nicht mehr tun können. Aber ich hätte noch eine letzte Frage: Haben Sie Miss Forman und Mullins gezogen oder getragen?“

„Ich habe sie beide getragen. Ich befürchtete, dass ich sonst nützliche Beweise vernichten könnte.“

„Sie würden einen vorbildlichen Polizisten abgeben. Sehr gut gemacht, Sir.“

Hewitt strahlte förmlich bei diesem Kompliment. Holmes gab ihm die 20-Schilling-Münze, und wir verabschiedeten uns. Als wir Hewitts Haus verließen, fiel mir ein, wie nett es von ihm war, Wiggins und seiner Truppe zusätzlich neun Schilling zu geben, aber dann überfiel mich meine Neugierde, und ich fragte ihn, was die zweite Nachricht bedeuten soll, die er geschrieben hatte.

„Die Nachricht war verschlüsselt und enthielt Anweisungen für unseren Freund Gregson“, antwortete Holmes. „Ich bin mir sicher, dass er in der Lage sein wird, das einfache Anagramm zu entschlüsseln, das ihn anweist, uns morgen um sechs Uhr in der Baker Street zu treffen.“

Holmes bemerkte mir gegenüber, dass es nach Hewitts Aussage keinen Hinweis auf die Kinder in der Kutsche zu geben schien. Er fragte sich laut, wo die Kinder sein könnten und ob er bei unseren bisherigen Ermittlungen etwas übersehen hatte.

„Haben Sie bemerkt, Watson, wie Hewitt an seinem Ring herumgespielt hat, als er davon berichtete, das Schloss an der Kutsche von Miss Forman geknackt zu haben? Dabei sind mir zwei Dinge aufgefallen. Das erste war das Symbol auf dem Ring. Ich habe es schon mal gesehen, aber ich kann es nicht zuordnen. Das zweite waren die blauen Flecken drum herum.“

„Vielleicht irren Sie sich, Holmes?“, sagte ich, wohl wissend, dass ihn das dazu animieren würde, noch angestrengter nachzudenken.

Holmes nahm sich außerdem vor, Miss Forman nach der Ausgabe *Der Schatzinsel* zu fragen.

Draußen auf der Straße boten Zeitungsjungen den Passanten ihre Ware feil. Holmes kaufte eine Ausgabe des *Daily Telegraph*, die er zügig überflog, ehe er meine Aufmerksamkeit auf einen kurzen Artikel am Fußende einer Seite lenkte:

## DIE MUSEUMSTRAGÖDIE GEHT WEITER

**Das Natural History Museum** ist von einer weiteren Tragödie heimgesucht worden. Heute Nachmittag erlag Mr. Charles Wright, 58, das jüngste Opfer des Museumseinbruchs, einen Schlaganfall. Es besteht kein Verdacht auf ein Verbrechen. Wright war Wachmann im Museum. Gestern wurde er von hinten am Kopf getroffen. Wie bereits berichtet, wurde nichts aus der Mineraloggischen Sammlung, wo Wright seine Runde drehte, gestohlen. Bisher sind keine neuen Informationen bekannt geworden.

Zum Zeiitpunkt seines Todes war Wright zu Hause und in Begleitung seiner Frau. Mrs. Wright berichtette, dass ihr Mann in den letzten Tagen übermäßig ängstlich war. Das ist zweiffelsohne auf den unglücklichen Vorfall im Museum zurückzuführen. Wright wird in dem Museum, in dem er in den letzten vier Jahrzehnten seine Runden drehte, sehr fehlen.

Er wurde durchweg als warmherziger und freundlicher Wächter beschrieben.

„Der arme Mann!“, rief ich, wobei meine Frustration über die falsch geschriebenen Wörter in dem Artikel durch meinen Schock über diese Tragödie unterbrochen wurde. „Ich bin überrascht, dass der Artikel es an den Redakteuren vorbei geschafft hat.“

„In der Tat! Und der arme Mann wurde hingerichtet!“

„Wie? In dem Bericht steht eindeutig, dass er eines natürlichen Todes gestorben ist.“

„Gift, mein lieber Watson, Gift. Schauen Sie genauer hin. Jemand mit Einfluss sendet eine verschlüsselte Botschaft über diesen Artikel. Wrights Tod hängt offensichtlich mit dem Einbruch zusammen. Aber es überrascht mich, wie schnell das passiert ist. Wir werden seinen Mörder bald zu fassen kriegen.“

Holmes kann ein äußerst schwieriger Zeitgenosse sein. Seine kryptischen Bemerkungen entsprechen seiner anschließenden Verschwiegenheit. In unserer kurzen Bekanntschaft habe ich jedoch gelernt, von weiteren Fragen abzusehen. Ich weiß, dass er mich weiter aufklären wird, sobald die Zeit dafür gekommen ist. Dennoch haben seine eher kryptischen Bemerkungen meine Neugierde geweckt.

*Wenn Sie Lord Bracewell noch nicht besucht haben, fahren Sie auf Seite 16 fort.*

*Wenn Sie bei Lord Bracewell bereits waren, fahren Sie auf Seite 37 fort.*

# Auszug aus Amelia Formans Stellungnahme

Bislang habe ich die Geschichte vor allem aus meinen Erinnerungen – mit gelegentlichen Anstößen von Holmes, der mit Kritik weitaus großzügiger ist als mit Lob – und aus Quellen wie Telegrammen, Zeitungsartikeln und Tagebüchern wieder zusammengesetzt. Es ist allerdings an der Zeit, diese Geschichte an einen gänzlich anderen Erzähler zu übergeben, und es wird gleich deutlich werden, warum.

*Meine Stellungnahme: Amelia Forman* [redacted]

*Wenn Sie dies lesen, werde ich weit weg von London sein. Gewiss haben Sie die Eltern von Mr. Mullins besucht und durch die Befragung erfahren, dass sie Besuch von ihrem „Enkelsohn" hatten. Wahrscheinlich haben Sie inzwischen auch herausgefunden, dass ich mit dem verstorbenen Mr. Mullins verwandt bin. Da Sie dies nun wissen, werden Sie bestimmt denken, dass meine Anwesenheit in der Kutsche, in der er tot aufgefunden wurde, kein bloßer Zufall war. Dennoch versichere ich Ihnen, dass dies das Werk eines Zufalls war. Es stimmt, dass er meine Mutter unter miserablen Umständen zurückgelassen hat, und mein ganzes Leben lang habe ich stets an ihn gedacht.*

*Als ich noch klein war, habe ich mir Geschichten über meinen*

richtigen Vater ausgedacht, die ich aber nie jemandem erzählt habe. Der Ehemann meiner Mutter war ohne Zweifel ein guter Mann und ein guter Stiefvater. Er behandelte mich wie sein eigenes Kind, und das tat er auch noch, als er und meine Mutter schon eigene Kinder hatten. Ich stehe Anne und den Kleinen so nahe, als wären sie nicht nur meine Halbschwestern. Ich betrauerte den Tod meines Stiefvaters, wie ich auch um meinen leiblichen Vater getrauert hätte, wenn er ein anständiger Mann gewesen wäre.

Nichtsdestotrotz war ich neugierig auf meinen richtigen Vater. War er wie Long John Silver? Oder Jean Valjean? Aus Rücksicht auf die Gefühle meiner Mutter fragte ich sie nie nach ihm. Eines Tages fiel mir ihr Tagebuch in die Hände, und ich stieß darin auf einen Nachnamen: Mullins.

Sobald ich einen Namen hatte, war es nicht mehr so schwierig, ihn ausfindig zu machen. Nach dem Tod ihres Mannes beschloss Mutter schließlich, dass es für mich an der Zeit sei, mehr über meinen Vater zu erfahren. Und obwohl sie mir vor allem von glücklichen Tagen erzählte, fiel es ihr schwer, ihre Wut über die Zeit, die er im Pub verbrachte, seine Geldsorgen und seinen schlussendlichen Abgang zu verbergen. Ich habe ein gutes Gedächtnis und habe die Geschichten, die sie mir erzählt hat, zusammengesetzt.

Oft sprach sie mit mir auch über seine Familie, vor allem über meinen Großvater, der im Krimkrieg verwundet worden war. Eines Tages stolperte ich über einen Artikel über einen Soldaten, der seinem damaligen Alter entsprach.

Eines Abends nahm mich Mutter beiseite und gab mir ein Medaillon mit einem Foto meines echten Vaters. Es enthielt auch einige seltsame Symbole. Sie erklärte mir, dass dieses Medaillon das Spiegelbild des Medaillons war, das mein Vater besaß

und das ihr Foto enthielt, und dass die seltsamen Symbole Spiegelbilder meines Geburtsdatums waren. Zu dem Zeitpunkt waren sie sehr verliebt, aber irgendetwas geschah, und Harry Mullins kehrte nicht zu meiner Mutter zurück – vielleicht trotz der Zusicherung, dass er bald zurückkehren würde.

Nachdem ich das gesehen hatte, wollte ich wissen, warum er uns verlassen hatte. Vor etwa einem Monat habe ich meine Großeltern in Canterbury aufgespürt. Ich beschloss, sie als junger Mann verkleidet zu besuchen, für den Fall, dass sie nicht wüssten, dass ihr Sohn ein Kind gezeugt hatte. Wenn sie so abweisend wären, wie ihr Sohn es offenbar war, würde ich nicht wollen, dass es eine nachvollziehbare Verbindung zwischen uns gibt oder dass sie mich erkennen, sollten sie mich wiedersehen.

Glücklicherweise waren sie die liebevollen Großeltern, die ich mir all die Jahre vorgestellt hatte. Als ich ihnen das Medaillon zeigte und offenbarte, dass ich ihr Enkelkind war, boten sie mir an, mich mit dem wenigen, was sie konnten, finanziell zu unterstützen. Sie erzählten mir auch etwas über den Charakter ihres Sohnes … vielleicht als Warnung, um mich davor zu behüten, mich auf seine Machenschaften einzulassen. Was für ein Mann würde mich, meine Mutter und seine Eltern so behandeln, wie er es tat? Er scheint alle an der Nase herumgeführt zu haben.

Ich fragte nach seiner Adresse, doch sie weigerten sich, sie mir zu geben. Ich war so weit gekommen und hatte nicht damit gerechnet, auf dieses Hindernis zu stoßen! Ich wurde wütend und stürmte aus dem Haus. Ich hatte ihnen noch nicht einmal verraten, dass sie eine Enkelin statt eines Enkels hatten.

Zu Hause angekommen dachte ich noch einmal darüber nach, warum sie so etwas tun würden. Nachdem ich mich etwas beruhigt hatte, glaubte ich, dass sie mich nur beschützen wollten. Ich beschloss, meine Nachforschungen zu Harry Mullins nicht fortzuführen, denn was würde es nützen, mich einem solchen Mann vorzustellen?

Nachdem ich die Vergangenheit hinter mir gelassen hatte, suchte ich über Cromwell's nach einer Anstellung. Sie fanden rasch eine Stelle für mich, und eine gute noch dazu. Der Zufall wollte es, dass ich meinen Vater doch noch kennenlernen sollte. Von einem der Fotos im Haus meiner Großeltern hatte ich erfahren, dass Harry mit Lord Bracewell befreundet war. Ich hatte nicht gewusst, wer Lord Bracewell war, bis meine Großeltern erwähnten, dass ein großzügiger Lord in Finchley ihm aus mancher Situation herausgeholfen hatte. Erst als Cromwell's mir den Namen meiner neuen Familie und den Standort des Hauses mitteilte, wurde mir die Verbindung klar.

Bei dieser Gelegenheit beschloss ich, Harry Mullins zu konfrontieren, aber unsere Verbindung geheim zu halten – auch vor ihm. Ich hatte vor, ihn während meiner Arbeit auf dem Anwesen aus der Ferne zu beobachten, um mehr über ihn zu erfahren und herauszufinden, ob er so war, wie er mir beschrieben worden war. Dann, an meinem ersten Arbeitstag, fand ich mich als seine Passagierin wieder: Sie können sich nicht vorstellen, wie sich das angefühlt hat! Ich war nicht darauf vorbereitet, ihm so schnell zu begegnen. Ich warf einen kurzen Blick auf ihn, als ich in die Kutsche stieg, doch seine Mütze und sein Kragen verdeckten den größten Teil seines Gesichts, und er sagte kein Wort zu mir oder zu den Kindern.

Ich kann Ihnen noch ein bisschen was zu dem Mord erzählen und hoffe, dass es Ihnen bei Ihren Ermittlungen zu dem Verschwinden der Kinder helfen wird, Mr. Holmes. Das, was ich in meinem Tagebuch beschrieben habe, war mehr oder weniger korrekt: Unsere Kutsche hielt an, wir hörten einen Schuss, dann einen lauten dumpfen Schlag auf die Kutsche, gefolgt von einem Moment der Stille. Ich stieg schließlich aus, um herauszufinden, was passiert war. Ich erreichte die Vorderseite der Kutsche und sah, wie der

Fahrer eine Leiche, die wie er selbst gekleidet war, auf dem Fahrersitz ablegte. Ich hatte ihn überrascht.

„Steigen Sie wieder in den Wagen!", wies er mich streng an, als er sich zu mir drehte. „Und tun Sie so, als hätten Sie nichts gesehen oder gehört." Der Wind wehte stark und schob ihm die Mütze und den Kragen aus dem Gesicht. Dieser Mann, der bei der Kutsche stand, war nicht mein Vater!

„Bitte, tun Sie den Kindern und mir nichts", flehte ich. „Wir haben nichts Falsches getan." Wind und Regen griffen uns an, und ich konnte kaum meinen eigenen Hut auf dem Kopf halten.

„Nein, aber er hat mehr als genug getan", sagte der mysteriöse Mann und schaute auf die Leiche. „Mullins hat Leute verärgert, die nicht verärgert werden sollten, und sein Tag der Abrechnung ist endlich gekommen. Dies wird anderen, die ein falschen Spiel mit den Mächtigen treiben, eine Warnung sein ..."

Ich bekam nicht jedes seiner Worte mit. Er könnte ‚Moran', ‚Martin' oder ‚Malarkey' gesagt haben. Er fuhr fort: „Mullins hätte auf seine Warnungen hören sollen ... genau wie Sie."

Es gab nichts, was ich für den toten Mann noch tun konnte, unabhängig von unserer familiären Verbindung, aber ich konnte versuchen, meine Schützlinge zu schützen.

„Was wird aus uns werden?", fragte ich.

„Ich will Ihnen nichts Böses. Ich wurde nicht angewiesen, etwas anderes zu tun", sagte er. „Steigen Sie wieder in die Kutsche. Vergessen Sie alles, was Sie gesehen haben, und erzählen Sie niemandem davon. Wenn er Wind von dieser Unterhaltung bekommt, verspreche ich Ihnen, dass keiner von uns beiden einen weiteren Tag erleben wird."

Der Tonfall bei dem Wort ‚er' und die Angst in seiner Stimme jagten mir einen Schauer über den Rücken. Ich schaute mich um, aber nach dem, was ich sehen konnte, schienen wir ziemlich allein zu sein.

„Wie sollte irgendwer von diesem Gespräch erfahren?“ Ich riskierte eine weitere Frage, mein Blick sprang hin und her.

„Er weiß alles und kann uns lesen wie ein Buch. Es kann gut sein, dass er uns sogar in diesem Moment beobachtet. Wenn er Sie trifft, wird er in Ihren Augen sehen, ohne dass Sie auch nur ein einziges Wort sagen müssen, dass Sie wissen, was hier passiert ist. Steigen Sie wieder in den Wagen, ehe es zu spät ist, Sie törichtes Weib!“

Und mit diesen Worten sprang er von der Kutsche herunter, rutschte aber im letzten Moment aus und schlug mit der Hand gegen die Seitenwand, wobei er mit seinem Siegelring einen langen Kratzer hinterließ. Er kam wieder auf die Beine und rannte ins Gras und in die Bäume und ließ mich mit den Kindern und einem toten Mann zurück. Das dachte ich zumindest.

Dieses Mal befolgte ich seine Anweisungen, doch als ich die Tür der Kutsche öffnete, waren die Kinder und der Hund verschwunden. In meiner Hast, aus der Kutsche zu steigen, hatte ich vergessen, sie einzuschließen. Ich dachte, sie würden nicht weit gekommen sein und dass ich sie bald dabei entdecken würde, wie sie sich in den Bäumen versteckten. Die Gelegenheit, meinem Vater ins Gesicht zu blicken, war zu verlockend. Ich kletterte auf den Fahrersitz und zog ihm den Hut vom Kopf. Sein Gesicht war vor Wut und Angst erstarrt, dennoch waren einige seiner Gesichtszüge mir so vertraut wie mein eigenes Spiegelbild. Ich zuckte vor Schreck zurück, stürzte vom Fahrersitz und schlug mit dem Kopf auf dem Boden auf.

Der Rest meiner Geschichte ist so, wie ich sie in meinem Tagebuch erzählt habe. Ich kam für einen kurzen Moment wieder zu mir, kletterte in die Kutsche und schloss mich darin ein. Am nächsten Morgen wachte ich im Haus von Mrs. Kemp auf und bin seither hier. Ich wurde von Mr. Hewitt, dem Briefträger, hierhergebracht, und er war so freundlich, mich seitdem zu besuchen.

Ich verlasse jetzt das Haus von Mrs. Kemp. Ich weiß, dass die Polizei meine Geschichte niemals glauben wird, selbst wenn Sie es könnten, und es gibt nichts, was ich daran ändern kann.

Es tut mir leid, dass ich die Kinder verloren habe, während sie in meiner Obhut waren. Ich hoffe sehr, dass Sie sie bald finden und dass sie in Sicherheit sind. Ich bedauere, dass ich Ihnen dabei nicht helfen kann. Bitte entschädigen Sie Mrs. Kemp, wenn es Ihnen möglich ist. Sie war eine ideale Gastgeberin, und ich habe ihre Gastfreundschaft ausgenutzt. Wenn die Worte des mysteriösen Mannes wahr sind, habe ich vielleicht bereits die Aufmerksamkeit des mysteriösen ‚Moran', ‚Martin' oder ‚Malarkey' auf mich gezogen und werde den Rest meines Lebens damit zubringen, immer einen Blick über meine Schultern zu werfen. Ohne Frage wird der Mann, der mühelos Gedanken lesen kann, mich in meinen Träumen heimsuchen. Ich werde nicht zu meiner Familie zurückkehren, aus Angst, sie in Gefahr zu bringen. Ich wünschte, wir wären uns unter angenehmeren Umständen begegnet, und ich hoffe, dass sich unsere Wege noch einmal kreuzen werden.

Amelia Forman

„Wir müssen das arme Mädchen finden“, sagte Mrs. Kemp, nachdem Holmes die Stellungnahme zu Ende vorgelesen hatte.

„Das bringt nichts. Wenn Miss Forman sich verdeckt halten möchte, wird sie nicht so leicht zu finden sein. Vielleicht hat sie recht, und Harry Mullins' Feinde sind nun auch ihre Feinde. Wir könnten sie bei dem Versuch, sie zu finden, in Gefahr bringen. Diese Stellungnahme entlastet auch Hewitt, von dem ich dachte, in die Sache verwickelt zu sein, denn Miss Forman wäre es aufgefallen, wenn der mysteriöse Mann Hewitt gewesen wäre. Ich bitte um Verzeihung, gnädige Frau“, sagte er zu Mrs. Kemp.

„Und was nun?“, fragte ich. „Finden wir den Mörder von Mullins?“

„Ich werde der Sache sicherlich nachgehen, aber mit Vorsicht. Ich kann Mrs. Kemp jedoch etwas Trost spenden: Ich weiß, wer in Ihrer leeren Wohnung gelebt hat.“

„Wer?“, fragten Mrs. Kemp und ich gleichzeitig.

„Mullins natürlich. Wissen Sie, ich bin überzeugt, dass Mullins die Wohnung gemietet hat, um das Geld, das er vor denen ver-

steckt hat, denen er etwas schuldete, in Sicherheit zu bringen. Es bestand keine Verbindung zwischen ihm und Mrs. Kemp, sodass es für sie keinen Grund gab, hier nach ihm zu suchen, zumal es sich um ein Gästehaus für Frauen handelt. Als Handwerker war es für ihn ein Leichtes, eine Geheimtür in das Zimmer einzubauen, damit er unbeobachtet kommen und gehen kann. Wir sind nicht weit von den Kneipen entfernt, in denen er verkehrte, sodass er das Geld, das er von den Leuten erschwindelt hat, hier leicht verstecken konnte, unter dem Vorwand, draußen kurz eine Zigarre zu rauchen – höchstwahrscheinlich die Marke, die wir auch am Tatort gefunden haben."

„Alle unsere Verbindungen sind zerschlagen", sagte ich zu Holmes in nahezu verzweifeltem Ton. „Miss Forman war unsere letzte Hoffnung, die Kinder zu finden."

„Nein, ich habe die ganze Zeit gewusst, wo die Kinder sind. Sie haben es in der Ausgabe von *Der Schatzinsel* deutlich gemacht. Sie haben ‚Hilfe' auf die Karte geschrieben. Wo sonst haben wir eine Karte gesehen, die die Kinder kennen würden? Sie haben ungewollt einen kleinen Hinweis auf ihren Aufenthaltsort hinterlassen."

„Sie meinen, sie wurden also nie entführt?", rief Mrs. Kemp aus.

„Nein. Als Miss Forman die Tür der Kutsche offen ließ, muss Spot herausgesprungen sein – wie es Hunde nun einmal tun – und weggelaufen sein. Die Kinder werden ihm gefolgt sein. Sie kennen diese Gegend, da sie hier aufgewachsen sind. Aber vor dem Mann wegzulaufen, den sie wie einen zweiten Vater liebten – bedenken Sie, dass sie glaubten, Mullins würde die Kutsche fahren – und vor ihrem neuen Kindermädchen hätte sicherlich zu Ärger geführt. Wohin sollten sie denn sonst gehen, wenn nicht nach Hause? Es ist nicht weit von hier.

Sie haben sich in der Höhle auf dem Anwesen versteckt, die Höhle, die Mr. Welsh, der Wirt des Pubs, erwähnt hat. Dort hat er vor so vielen Jahren gespielt. Zweifellos wollen die Kinder, dass ihr Vater sie findet. Er ist schon zu lange zu einem Fremden für sie geworden, und sie wünschen sich verständlicherweise seine Aufmerksamkeit. Wenn Sie Lust auf etwas Bewegung haben, würde ich sagen, bringen wir die Kinder zum Abendessen nach Hause.“

Als die Tür zu Mrs. Kemps Haus hinter uns ins Schloss fiel, dachte ich über eine einzige Frage nach und stellte sie meinem Begleiter: „Holmes, warum haben Sie die Kinder sich so lange verstecken lassen und holen sie erst jetzt zurück?“

„Meine Gründe dafür sind zweierlei. Erstens wusste ich, dass die Kinder in der Höhle in Sicherheit waren und sich möglicherweise wohlgefühlt haben. Ich nahm an, dass sie Proviant bei sich haben würden, da sie es gewohnt sind, sich unbemerkt ins Haus zu schleichen und wieder rauszugehen. Und wenn sie in Schwierigkeiten geraten wären, hätten sie leicht den Weg zurück nach Hause finden können.“

„Aber, Holmes“, fragte ich, „woher wussten Sie, dass die Kinder nicht am Verhungern waren oder ihnen sonst etwas fehlte?“

Als Antwort griff Holmes in seine Tasche und zog eine zertretene lilafarbene Wildblume heraus. Von unserem Spaziergang über das Anwesen wusste ich, dass diese Blumen auf einem Beet im östlichen Teil wuchsen. Holmes hatte diese Blume auf der Treppe gefunden, die zum Kinderzimmer hinunterführte. Erstaunt sah ich Holmes an.

„Sie sollten nicht so tief schlafen, Watson“, sagte Holmes. „Die Nacht, die wir auf Westwood Manor verbracht haben, hat es mir ermöglicht, die jüngsten Umbauten am Haus zu begutachten. Als ich am nächsten Morgen – bevor Sie aufwachten – im Speisesaal

Kaffee trank, entdeckte ich, wo sich auf dem Anwesen die Höhle befindet. Ich fand die Höhle, traf die Kinder und hörte mir ihre Version der Geschichte an. Sturköpfig, wie sie waren, wollten sie so lange wegbleiben, bis ihr Vater zu ihnen kam. Sie haben sich in den letzten Monaten vernachlässigt gefühlt. Ich versicherte ihnen, dass ich ihr Geheimnis noch eine Weile für mich behalten würde, aber dass sie sich in Zukunft direkt an ihren Vater wenden müssten und nicht mehr verschwinden dürften.

Ich hatte gehofft, dass diese Geschehnisse Lord Bracewell dazu bringen würden, sich seinen Kindern gegenüber zu öffnen. Er ist übermäßig egoistisch geworden. Nun, da sie keine Mutter und kein Kindermädchen mehr haben und auch Mullins nicht mehr da ist, obliegt es Bracewell, mehr Zeit mit ihnen zu verbringen."

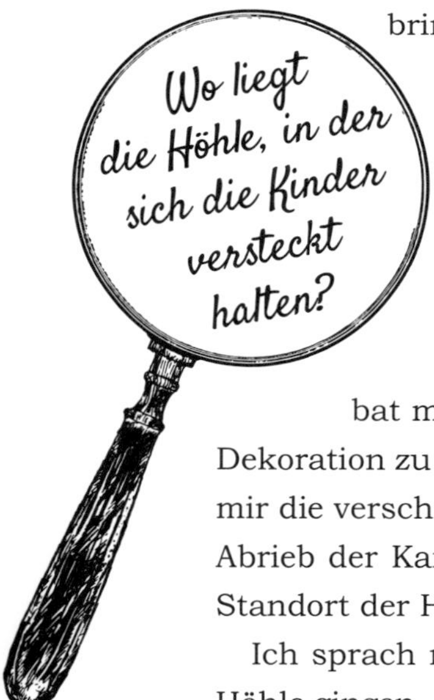


„Werden wir Miss Forman wiedersehen?", fragte ich.

„Wer kann das schon sagen?", erwiderte Holmes. Er pfiff vor sich hin, während er die Treppen hinunterschlenderte, und ich hatte alle Mühe, mit ihm Schritt zu halten.

Wir gingen zurück nach Westwood Manor. Holmes bat mich, mich in den Speisesaal zu stellen und dessen Dekoration zu betrachten. Nach etwa zehn Minuten, in denen ich mir die verschiedenen Bracewell-Porträts anschaute und meinen Abrieb der Karte des Anwesens zur Hilfe nahm, konnte ich den Standort der Höhle bestimmen.

Ich sprach mit Lord Bracewell, als wir über das Anwesen zur Höhle gingen, und kommentierte seine raffinierte Art, die Wegbeschreibung zur Höhle gut sichtbar zu verstecken.

„Ich wollte schon immer, dass die Kinder mehr über die Familiengeschichte erfahren", sagte er. „Gibt es eine bessere Erinnerung an den Pfad zur geheimen Höhle als die Porträts ihrer Vorfahren? Das älteste Porträt im Speisesaal ist das meines Urgroßvaters, das am südlichen Ende des Raumes hängt; das Porträt meines Großvaters befindet sich auf der Ostseite; das meines Vaters hängt am nördlichen Ende, unter dem Buntglasfenster, das den Polarstern darstellt, und mein eigenes Porträt ist Richtung Westen ausgerichtet. Wenn man vom Haus aus auf der Karte des Anwesens nach Süden geht, dann in östliche Richtung, dann in nördliche Richtung und dann in westliche Richtung, findet man die Höhle und meine Kinder in der Waldschlucht.

Ich verspreche Ihnen, Mr. Holmes“, sagte Lord Bracewell mit Überzeugung, „ich werde ihnen ein aufmerksamerer Vater sein, und ich werde sicherstellen, dass sich um Harry Mullins' Eltern gekümmert wird. Sollte Miss Forman je zurückkehren, werde ich mich auch darum bemühen, ihr zu helfen.“

Wir fanden die Kinder und den Hund und überließen sie in Bracewells Obhut.

„Unsere Pflicht ist hier getan“, sagte Holmes. „Aber unsere Arbeit ist noch nicht beendet. Es gibt noch ein weiteres Rätsel, das unsere Aufmerksamkeit erfordert. Wir dürfen den Einbruch ins Natural History Museum nicht vergessen. Dafür müssen wir in die Baker Street zurückkehren und mit Gregson sprechen.“

*Fahren Sie nun auf Seite 204 fort.*

„Adel beginnt am Ende der Reise“, sinnierte Holmes. „Ein inspirierendes Motto für Reisende, die zuständig sind für das Wohl einer ganzen Gemeinde.

Ich schweife ab. Bitte fahren Sie fort.“

„Der alte Mann war ein begeisterter Pokerspieler und hat hier eines Abends ein Vermögen verloren. Damals leitete Vater diese Gastwirtschaft. Er hatte eine Truhe für Edward, um darin Geld für seine Spiele aufzubewahren. Sie wurde nach seinen genauen Vorgaben von einem unserer örtlichen Tischler maßgefertigt. Sie steht noch immer da drüben in der Ecke, an der Wand und am Boden verschraubt, falls Sie sie sehen möchten. Nur Edward kannte die Kombination. Sie ist schon seit mindestens vier Jahrzenten verschlossen. Ich hole uns frischen Kaffee und schaue einmal nach meinen anderen Gästen.“

Als Welsh uns verließ, schlenderten Holmes und ich zu der großen Holztruhe hinüber.

„Ich frage mich, ob sie wirklich leer ist“, sagte ich.

„Es gibt nur einen Weg, das herauszufinden“, antwortete Holmes, während er mit seinen Fingern über das filigrane Muster auf der Oberseite strich.

Auf den Deckel der Truhe waren fünf Spielkarten gemalt, die in zwei Reihen angeordnet waren: Kreuz-Bube, Pik-Zwei, Kreuz-Sechs, Karo-Sieben und Herz-König. Oben links von der Malerei, neben dem Kreuz-Buben, befanden sich zwei gemalte Herzen, die etwa so groß waren wie die des Königs. Oben rechts von der Malerei, neben der Pik-Zwei, war ein einzelnes Pik aufgemalt. Unten links, neben der Kreuz-Sechs, befanden sich drei kleine Kreuzchen. Und schließlich waren neben dem Herz-König vier kleine Karos aufgemalt.

An der Vorderseite der Truhe waren fünf Holzlatten angebracht, mit denen der Deckel an der Truhe selbst befestigt war. Auf jeder Leiste standen Zahlen von null bis neun. Am Ende der ersten Leiste ganz links war ein kleiner Punkt, auf der zweiten Leiste

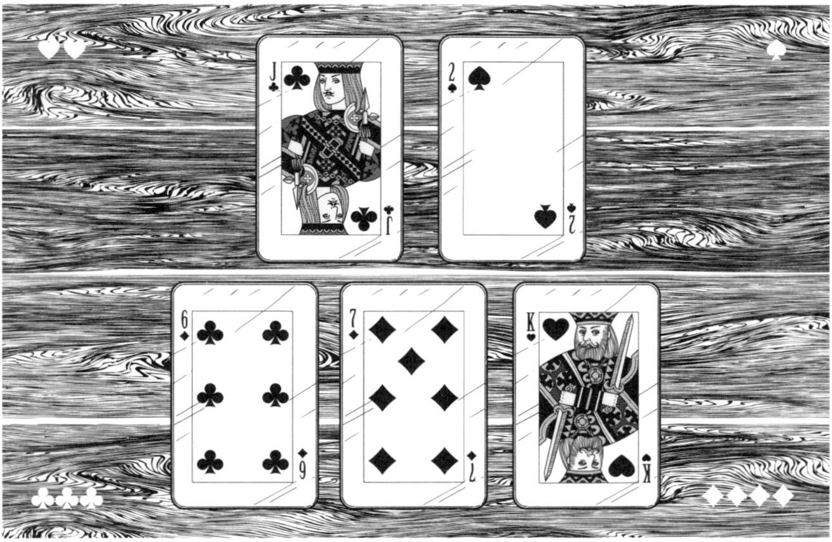

waren zwei Punkte, auf der dritten Leiste drei und so weiter bis zur fünften Leiste.

„Offensichtlich müssen wir die nummerierten Latten hinein- und hinausschieben, um die Zahl zu erhalten, die die Truhe entriegelt“, sagte Holmes. „Meinen Berechnungen nach gibt es 100 000 mögliche Kombinationen für eine fünfstellige Zahl mit Ziffern von null bis neun. Zu viele für eine zufällige Schätzung, also muss es etwas geben, das auf die richtige Kombination hinweist.“

Holmes untersuchte die Truhe einige Minuten lang und probierte ein paar Kombinationen mit den Holzlatten aus. „Es ist nicht die Zahl auf jeder Karte“, sagte er. „Das wäre zu einfach, abgesehen davon, dass der Bube und der König nicht durch die Ziffern Null bis Neun dargestellt werden können.

*Warum können der Bube und der König nicht durch die Ziffern Null bis Neun dargestellt werden?*

Wissen Sie, wie sie auf diese Weise dargestellt werden würden?“, fragte er.

„Aber natürlich, Holmes“, spottete ich; Kartenspiele sind mir nicht fremd. „Der Bube ist die Elf und der König die Dreizehn, was die Königin zu einer Zwölf macht, wenn man die Karten von unten nach oben anordnet. Ein Ass kann entweder eins oder dreizehn sein, je nachdem, ob es als niedrige Karte vor der Zwei oder nach dem König als höchste Karte abgeworfen wird."

„Gut gemacht."

Noch einmal fuhr Holmes mit dem Finger über die Markierungen. Augenblicklich beugte er sich hinunter und schob und zog wild an den Holzlatten herum, um eine neue Zahl zu erzeugen. Der Deckel öffnete sich um etwa zwei Zentimeter.

Ich starrte ihn bestürzt an. „Wie um alles in der Welt haben Sie die Kombination herausgefunden?", rief ich.

„Der alte Herr muss sein Hobby wirklich geliebt haben, um so eine einzigartige Schließfachkiste wie diese in Auftrag gegeben zu haben", sagte Holmes. „Wie ich bereits erwähnt habe, entspricht die Kombination nicht den Ziffern auf den Karten, da weder der Bube noch der König numerische Entsprechungen haben. Selbstverständlich habe ich dann die andere Eigenschaft ausgewählt, die sich in jedem Standardkartenspiel findet."

„Die Farben?", wagte ich zu fragen.

„Genau", antwortete Holmes. „Sie müssen sowohl die Zahl als auch die Farbe verwenden, um das Rätsel zu lösen. Wenn Sie sich die Malereien der Karten anschauen, was fällt Ihnen noch auf?"

„Neben den Karten sind noch kleinere Farben aufgemalt. Aber ich verstehe nicht, was sie darstellen sollen."

„Alles zu seiner Zeit, Watson. Dies soll zeigen, dass Pik nur eine einzige Spitze an der Oberseite hat, Herz hat oben zwei abgerundete Blätter, Kreuz hat drei abgerundete Blätter und Karo hat vier Spitzen. Wenn Sie also die Zahlen der Spitzen und Blätter in der Reihenfolge der aufgemalten Karten nehmen, dann erhalten Sie ...?"

„Drei, eins, vier, vier, zwei“, antwortete ich.

„Sie haben es fast erraten, Watson“, sagte Holmes. „Jetzt fehlen uns nur noch die kleinen Punkte auf den Holzlatten. Die erste Leiste ganz links beginnt mit einem Punkt, der sich dann nach rechts bis zu fünf Punkten fortsetzt. Das bedeutet zunächst, dass die Karten von der niedrigsten bis zur höchsten Zahl nummeriert werden müssen. Danach bestimmt man die Spitzen oder Blätter, indem Sie die Farben verwenden. Der Code ist also eins, vier, vier, drei, zwei.“

„Was für eine geniale Rätselkiste“, staunte ich, gerade als Welsh mit frischem Kaffee zurückkehrte.

„Um Himmels willen“, sagte Welsh. „Sie haben die alte Kiste geöffnet! Ist da irgendetwas drin?“

„Einige Rechnungen und ein paar Quittungen“, antwortete Lestrade, während er die Papiere durchging.

„Das ergibt Sinn. Geld war alles, was Edward interessierte.“

Holmes und ich drehten uns zu Welsh um, als dieser fortfuhr.

„Er war ein übler Mann und schlug uns Kinder, wie es ihm beliebte. Noch heute habe ich Narben von irgendwelchem Fehlverhalten, das er sich einbildete. Cecil und ich versteckten uns immer in unserer geheimen Höhle auf dem Anwesen, wenn er zu trinken anfing, denn sie war weit weg vom Haus entfernt.

Eines Nachts, als er noch betrunkener war als sonst, prügelte er fürchterlich auf sein Pferd ein und wurde mit einem kräftigen Tritt gegen den Kopf belohnt. Er konnte nie wieder laufen, doch das verbitterte ihn nur noch mehr. Es war für alle Beteiligten eine Erleichterung, als er ein Jahr später starb.

Cecil war zu dem Zeitpunkt fast achtzehn Jahre alt und verbrachte den größten Teil seines Lebens in Australien, wo er sein Vermögen machte. Er kehrte mit seiner Frau und seinem fast erwachsenen Sohn, dem heutigen Lord Bracewell, zurück nach England, ehe dieser seine angestammte Heimat sah. Mit seinem Geld nahm er Verbesserungen an dem vernachlässigten Anwesen vor und gab seinem Familiennamen einen Teil seines früheren Glanzes zurück. Philip Bracewell selbst setzte die guten Werke seines Vaters fort. Er ist ein cleverer Kerl und arbeitet hart. Jeder Mann wäre stolz darauf, ihn einen Freund nennen zu dürfen.

Fünf Jahre nachdem die Familie nach England zurückgekehrt war, wurden sie wieder bedeutende Mitglieder unserer kleinen Gemeinde. Bracewell traf seine Lady, die selbst Erbin eines beträchtlichen Vermögens war, und er umwarb sie zwei Jahre lang, bevor er sie nach einem weiteren Jahr Verlobungszeit heiratete. Wie ich bereits sagte, gab es nie ein Paar, das so verliebt war wie diese zwei. Die Kinder folgten zwei Jahre später, und eine Zeit lang waren sie alle glücklich.

Seit ihrem Tod hat er sich aus der Öffentlichkeit zurückgezogen – ich habe ihn vielleicht ein- oder zweimal gesehen –, aber er spendet nach wie vor großzügig für viele Zwecke. Als dieses Haus hier ein neues Dach brauchte, gab er mir das Geld, ohne zu zögern. Wenn Sie dorthin gehen, richten Sie Bracewell ein gutes Wort von mir aus. Er ist ein guter Kerl, wenn auch distanziert und vor seiner Zeit gealtert."

„Was für eine traurige Geschichte für einen so jungen Mann", sagte ich. „Gerade einmal achtunddreißig Jahre alt. Ihre guten Wünsche werden wir ihm gerne ausrichten."

Als der Gastwirt gegangen war, sagte Holmes: „So wie ich es sehe, haben wir drei Rätsel – drei, die möglicherweise miteinander in Verbindung stehen oder auch nicht", vermutete er, während er seine Augenbrauen zusammenzog und sich über das Kinn strich. „Wir haben den Fall des Kutschers, der vor der Entführung ermordet wurde. Was wissen wir über ihn?"

„Mullins war seit fast fünf Jahren für die Bracewells tätig", sagte Lestrade. „Die Ortsansässigen sagen, er war äußerst zuverlässig. Ein professioneller Detektiv, wie ich es bin, geht allen

Ermittlungsansätzen nach.“ „Wie viele Einheimische haben Sie befragt?“

Lestrade hielt inne, bevor er antwortete: „Zwei.“

Holmes lächelte den Inspektor spöttisch an. „Wurde irgendetwas bei dem Leichnam gefunden?“

„Es war definitiv kein Raubmord. Er trug ein Vermögen mit sich herum. Ich habe hier eine Liste der Dinge, die er bei sich hatte.“ Er zeigte uns sein Notizbuch, in dem folgende Gegenstände aufgelistet waren:

- fünf Streichhölzer und vier Zigaretten in einem goldenen Zigarettenetui mit dem Familienwappen der Bracewells
- vier 20-Schilling-Münzen und 20 Pfund in Banknoten
- ein Medaillon mit einem Bild seiner Verlobten
- ein Notizzettel mit merkwürdigen Symbolen darauf, signiert mit einem ‚M‘
- ein goldener Ring
- ein paar Zuckerwürfel, eingewickelt in einem Taschentuch

„Wir warten noch auf das Urteil der Leichenschaukommission. Das könnte ein paar Tage dauern, aber so wie es aussieht, verstarb er an einem Schuss aus nicht allzu großer Entfernung.“

„Die Schilderung von Miss Forman wirft weitere Fragen auf: Was geschah außerhalb der Kutsche, als diese hielt? Hatte sie vor seinem Tod mit Mr. Mullins gesprochen? Hatte sie die Entführer gesehen, bevor die Kinder entführt wurden? Das Tagebuch hört auf, noch ehe sie davon berichten konnte. Wir gehen davon aus, dass sowohl Miss Forman als auch ihr Tagebuch absolut vertrauenswürdig sind.“

„Und wo sind die Kinder?“, fragte Holmes.

„Die drei Rätsel – der Tod des Kutschers, das, was außerhalb der Kutsche passiert ist, und der Aufenthaltsort der Kinder – hängen doch sicher zusammen“, sagte Lestrade.

Holmes schüttelte langsam seinen Kopf: „Solange wir keine konkreteren Beweise haben, sollten wir keine Vermutungen dieser Art anstellen. Was wir bisher wissen, sind die Folgen, nicht die Ursachen. Wenn diese drei Rätsel miteinander in Verbindung stehen, warum haben dann der oder die Angreifer gewartet, bevor sie sich Miss Forman und den Kindern näherten – falls die Verbrecher tatsächlich hinter den Kindern her sind? Sind mehrere Parteien am Werk?“

„Ich bin froh, dass Sie hier sind, Mr. Holmes. Ihre gelassenen und logischen Schlussfolgerungen haben etwas Beruhigendes an sich. Was ist Ihr Plan?“, fragte Lestrade.

„Zweifellos müssen wir zu Bracewell, Hewitt und Miss Forman. Aber da Miss Forman immer noch unpässlich ist, können wir unseren Besuch bei ihr verschieben. Haben Sie die Adresse des Briefträgers und die von Mrs. Kemp?“

„Gewiss“, antwortete Lestrade. Er kritzelte sie schnell in sein Notizbuch, riss die Seite heraus und übergab sie Holmes.

„Kommen Sie, Watson, wir werden sehen, ob wir vor Sonnenuntergang etwas Licht in diese missliche Angelegenheit bringen können.“ Wir verließen Lestrade und den Pub. Die frische Luft, so kalt und nass sie auch war, tat mir gut. Ich schöpfte neue Energie und konnte sehen, dass es meinem Begleiter ähnlich erging.

„Wen sollen wir zuerst aufsuchen?“, fragte ich Holmes.

*Wenn Sie glauben, Holmes und Watson sollten zuerst Lord Bracewell aufsuchen, fahren Sie auf Seite 175 fort.*

*Wenn Sie glauben, Holmes und Watson sollten zuerst Hewitt, den Briefträger, aufsuchen, fahren Sie auf Seite 36 fort.*

„Der ewige Adel gehört denjenigen, denen er verliehen wird?“, fragte ich.

„Nein“, sagte Holmes. „Das kann es nicht sein. Adel kann nicht ewig währen, sosehr sich Adelige das auch wünschen mögen. Vererbt? Ja, aber Adelsfamilien sterben aus und fallen mit jedem regierenden Monarchen in Ungnade.“

*Fahren Sie nun auf Seite 106 fort.*

# Ein ungeschliffener Diamant

Als Holmes und ich in unsere Zimmer in 221B Baker Street zurückkehrten, fanden wir Inspektor Tobias Gregson von Scotland Yard im Arbeitszimmer vor, der die Abendzeitung las.

„Ich habe Ihre Anweisungen befolgt, Mr. Holmes." Gregson zeigte Holmes die Nachricht, die Mrs. Hudson an der Tür hinterlassen hatte. „Ich verstehe, dass Sie unsere Treffen aus der Öffentlichkeit heraushalten wollten und deshalb nicht wollten, dass wir länger als ein paar Augenblicke zusammen gesehen werden. Ich muss gestehen, ich habe einige Zeit gebraucht, um Ihr Rätsel zu entschlüsseln – aber es ist mir gelungen!" Er sah meinen verwirrten Gesichtsausdruck und reichte mir die Nachricht. Sie lautete:

*Lieber Gregson,*

*Watson und ich sind unvermeidlich aufgehalten worden. Da Sie nicht in der Lage waren, mein einfaches Anagramm zu entschlüsseln, hoffe ich, dass Sie Ihre Niederlage mit diesem hier wiedergutmachen können.*

*Schauen Sie über Ihren Kopf, dort werden Sie 10 Metallschlüssel finden, die von der Decke hängen:*

| | |
|---|---|
| *1 schwarzer Schlüssel mit rundem Kopf* | *1 silberner Schlüssel mit rundem Kopf* |
| *1 schwarzer Schlüssel mit dreieckigem Kopf* | *1 silberner Schlüssel mit dreieckigem Kopf* |
| *1 schwarzer Schlüssel mit quadratischem Kopf* | *1 silberner Schlüssel mit quadratischem Kopf* |
| *1 schwarzer Schlüssel mit fünfeckigem Kopf* | *1 silberner Schlüssel mit fünfeckigem Kopf* |
| *1 schwarzer Schlüssel mit sechseckigem Kopf* | *1 silberner Schlüssel mit sechseckigem Kopf* |

Nur ein Schlüssel kann die Tür aufschließen. Nun, da Sie an dieser Adresse angekommen sind und vor der Haustür stehen, haben Sie alles, was Sie brauchen, um herauszufinden, welcher Schlüssel der richtige ist. Aber seien Sie gewarnt: Sie haben nur eine Chance. Sobald Sie einen Schlüssel in das Schloss stecken, wird dieser von einem starken Magneten festgehalten, der verhindert, dass er wieder aus dem Schloss gezogen werden kann. Nur der echte Schlüssel kann in das Schloss eingesteckt, gedreht und wieder herausgezogen werden.

Lassen Sie mich diesmal nicht im Stich, Gregson. Sobald Sie drinnen sind, machen Sie es sich in meinem Arbeitszimmer bequem.

Holmes

Ich war beeindruckt von Gregsons Lösung des Rätsels – war mir doch bis zu diesem Moment nicht einmal bewusst, dass es eines gab.

„Es ist ein ziemlich raffiniertes Schloss, Holmes“, rief Gregson aus. „Als ich in der Baker Street ankam, sah ich die zehn Schlüssel über der Tür hängen. Da Ihre einzige Anweisung lautete: ‚Ich habe alles, was ich brauche, da ich bei dieser Adresse angekommen bin‘, nahm ich an, der Schlüssel habe etwas mit der Adresse selbst zu tun – 221B Baker Street. Die Ziffern von 221 ergeben addiert die Zahl Fünf, die mit den fünfeckigen Schlüsselköpfen übereinstimmt. Das ‚B‘ bedeutete, es handelte sich um den Schlüssel in black – also Schwarz –, nicht um den silbernen. Die Tür ließ sich leicht öffnen. Ich trat ein, legte den Schlüssel zurück und machte es mir bequem. Sie haben eine sehr große Sammlung interessanter Dinge. Warum sollte ich kommen? Ihre Nachricht enthielt keine Erklärung.“

„Alles zu seiner Zeit, Gregson“, sagte Holmes. „Mit ein wenig Glück werden wir heute Abend der Sache mit dem Natural History Museum auf den Grund gehen. In Kürze werden Sie alle Einzelheiten eines interessanten Falles erfahren. Wären Sie so freundlich, ein weiteres Holzscheit in den Kamin zu legen und uns etwas Kaffee aus der Küche zu holen, während Watson und ich unsere Mäntel ablegen und unsere nächsten Schritte besprechen?“

Bald darauf kehrte Gregson mit einem Tablett mit Kaffee ins Arbeitszimmer zurück. Während wir uns an unseren Getränken wärmten, begann Holmes mit seiner Geschichte: „Das Rätsel um das Museum ist einfach, wenn wir erst einmal die Fakten isolieren. Sie erinnern sich, dass die Glasscherben weggeräumt wurden. Das könnte dazu gedient haben, den Einbruch in das Museum – oder den Ausbruch aus dem Museum – zu vertuschen.

Doch an dieser Stelle hat der Dieb einen schweren Fehler gemacht, den ich gleich erklären werde.

*Was schließt Holmes aus dem Artikel im Telegraph über die Verletzung von Mr. Wright?*

Als Mr. Wright, der Wachmann, bewusstlos geschlagen wurde, wurde aus dem Tatbestand Diebstahl eine Körperverletzung. Nun, da er verstorben ist, ist die Sache zu einem Tatbestand des Totschlags oder sogar des vorsätzlichen Mordes eskaliert.

Mr. Wright muss in den Fall verwickelt gewesen sein“, sagte Holmes. „Er wurde von hinten auf den Kopf geschlagen. Der Angreifer hätte nach dem Einschlagen des Fensters die Aufmerksamkeit auf sich gezogen, sodass er sich dem Wachmann nicht unbemerkt hätte nähern können. Daraus folgt, dass Mr. Wright sich wohl dabei fühlte, demjenigen den Rücken zuzukehren, der mit ihm im Raum war – höchstwahrscheinlich ein Komplize.

Lassen Sie uns fortfahren: In dem Artikel heißt es, dass nichts gestohlen worden zu sein schien. Und es scheint zu stimmen, dass nichts entwendet wurde. Aber wurde vielleicht ein Gegenstand aus der Mineralogischen Sammlung mit etwas anderem ersetzt? Etwas, das nicht fehl am Platz aussieht?

Wenn dies der Fall wäre, warum dann ausgerechnet dieses Ausstellungsstück? Es muss in seiner neuen Umgebung unauffällig erscheinen: sicherlich ein Stein oder ein Edelstein, wie so viele andere in der Ausstellung. Ich werde noch weitergehen. Die Behörden wurden von den rätselhaften Umständen des Einbruchs abgelenkt, aber ein Gegenstand in einer öffentlichen Ausstellung wurde wahrscheinlich von Experten bei zahlreichen Anlässen gesehen und wäre weithin bekannt. Nach meiner Hypothese gehörte der Stein, der ausgetauscht wurde, einem privaten Eigentümer.“

„Wenn dem so ist, warum hat sich der Eigentümer dann nicht gemeldet?“, fragte Gregson. „Würde der Besitzer eines so wertvollen Gegenstands nicht überprüfen, dass sein Eigentum in Sicherheit war, sobald er von dem Einbruch erfährt?"

„Eine gute Frage, Gregson. Meine Theorie ist, dass die Museumsbeamten glaubten, nichts sei gestohlen worden; eine Nachricht, die sie an die Eigentümer privater Ausstellungsstücke weitergegeben haben werden. Sie behaupteten, dass ‚alles aufgefunden wurde', was durchaus so gedeutet werden kann, *dass nichts gestohlen wurde",* Holmes betonte diesen letzten Satz. „Meine andere Vermutung ist, dass der private Eigentümer des gestohlenen Edelsteins möglicherweise einen zweifelhaften Anspruch auf diesen erhebt und daher darauf bedacht ist, eine formelle Ermittlung durch Scotland Yard zu vermeiden."

Holmes wechselte den Standpunkt. „Was für Hinweise haben wir am Tatort? Das Fehlen von matschigen Fußspuren lässt vermuten, dass sich der Täter nach der Schließung im Museum versteckt, den Wachmann angegriffen hat und durch das Fenster entkommen ist. Möglicherweise hat der Täter den Tatort aber auch nie verlassen. Abgesehen von dem zerbrochenen Fensterglas gibt es keine Hinweise darauf, dass irgendjemand durch das Fenster gestiegen ist. Allerdings zeigte der Boden merkwürdige Schrammen auf. Hätten die Wächter das Geräusch von zerbrechendem Glas bei einem Einbruchsversuch nicht gehört?

Merton und Wright waren die zwei Museumswachmänner am Tatort. Während ihrer täglichen Arbeit hatten sie Zugang zum Tatort und konnten ihn – wie auch die anderen Sammlungen im Museum – erneut besichtigen, ohne Verdacht zu erregen. Sie waren in einer idealen Position, einen Gegenstand nach Belieben auszutauschen. Keiner dieser Umstände belastet sie natürlich."

„Einen Augenblick, Holmes!" Ich unterbrach ihn: „Ich kann Ihre Beweisführung nachvollziehen, aber wie sind die beiden vorgegangen, um eine passende Fälschung zu finden, die einer ersten Prüfung standhalten würde, insbesondere durch Experten auf diesem Gebiet?"

„Eine ausgezeichnete Frage, über die auch ich lange nachgedacht habe.

Es muss einfach noch eine mysteriöse dritte Person involviert sein, die ihnen einen falschen Edelstein gegeben hat.

Seitdem wurden die Sicherheitsvorkehrungen im Museum erhöht, wie es nach einem offenbar gescheiterten Diebstahl zu erwarten ist. Es ist nur eine Frage der Zeit, bis ein gestohlener Gegenstand entdeckt wird, vielleicht während einer routinemäßigen Reinigung oder einer Überprüfung zu Versicherungszwecken. Das gibt dem Dieb – oder den Dieben – eine kurze Gelegenheit, den Edelstein loszuwerden – besonders wenn sie sowohl den Eigentümer als auch die Behörden meiden.

Wenn der Anspruch des vorherigen Eigentümers strittig ist, greift dieser möglicherweise auf drastischere Maßnahmen zurück, um den Edelstein zurückzubekommen, und folglich würde er seine Nachforschungen zunächst bei denjenigen am Tatort beginnen. Unser mysteriöser dritter Beteiligter, der Lieferant des gefälschten Edelsteins und der wahre Dieb, wird dem Eigentümer verborgen bleiben und kann der Tat ohne Konsequenzen entkommen. Der Drahtzieher hat sich in den Wachmännern Sündenböcke geschaffen – Köder als Ablenkungsmanöver, die der Besitzer jagen kann.“

Gregson und ich tauschten einen Blick aus. Langsam fügte sich alles zusammen. Aber wer steckte hinter alldem?

„Es wäre töricht, diesem Verdacht ohne weitere Tests nachzugehen. Also habe ich zwei Telegramme über mein Boten-Netzwerk, die Baker-Street-Spezialeinheit, verschickt. Ich weiß ein bisschen über die sieben oder acht führenden Juwelendiebe in London und Umgebung. Nachdem sie meine Anzeige in den Zeitungen aufgegeben hatten, trug ich Wiggins auf, dass die Baker-Street-Spezialeinheit nach diesen Dieben Ausschau halten sollte.

Und meine Mühe wurde belohnt: Seit zwei Tagen sind die Aufenthaltsorte zweier dieser Diebe unbekannt.

Wie Sie sich vielleicht erinnern, Watson, habe ich am Sonntagmorgen von hier aus ein Telegramm abgeschickt, nachdem wir das Telegramm von Lestrade erhalten hatten, in dem er uns darum bat, ihn in Finchley zu treffen. Das Telegramm, das ich versendete, bevor wir gingen, ging an Sir Anthony Borrs, Kurator der Mineralogischen Sammlung und Ehemann einer früheren Mandantin. Ich schrieb ihm, dass ich einen wertvollen Juwel besitze, den ich gerne verkaufen würde, und fragte, wo ich ihn anbieten könnte. Ich habe Borrs also getäuscht, wissen Sie, denn ich konnte nicht mit Sicherheit davon ausgehen, dass er nicht in die Tat involviert war. Ich habe dann geplant, mich nicht als Verkäufer, sondern als Käufer auszugeben, um die Aufmerksamkeit eines Diebes zu erregen, der einen kürzlich erlangten Edelstein loswerden möchte.

Ich habe in allen von Sir Anthony genannten Stellen inseriert und eine positive Antwort von einem James Monday erhalten, der um ein Treffen heute Abend um sieben Uhr bat. Meine letzte Nachricht ging an Sie, Gregson“, sagte Holmes. „Ich bat Sie darum, heute Abend um sechs Uhr hier zu sein, damit wir genau diese Unterhaltung führen und uns darauf vorbereiten konnten, den Fall abzuschließen.“

Die Türklingel unterbrach Holmes, der zu der Uhr auf unserem Kaminsims blickte. Sie zeigte achtzehn Uhr dreißig an.

„Wie ich sehe, ist unser Gast früh dran – vermutlich um uns zu überrumpeln. Gregson, können Sie Ihre Handschellen bereithalten? Watson, bitte stellen Sie sich an die Tür und verhindern Sie seine oder ihre Flucht.“ Holmes ging die Treppe hinunter, um die Tür zu öffnen. Ein paar Minuten vergingen. Ich hörte, wie Holmes einen jungen Mann aufforderte, seine Stiefel auszuziehen, da einer davon den frisch gereinigten Fußboden von Mrs. Hudson zerkratzte. Der Mann diskutierte eine Weile, lenkte dann aber ein und kam mit seinen Stiefeln in einer Hand die Treppe hinauf, was mir merkwürdig erschien. Holmes führte ihn in das Arbeitszimmer, in dem Gregson und ich besorgt warteten.

Der Mann verstand die Situation sofort, aber er war zu langsam, um zu entkommen. Ich hatte die Tür blockiert, und Gregson stürzte sich sofort auf ihn. Er wehrte sich und ließ im Zuge dessen seine Stiefel fallen. Holmes hob sie auf, stellte sie beiseite und half Gregson und mir, ihn zu überwältigen. Wir drei hatten alle Hände voll zu tun, ihn in Schach zu halten. Sekunden später war es vorbei. Er war mit Handschellen gefesselt und saß zwischen Gregson und mir. Wütend starrte er uns drei abwechselnd an.

„Warum haben Sie mich überfallen?“, brüllte er. „Ich bin hier, um ein Schmuckstück zu verkaufen. Das ist doch kein Verbrechen.“

„Keineswegs, Mr. Monday – wenn das überhaupt Ihr richtiger Name ist“, sagte Holmes. „Abgesehen davon, dass das, was Sie verkaufen wollen, nicht Ihnen gehört.“ Er ließ die Stiefel das Mannes vor ihm baumeln.

„Am besten ist es, wenn Sie uns ehrlich antworten“, sagte Holmes freundlich. „Mr. Monday, oder, wenn ich Sie bei Ihrem echten Namen nennen darf, Mr. Merton.“

Die Schultern des Mannes sackten in sich zusammen.

„Woher wussten Sie das?“, fragte er leise.

Holmes drehte einen der Stiefel um. In der Sohle des Stiefels steckten Glasscherben. Sie glitzerten im Licht des Feuers. „Ihre Stiefel zerkratzten meinen Boden, als Sie ins Haus traten. In diesem Moment wusste ich mit Sicherheit, dass Mr. Miles Merton, der diensthabende Wachmann im Natural History Museum während des versuchten Diebstahls letzten Samstag, gerade das Haus betreten hatte. Die gleichen Kratzer wurden auf dem Boden unter dem Fenster des Museums entdeckt. Außerdem waren Sie augenscheinlich in den Diebstahl verwickelt, der unter dem Deckmantel eines versuchten Diebstahls begangen wurde.

Mein Name ist Sherlock Holmes, und das sind meine Kollegen Dr. John Watson und Inspektor Gregson von Scotland Yard.

Am besten erzählen Sie uns Ihre Geschichte.“

„Ich will ehrlich sein, wenn ich sage, dass ich nicht alles weiß“, sagte er.

„Lassen Sie uns das beurteilen“, antwortete Holmes.

Merton seufzte. „Vor ein paar Wochen erzählte mir Charlie – Mr. Wright – gegen Ende meiner Wache, dass er ein attraktives Angebot erhalten habe: Ihm wurden 10.000 Pfund versprochen, wenn er einen echten Edelstein im Museum gegen etwas eintauschen könnte, das dem Original zum Verwechseln ähnlichsah. Wright würde meine Hilfe brauchen, da wir uns eine Wache teilen. Ich glaube außerdem, dass er seinem Komplizen nicht gänzlich vertraute, aber Charlie erzählte mir nichts weiter über ihn … vielleicht, weil er selbst nicht mehr wusste. Ich kenne Charlie als durch und durch guten, verlässlichen Kerl und stimmte einem Anteil von zehn Prozent zu.“

„Sie hatten geplant, das Geschäft im Museum durchzuführen, aber es wurde unterbrochen“, stieß Holmes hervor.

„Wissen Sie, Charlies Partner vertraute uns nicht, also bestand er darauf, währenddessen im Museum zu sein“, sagte Merton. „Kurz bevor das Museum geschlossen wurde, versteckten wir ihn in einer Nische in der Nähe unserer Patrouillenroute. Er brachte den gefälschten Edelstein mit und übergab ihn Charlie, während ich Wache hielt. Charlie hatte gerade das Schloss des Koffers geknackt und den Austausch vorgenommen, als wir einen weiteren Wächter hörten, der weiter unten im Flur seine Runden drehte. Das überraschte Charlies Komplizen, also rannte er zurück in die Nische – außer Sichtweite. Bei all den Patrouillen innerhalb und außerhalb des Gebäudes mussten wir uns ein Ablenkungsmanöver ausdenken, um ihm bei der Flucht zu helfen. Charlie schrie, und der Komplize schaute zum Flur, um zu überprüfen, ob die anderen Wachen kamen.

Charlie warf mir den Stein zu, als sein Komplize nicht hinsah, verschloss den Koffer wieder und zerschlug das nächste Fenster –

zum Ärger seines Komplizen, der sich in der Nähe versteckte.

Ich versteckte den Stein in meinem Stiefel, und als ich mich umdrehte, sah ich, wie der Komplize dem armen Charlie einen Schlag auf den Kopf verpasste. Danach beugte er sich hinunter, um ihn zu durchsuchen – vermutlich, um den Stein an sich zu nehmen. Als die anderen Wachmänner auf dem Weg zu uns waren, schrie ich erneut, und der Mann sprang durch das Fenster und rannte davon. Ich ging durchs Fenster, um zu sehen, in welche Richtung er lief. Dabei muss ich dann ins Glas getreten sein.

Danach lief ich rüber zu Charlie, der bewusstlos war. Die anderen Wachmänner kamen, um zu helfen, also trat ich zurück. An diesem Punkt suchten wir alles um uns herum ab, um zu kontrollieren, ob etwas gestohlen worden war. Während das Gebäude und das Gelände abgesucht wurden, räumte ich das Glas weg. Als die Polizei mich befragte, erzählte ich ihr, dass wir einen Mann gesehen haben, der sich im Flur versteckt hat, und dass ich geschrien habe, nachdem er Charlie verletzt hatte."

„Können Sie diesen Mann beschreiben?", fragte Gregson.

„Er war ein kleiner und rundlicher Mann mit einer näselnden Stimme. Er hatte einen Vollbart, der den Großteil seines Gesichts verbarg."

„Ich glaube, der Bart ist unecht", sagte Holmes. „Seit wir die Wohnung Sonntagmorgen verlassen haben, hat dieser Mann schon versucht, uns zu verfolgen, um den Stein zu finden. Er wusste nicht, dass wir an einem anderen Fall statt an dem Einbruch im Museum arbeiteten. Fahren Sie fort."

*Wo sind Sie diesem Mann schon einmal begegnet?*

„Es gibt nicht viel mehr zu erzählen", sagte Merton. „Da Charlie erst bewusstlos im Krankenhaus lag und nun tot ist, habe ich keine Möglichkeit, seinen Komplizen zu kontaktieren. Nicht dass ich das wollen würde, nach dem, was er meinem Freund angetan hat."

„Nachdem es ihm misslang, den Edelstein zu liefern, kontaktierte der mysteriöse, bärtige Mann vermutlich seinen eigenen

Chef – die Person, die den Edelstein haben will –, um Ihnen den Diebstahl anzuhängen und seine eigene Haut zu retten", sagte Holmes. „Und jetzt versuchen Sie, den Stein loszuwerden. Sie und Mr. Wright – Charlie – waren die einzigen beiden Personen, die am Tatort identifiziert wurden. Sie wissen, dass die Person, die den Diebstahl arrangiert hat, Sie bis ans Ende der Welt verfolgen wird, um an den Edelstein zu kommen, ebenso wie der Eigentümer des Steins."

„Sie sind nicht von dieser Welt, Sir! Wie konnten Sie meine Gedanken lesen?", fragte Merton, der zum ersten Mal an diesem Abend überrascht schien. „Nach Charlies Tod konnte ich keinen Schlaf mehr finden. Ich hatte vor, den Edelstein so schnell wie möglich zu verkaufen und das Land zu verlassen. Charlies Komplize wusste, dass ich beteiligt war, aber er wusste nicht, dass ich den Edelstein hatte. Obwohl ich wusste, dass er das bald herausfinden würde."

„Der bärtige Mann ist entweder geflohen oder tot – oder er wird es bald sein. Davon bin ich überzeugt", sagte Holmes. „Sieht so aus, als hätte er einen mächtigen und einflussreichen Mann verärgert. Das kann entweder sein Boss sein oder der Eigentümer des Steins. Wer auch immer es ist, hat in einem Zeitungsartikel angedeutet, dass Ihr Freund, Mr. Wright, wegen seiner Mittäterschaft am Diebstahl vergiftet wurde. Sie sind ein kluger Mann, Sie wissen also, dass der Tod Ihres Freundes kein Zufall war."

„Als es ihm plötzlich wieder schlechter ging, hatte ich einen Verdacht", sagte Merton. „Sonntagmorgen besuchte ich seine Frau. Sie gab mir eine grob skizzierte Karte, die in seiner Jacke gefunden worden war. Sie führte mich zu einem Versteck innerhalb des Museums. Am Boden eines Übertopfes hatte er die 10.000 Pfund versteckt."

Er blickte reumütig drein, als er sagte: „Ich hätte mich nicht in diese ganze Angelegenheit hineinziehen lassen sollen."

„Aber vernünftigerweise haben Sie ihn nicht im Krankenhaus besucht", sagte ich.

„Machen Sie sich nichts vor, Merton“, fügte Holmes hinzu. „Jeder Ihrer Schritte war gut durchdacht. Sie wissen auch, dass das Einzige, was Sie am Leben erhält, die Tatsache ist, dass niemand weiß, dass Sie den Stein haben. Nur der unbekannte Komplize war zuletzt beteiligt. Sie wissen auch, dass Sie verfolgt werden. Wie haben Sie Ihrem Verfolger vorgaukeln können, dass Sie den Stein in diesem Augenblick nicht bei sich tragen?“

„Ich ging in der örtlichen Badeanstalt schwimmen“, sagte Merton.

„Sobald ich die Umkleidekabine betreten hatte, sicherte ich den Stein hinter einer zerbrochenen Fliese und verstaute dann all meine Habseligkeiten in einem Schließfach. Nach dem Schwimmen bemerkte ich, dass jemand mein Schließfach aufgebrochen hatte und meine Sachen durchsucht worden waren. Der Raum war zu diesem Zeitpunkt leer, also schnappte ich mir wieder den Stein und begab mich auf den Weg hierher. Nun da ich sie von meiner Fährte abgelenkt habe, werden sie woanders suchen. Aber ich wage es nicht, nach Hause zurückzukehren. Ich werde das Geld nehmen, das Charlie versteckt hat, und England verlassen.“

„Sie sind in der Tat ein weiser Mann. Aber Sie müssen doch neugierig gewesen sein, wie viel der Stein wert ist, vor allem, da der Wert ausschlaggebend sein wird für die Mühen, die sie unternehmen werden, um Sie zu finden? Haben Sie diese Information aus dem Museum erhalten?“

Merton nickte. Er legte den Kopf schief und deutete auf seine Tasche, aus der ich einen kleinen Umschlag herausnahm. Ich reichte ihn Holmes, der ihn öffnete und sich das Papier darin ansah.

„Das ist mit Sicherheit genug, dass ein Mann dafür morden würde … sogar mehrfach“, murmelte Holmes. „Der Diamant ist fast 80.000 Pfund wert!“

Holmes schaute Merton an. Er drehte Mertons linken Stiefel um, und ein großer Diamant fiel in seine Hand. Er warf den Stein einem überraschten Gregson zu und stellte die Stiefel vor Merton auf den Boden.

„Und jetzt ist es an der Zeit, Sie freizulassen, Merton. Ich gehe davon aus, dass Sie am Leben bleiben, solange Sie nie mehr zurückkehren. Ich denke, Sie sind so sicher, wie man es in Ihrer Situation erwarten kann. Die auf Ihnen lastende Sorge ist eine angemessene Strafe für Ihre Fehler. Gregson wird sich darum kümmern, dass der Stein ohne großes Aufsehen zurück in die Sammlung gelangt. Wenn es so aussieht, als wäre er nie gestohlen worden, dann ist anscheinend auch kein Verbrechen begangen worden, und weder der Eigentümer noch der Dieb oder die Behörden haben einen Grund dafür, Sie zu verfolgen."

Wir ließen Merton frei, der sich seine Stiefel wieder anzog und zur Tür ging. Kurz bevor er den Raum verließ, wandte er sich noch einmal an Holmes und sagte: „Vielen Dank, Mr. Holmes. Sie waren gnädig mit mir. Ich habe noch eine Anmerkung – vielleicht eine Entdeckung – zu enthüllen. Die Kopie des Edelsteins wurde in einem Kästchen aufbewahrt, das mit einem ‚M' beschriftet war."

Wo ist Ihnen der Buchstabe ‚M' schon einmal begegnet?

Holmes und ich starrten uns schockiert an.

„Sind Sie sicher, dass es ein ‚M' war?", fragte Holmes. „Gab es keine weiteren Markierungen an dem Kästchen? Wo ist es jetzt?"

„Ich bin sicher, Mr. Holmes", sagte Merton, der es kaum erwarten konnte, endlich zu gehen. „Der bärtige Mann hat es mitgenommen. Ich, für meinen Teil, möchte ihm ganz sicher nicht über den Weg laufen."

„Es ist zu schade", sagte Holmes. „Vielleicht hätte es uns mehr über ‚M' erzählen können."

Merton antwortete nicht. Er verließ unser Arbeitszimmer, und wir konnten ihn die Treppen hinuntergehen hören. Kurz danach ging auch Gregson.

„Stellen Sie sich das einmal vor", sagte ich. „Dieser mysteriöse ‚M' steht nun sowohl mit dieser Straftat als auch mit dem kürzlichen Dahinscheiden von Mr. Harry Mullins in Zusammenhang.

Denken Sie, dass Mullins deshalb gestorben ist, weil er etwas für ‚M' tun sollte, um seine Schulden zu begleichen?"

„Da können wir uns nie sicher sein, Watson", sagte Holmes. „Ein toter Mann erzählt keine Geschichten, und dieser ‚M' scheint seine Komplizen nicht am Leben zu lassen. Wir können von Glück reden, dass Mr. Merton ihm bisher entkommen ist, um uns dies mitzuteilen. Aber vielleicht werden wir diesem ‚M' eines Tages wieder begegnen."

Ich schrieb ein ‚M' in mein Notizbuch, kreiste es ein und setzte ein großes Fragezeichen daneben. Ich erschauderte bei dem Gedanken darüber, welche Macht dieser Mann hatte, dass er solche Verbrechen begehen konnte, noch dazu unentdeckt. Eine Aufforderung von Holmes holte mich aus meinen dunklen Gedanken in die Gegenwart zurück.

„Nun, lassen Sie uns an etwas Angenehmeres denken, Watson", sagte Holmes. „Wenn Sie mir bitte meine Stradivari reichen würden, werde ich Ihnen Lieder ohne Worte von einem meiner Lieblingskomponisten vorspielen."

Ich reichte Holmes seine Geige, und er begann zu spielen.

Die untergehende Sonne warf lange Schatten auf den Boden, und der flackernde Feuerschein brachte die Holzmöbel zum Glühen. Die geheimnisvollen Töne der Geige erfüllten das Arbeitszimmer, als Holmes sich in der Musik verlor. Ich lehnte mich im Sessel zurück, schloss meine Augen und lauschte Mendelssohns *Liedern ohne Worte.* Es waren ein paar lange Tage gewesen, und ich würde bald mit dem Bericht über unser jüngstes Abenteuer beginnen müssen.

Aber zuerst muss ich beenden, was ich mit The Sign oft the Four betitelt habe, und mir einen Titel für ein weiteres, kürzlich gelöstes Rätsel mit einem Geisterhund einfallen lassen. Es gibt viel für mich zu tun!

*Fahren Sie nun auf Seite 218 fort.*

# Epilog

Wir schreiben die None des Septembers und gehen auf das Ende eines ungewöhnlich kalten Sommers zu. Ich sitze am Frühstückstisch in 221B Baker Street und genieße den herrlich heißen schwarzen Kaffee und das köstliche englische Frühstück, das Mrs. Hudson vorbereitet hat. Ich esse genüsslich und mit gutem Appetit, da ich guter Laune bin. Meine neue Krimireihe, *Das Zeichen der Vier,* hat sich in den letzten Monaten großer Beliebtheit erfreut, und der letzte Teil wird noch Ende dieser Woche veröffentlicht.

Der Verleger fragt bereits nach einer neuen Reihe und glaubt, dass das übersinnliche Thema meines nächsten Vorhabens uns den bisher größten Erfolg einbringen wird. Vorher muss ich noch eine Reihe kleinerer Fälle aufarbeiten, und danach werde ich Zeit haben, The Hound oft the Baskervilles, wie ich es nenne, die nötige Aufmerksamkeit zu widmen. Holmes scheint meinem Publizieren unserer Abenteuer gegenüber immer noch gleichgültig eingestellt zu sein. Dennoch kann er nicht verleugnen, dass der dadurch erlangte Ruhm ihm erlaubt, sich die Fälle herauszupicken, die ihm am meisten zusagen.

Heute Morgen ist Holmes früh aufgestanden. Er ist bereits fertig mit seinem Frühstück und sitzt nun in seinem Lieblingssessel und liest die Morgenzeitung.

Ich bin fest entschlossen, mit meiner Geschichte über die Familie Baskerville zu beginnen, doch meine Gedanken wurden unterbrochen, als ich an den Bracewell-Fall im Frühjahr – ich überlege, ihn The Dark Coachman of Finchley zu nennen – sowie an den Diebstahl des Edelsteins aus dem Natural History Museum zurückdenke. Ich habe gehört, dass es Lord Bracewell und den Kindern gut geht, aber Miss Forman, das Kindermädchen, und Mr. Merton, der zufällige Dieb, scheinen wie vom Erdboden verschwunden zu sein. Sie existieren nur noch in meinen Aufzeichnungen. Ich hoffe wirklich, es geht beiden gut.

Eine leichte Berührung am Arm riss mich aus meiner Träumerei, und als ich aufblickte, zeigte Mrs. Hudson auf das Arbeitszimmer. Aus meinem Blickwinkel konnte ich die Seite des Stuhls und Sherlock sehen, der seine Pfeife und die Ecke seiner Zeitung hielt. Verwirrt blickte ich zu Mrs. Hudson. Sie legte einen Finger auf ihre Lippen und gab mir ein Zeichen, näher heranzutreten.

Ich rutschte um den Tisch herum, um einen besseren Blick ins Arbeitszimmer zu werfen.

Zu meinem Erstaunen lag auf seinem Schoß über der Morgenzeitung der erste Teil unseres Groschenromans A Study in Scarlet. Und noch erstaunlicher war, dass auf dem Kopf des Detektivs die Deerstalker-Jagdmütze saß.

„Eine Abmachung ist eine Abmachung, Watson“, sagte Holmes.

*Dr. John Watson*

# Anhang 1: Bewerbung

## Informationen und Kompetenzen

Name: Amelia Hope Forman
Erste Anstellung: 30. April 1890
Letzte Anstellung: 14. Mai 1890
Geburtsdatum: 13. Dezember 1870
Wohnort: 456 Cowcross Street
Farringdon, London
Beschreibung: groß, braunes Haar, braune Augen
Nächste Angehörige: Mutter – Wilhelmina Forman aus Farringdon
Vater – (Stiefvater)/Albert Forman ~ (verstorben)
Derzeitiger/vorheriger Arbeitgeber: Familie von Oliver Wilder, Globe Town, 6 Kinder (im Alter von 14, 12, 9, 7, 6 und 4 Jahren)
Gutes Arbeitszeugnis des aktuellen Arbeitgebers: ja
Aktuelles Gehalt: 24 Pfund pro Jahr
Ausbildung bestätigt: ja
Religionszugehörigkeit: Church of England
Kompetenzbereiche:

- Lesen – ausgezeichnet
- Schreiben – ausgezeichnet
- Rechnen – ausgezeichnet
- Lyrik – gut
- Geschichte – unerfahren
- Verwendung von Globen – gut
- Zeichnen/Malen – ausgezeichnet
- Tanzen – unerfahren
- Verhalten/Errungenschaften – gut

Sprachen:

- Französisch – fließend
- Spanisch – konversationsfähig

Umgang mit Tieren: freundlich, aber ängstlich
Spiele und Rätsel: ja
Auslandsreisefähigkeit: ja

# Anhang 2: Aktuelle Währung

Guinee = 21 Schilling
Pfund = 20 Schilling
Krone = 5 Schilling
Halbe Krone = 2 Schilling, 6 Pfennig
Schilling = 12 Pfennig
Sixpence = 6 Pfennig
Threepence = 3 Pfennig
Tuppence = 2 Pfennig
Pfennig
Halfpence = halber Pfennig
Farthing = ein Viertel Pfennig

# Anhang 3: Schachset

1 König 1 Königin 2 Läufer 2 Springer 2 Türme 8 Bauern

# Anhang 4: Himmelskarte

## 12. Dezember 1881

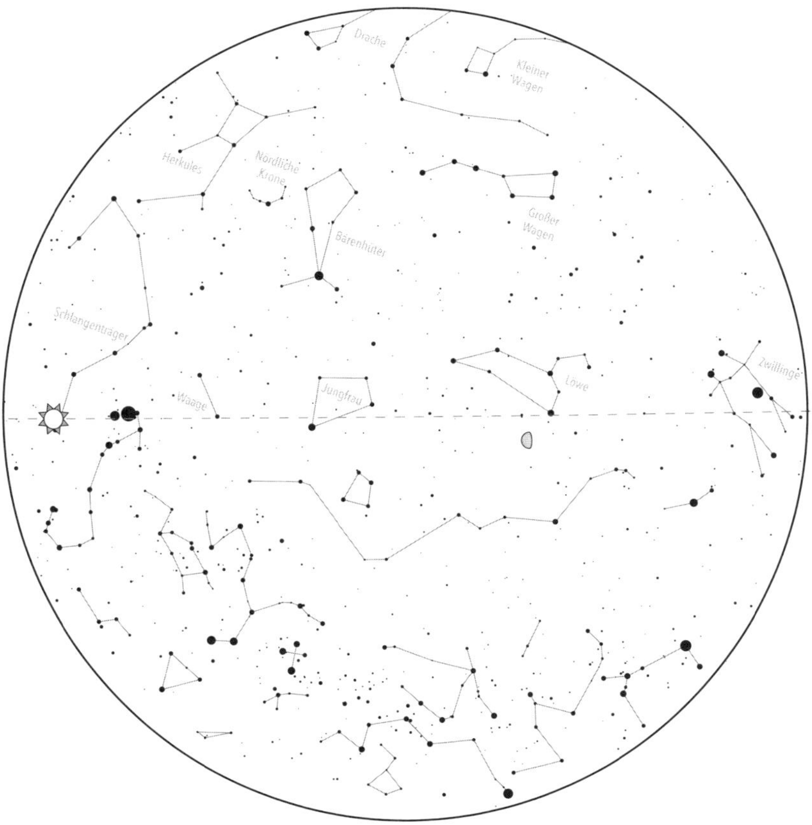

# Hinweise

### Seite 34: Warum war Holmes misstrauisch?

Was haben Holmes und Watson mehrfach gesehen, bevor sie aus dem Zug ausstiegen?

### Seite 109: Warum nahm Holmes das Tagebuch so genau unter die Lupe, und was hat er entdeckt?

**Hinweis 1:** Was können Sie aus der „sauberen und präzisen“ Handschrift ableiten?

**Hinweis 2:** Was, glauben Sie, konnte er riechen?

### Seite 7: In welchem Jahr findet diese Geschichte statt?

**Hinweis 1:** Wie kann Ihnen die Information über die „Jefferson-Hope-Affäre“ dabei helfen, das Datum zu bestimmen?

**Hinweis 2:** In *Einer Studie in Scharlachrot (A Study in Scarlet),* die kürzlich publiziert wurde, wird auf Jefferson Hope verwiesen.

### Seite 14: Wie lautet des Rätsels Antwort?

**Hinweis 1:** Was schrumpft mit der Zeit?

**Hinweis 2:** Welches „Leben“ eines Objekts sorgt für Klarheit, während es benutzt wird und langsam in die Dunkelheit gleitet?

### Seite 50: Aus welchen zwei Gründen wurde die Beiköchin rot und verließ den Raum?

**Hinweis 1:** Weshalb wurde sie geärgert?

**Hinweis 2:** Was stimmte mit dem Frühstück nicht, das sie für Mullins zubereitet hat?

## Seite 11: Was vermutet Holmes, was Watson nicht bedenkt?

**Hinweis 1:** Was erfahren Sie – oder auch nicht – aus der Erzählung?

**Hinweis 2:** Was sagen Ihnen der vorherige Hinweis und die Tatsache, dass nichts gestohlen wurde?

## Seite 108: Wie hat Holmes die Tür entriegelt?

**Hinweis 1:** Gehen Sie zurück zu den Seiten 86 und 87. Was sehen Sie dort, das mit der Abbildung übereinstimmen könnte?

**Hinweis 2:** Was war „drei viertel voll“ und hatte die Farbe des Mondlichts?

## Seite 34: Wo in der Stadt sollen sie Lestrade treffen?

**Hinweis 1:** Lesen Sie noch einmal das Telegramm. Wer trägt eine Krone, und wo wird eine Krone getragen?

**Hinweis 2:** Wo würden Sie sich auf einen Drink treffen?

## Seite 197: Warum können der Bube und der König nicht durch die Ziffern Null bis Neun dargestellt werden?

Wenn Ass die niedrigste Karte ist, welche Zahlen sind dann der Bube und der König? Welchen Zahlen entsprechen sie, wenn Ass die höchste Karte ist?

## Seite 114: Wo hat Amelia ihr kostbares Tagebuch versteckt? Woher wissen Sie das?

Was ist in dem Buch *Die Schatzinsel* normalerweise der „Markierungspunkt“?

## Seite 104: Für wie lange konnte Lestrade die Tat vor den Zeitungen verheimlichen?

Schauen Sie sich noch einmal den Zeitungsartikel und Amelias letzten Tagebucheintrag an. Wann haben sich diese Ereignisse zugetragen? An welchem Zeitpunkt des Tages befinden wir uns gerade?

### Seite 86: Welches Getränk sollen sie bestellen?

**Hinweis 1:** Was sind diese Zutaten?

**Hinweis 2:** Welches Getränk ist bekannt für seine Assoziation mit einer Fee in der Farbe des Frühlings?

### Seite 111: Können Sie das Gespräch zwischen Amelia und Miss Stoper übersetzen?

**Antwort:** „Sind Sie kompetent genug, um kleine Kinder zu unterrichten?“

„Selbstverständlich, Madame! Ich spreche sehr gut Französisch. Die letzte Familie, für die ich gearbeitet habe, verbrachte die Sommer oft in Paris, die Kinder hatten also täglich Unterricht. Mein Vater ist Franzose.“

### Seite 98: Was ist Miss Stopers Motivation dafür, diesen Diebstahl zu begehen?

Darüber hat sie sich bereits bei Holmes und Watson beschwert.

### Seite 112: Wie hoch ist Amelias Jahresgehalt?

**Hinweis 1:** Zählen Sie die Buchstaben in jedem Monat, und finden Sie heraus, welche Zahl mit der Position des Monats im Jahr übereinstimmt – das ist der richtige Monat.

**Hinweis 2:** Wie viele Könige namens Henry gab es? Wie viele befinden sich in einem Bäckersdutzend?

### Seite 102: Wo fand Lestrade Amelias Tagebuch?

Wo sonst haben Sie etwas gesehen, das wie Pfeilspitzen aussehen könnte?

### Seite 32: Wie befreit Watson sie beide aus dem Waggon?

Finden Sie den in der Abbildung versteckten Gegenstand, der Ihnen dabei helfen kann, die Tür zu öffnen.

### Seite 106: Wie lautet das Motto der Familie Bracewell?

Welches Motto passt am besten zu einer Handelsfamilie, die zurückkehrt, um ihre Gemeinde aufzubauen und zu führen?

### Seite 15: Welche Art der Fortbewegung sollten sie wählen?

**Hinweis 1:** Sehen Sie sich das Telegramm noch einmal an.

**Hinweis 2:** Das falsch geschriebene Wort bezieht sich auf eine Art der Fortbewegung (eine spezielle „Linie").

### Seite 183: Warum vermutet Holmes, dass der Wachmann umgebracht wurde?

**Hinweis 1:** Was stellt Watson fest?

**Hinweis 2:** Beachten Sie die zusätzlichen Buchstaben. Welches Wort ergeben sie?

### Seite 198: Wie lautet die Kombination, die die Truhe öffnet?

**Hinweis 1:** Verwenden Sie die kleineren Symbole in den Ecken des Gemäldes, um die Anzahl der Spitzen/Blätter für die jeweiligen Farben zu bestimmen. Die drei kleinen Kreuzsymbole neben der Karo-Sechs stehen zum Beispiel für drei Blätter.

**Hinweis 2:** Auf jeder Leiste befindet sich ein Punkt oder eine Reihe von horizontalen Punkten.

**Hinweis 3:** Verwenden Sie die Blätter (Spitzen) auf jeder Farbe, um den Code herauszufinden.

### Seite 13: Wo sollen Holmes und Watson sich mit Lestrade treffen?

Achten Sie auf den ersten Buchstaben jeder neuen Zeile nach „STOPP".

### Seite 88: Wie hoch ist das typische Jahresgehalt für ein Kindermächen zu dieser Zeit?

Achten Sie auf den ersten Buchstaben jeder neuen Zeile nach „STOPP".

**Hinweis 1:** Die Königin hier ist Königin Victoria.

**Hinweis 2:** Dumas' Roman ist *Die drei Musketiere.*

## Seite 19: Was hat Holmes seit seiner Ankunft bemerkt, was hier nicht stimmt?

**Hinweis 1:** Überprüfen Sie die Gegenstände, die die Bracewells auf ihren Reisen gesammelt haben.

**Hinweis 2:** Welcher Gegenstand passt nicht in die Sammlung?

## Seite 117: Was steht in dem Code?

**Hinweis 1:** Was passiert mit der Nachricht, wenn man jeden Buchstaben im Alphabet nach vorn oder nach hinten verschiebt?

**Hinweis 2:** Versuchen Sie, jeden Buchstaben um vier Stellen zu verschieben.

## Seite 39: Wie entkommt Holmes aus dem verschlossenen Zimmer?

**Hinweis 1:** Für dieses Rätsel wird eine Ausgabe von *Jane Eyre* benötigt. Wenn Sie kein Exemplar haben, können Sie online die Seite des Projekts *Gutenberg* aufrufen.

**Hinweis 2:** Die Spaltenüberschrift ‚K' steht für ‚Kapitel'.

**Hinweis 3:** KASW = Kapitel Absatz Satz Wort. Finden Sie die Wörter, um die Nachricht dahinter zu enthüllen.

## Seite 200: Wie alt ist der gegenwärtige Lord Bracewell?

Nutzen Sie alle Hinweise zu Lord Bracewell und seiner Familie.

## Seite 17: Welche Straße sollten sie nehmen, um zum Haupttor von Westwood Manor zu gelangen?

Schauen Sie sich die Karte von Watson auf Seite 101 an, um den kürzesten Weg zu finden.

### *Seite 94: Wie hat Holmes die Kombination herausgefunden?*

**Hinweis 1:** Die Reihenfolge ist im Text angegeben, wenn man weiß, wonach man suchen muss.

**Hinweis 2:** Notieren Sie das Alter von Miss Stoper und den Beginn des Sommers, in dem sie eingestellt wurde. Denken Sie daran, dass sie die Kombination jedes Jahr ändert.

### *Seite 65: Worüber lügt Mrs. Kemp, und woher wusste Holmes das?*

**Hinweis 1:** Ein Gegenstand im Haus von Mrs. Kemp ist normalerweise die eine Hälfte eines Paares. Welcher Gegenstand ist gemeint?

**Hinweis 2:** Was glauben Sie, wer hat den anderen Gegenstand dieses Paares?

### *Seite 27: Welcher Gegenstand ergibt keinen Sinn?*

**Hinweis 1:** Bedenken Sie, dass die Leiche im Regen gefunden wurde.

**Hinweis 2:** Welcher Gegenstand hätte den Regen nicht überstanden?

### *Was fehlt?*

**Hinweis 1:** Erinnern Sie sich an das Gespräch mit Lestrade über die aufgefundenen Gegenstände am Tatort.

**Hinweis 2:** Was würden Sie erwarten, was am Tatort gefunden wurde?

### *Was hatte Holmes erwartet, unter den am Tatort aufgefundenen Gegenständen zu finden?*

**Hinweis 1:** Welches Geräusch war zu hören, als die Kutsche anhielt?

**Hinweis 2:** Wie könnte dieses Geräusch mit dem Tod von Mullins zusammenhängen?

### *Seite 179: Was steht in der zweiten Nachricht?*

**Hinweis 1:** Es ist ein Anagramm.

**Hinweis 2:** Das Wort neben dem * ist Teil der Lösung. Entschlüsseln Sie die anderen drei Wörter, um einen Satz zu bilden. Der Lösungssatz besteht aus fünf Wörtern.

### Seite 133: Welches Sternbild fehlt? Warum haben die Bracewells es weggelassen?

Warum könnte dieses Sternbild für die Bracewells wichtig sein?

### Seite 105: Wie alt waren die Kinder, als ihre Mutter starb?

**Hinweis 1:** Amelia hat uns in ihrem Tagebuch auf den Seiten 110 bis 116 ihr Alter mitgeteilt – und dass sie Zwillinge waren.

**Hinweis 2:** Lady Bracewell starb vor fünf Jahren.

### Seite 48: Welches Haushaltsmittel sollte das Dienstmädchen nie mit der Reinigungslösung mischen?

Was sollte nie mit Essig vermischt werden, wenn Sie Reinigungsmittel herstellen?

### Seite 53: Was hat Holmes aus dem Kratzer geschlussfolgert?

Welcher Gegenstand, der an der Hand getragen wird, kann einen stumpfen, breiten Kratzer verursachen?

### Seite 41: Wie lautet die Antwort auf Holmes' Rätsel?

**Hinweis 1:** Diese Uhr bewegt sich alle 60 Minuten in Echtzeit um 90 Minuten auf ihrem Zifferblatt.

**Hinweis 2:** Schreiben Sie zwei Spalten auf, die jeweils mit 12 Uhr beginnen. Die eine Spalte ist für die kaputte Uhr; die andere entspricht der echten Zeit. Wann stimmen sie wieder überein?

### Seite 176: Wie lautet die Adresse von George Hewitt?

Hilft es vielleicht, die Seite hin und her zu bewegen?

### Seite 47: Können Sie das Schachbrett der Geschichte zuordnen? Verwenden Sie dafür das leere Schachbrett auf Seite 222.

Die „Wand“ bezieht sich auf einen Turm; mit „gestanden“ ist ein Läufer gemeint.

### Seite 66: Was an dem Garten von Mrs. Kemp verbindet sie mit George Hewitt?

Was sehen Sie in dem Muster von Mrs. Kemps Gartenanlage?

### Seite 45: Können Sie die Uhr reparieren?

**Hinweis 1:** Was fällt Ihnen an den zusätzlichen Zahnrädern auf?

**Hinweis 2:** Sehen Sie sich die Kerbungen in den Ersatzzahnrädern an. Können sie aufeinandergestapelt werden?

**Hinweis 3:** Es gibt nur ein Zahnradpaar, das zusammen funktioniert.

### Seite 180: Wie viel Geld darf Wiggins behalten?

**Hinweis 1:** Wie viele Schillinge sind ein Pfund? Schauen Sie auf Seite 221 nach.

**Hinweis 2:** Er hat 21 Schillinge (1 Pfund + 1 Schilling); 12 Zeitungen = 12 Schillinge.

**Hinweis 3:** Der erste Schilling war für Wiggins als Belohnung dafür, dass er die Nachrichten übermittelt. Das Pfund (20 Schillinge) war für Wiggins' Truppe für die Aufgabe der Werbeanzeigen bestimmt.

### Seite 128: Gibt es bei den Kratzern auf dem Tisch ein Muster?

Halten Sie das Bild parallel zu Ihren Augen und drehen Sie das Buch langsam in zwei Richtungen von sich weg.

### Seite 55: Was an dieser Adresse lenkt Holmes ab?

Wer wird einige Jahre später in diesem Gebäude arbeiten?

### Seite 184: Wie lautet das Datum der Stellungnahme?

**Hinweis 1:** Wann hat sich der Vorfall mit den Kutschen ereignet?

**Hinweis 2:** Wie viele Tage ist das her?

### Seite 58: Wie hat Holmes die Schachtel geöffnet?

**Hinweis 1:** Wer schießt seine Pfeile durch Herzen?

**Hinweis 2:** Wo sonst im Haus haben Sie eine weitere „Für meine Liebe“-Gravur gesehen? Wessen Geliebte war Psyche?

### Seite 63: Wie ist Miss Forman aus diesem Zimmer entkommen?

Es gibt zwei Möglichkeiten für ihre Flucht.

### Seite 89: Warum ist es unmöglich, dass Holmes die Nachricht von Gregson erhalten hat?

Wie weit ist die Baker Street von ihrem aktuellen Standort entfernt?

### Seite 52: Was hat Holmes am Tatort gesehen, was Watson nicht gesehen hat?

**Hinweis 1:** Sehen Sie sich noch einmal die Abbildung des Tatorts auf Seite 103 an.

**Hinweis 2:** Schauen Sie sich die Pfützen genauer an.

### Seite 218: Welches Datum ist heute?

**Hinweis 1:** Wann ist die None des Septembers?

**Hinweis 2:** Welche Hinweise finden sich in Watsons Tagtraum?

### Seite 97: Warum kann Mr. Cromwell den Safe nicht öffnen?

Es wurde festgestellt, dass Mr. Cromwell Probleme hatte, sein Buch festzuhalten. Selbst Holmes hatte Mühe, die Drehscheibe zu drehen.

### Seite 153: Wen verdächtigt Holmes, an diesem Verbrechen beteiligt gewesen zu sein?

**Hinweis 1:** Wer war zur richtigen Zeit am richtigen Ort?

**Hinweis 2:** Die Dinge sind nicht unbedingt so, wie sie scheinen: Wer, denken Sie, würde nicht als Verdächtiger beschuldigt werden?

## Seite 147: Können Sie dieses Buch nach seinem Einband beurteilen?

**Hinweis 1:** Schauen Sie sich den Einband dieses Buches an, und versuchen Sie, die Antwort auf diesen Teil des Rätsels zu finden.

**Hinweis 2:** Finden Sie die Buchstaben und entschlüsseln Sie das Wort.

## Seite 70: Warum hat Holmes die Kutsche angehalten?

Zeichnen Sie den Startpunkt der Reise, das Ziel und ihre aktuelle Position in eine Karte ein.

## Seite 158: Woher wusste Holmes, dass sich der Globus öffnen würde und wie er ihn öffnen konnte?

**Hinweis 1:** Was verlief entlang der Mitte des Globus?

**Hinweis 2:** Wo ist Lord Bracewell aufgewachsen?

## Seite 119: Wie lautet die Adresse von Mullins' Elternhaus?

Stellen Sie zwei Würfel so auf, wie in dieser Zeichnung zu sehen ist. Drehen Sie sie dann in Richtung des Pfeils. Welche Zahlen erscheinen?

## Seite 125: Was bedeuten die Symbole?

**Hinweis 1:** Was passiert, wenn man einen Spiegel in die Mitte eines jeden Symbols stellt?

**Hinweis 2:** Wo ist Ihnen dieses Datum schon einmal begegnet?

## Seite 149: Warum vermutet Holmes, dass die Person, die sie getroffen haben, nicht der echte Lord Bracewell ist?

Was können Sie aus dem Porträt von Lord Bracewell auf Seite 20 und aus dem Brief, den er an Holmes schrieb, auf Seite 37 schließen?

## Seite 185: Wo haben Sie schon einmal von einem ähnlichen Gegenstand gehört?

Welcher Gegenstand, der bei Mullins' Leiche gefunden wurde, könnte hier von Bedeutung sein?

### Seite 67: Was hat Holmes über diese mysteriöse Nachricht herausgefunden?

**Hinweis 1:** Sie kann nicht von links nach rechts gelesen werden.

**Hinweis 2:** Womit können Sie das Bild lesen?

### Seite 156: Was, vermutet Holmes, hat der Hochstapler Lord Bracewell mit den Akten gemacht?

Was „prasselte“, als sie das Zimmer betraten?

### Seite 127: Woher hatte Mullins das Geld, um nach Südamerika zu ziehen?

Kannte er jemanden, der reich war und ihm hätte helfen können?

### Seite 161: Wie lautet das Datum der Stellungnahme?

**Hinweis 1:** Wann hat sich der Vorfall mit den Kutschen ereignet?

**Hinweis 2:** Wie viele Tage ist das her?

### Seite 79: Was vermutet Amelia nun?

**Hinweis 1:** Was hat die Wäscherin über die Verbindung zwischen Hewitt und dem Bracewell-Haushalt preisgegeben?

**Hinweis 2:** Hat Hewitt ein Motiv für ein Verbrechen gegen Mullins?

### Seite 123: Was hat Holmes' Misstrauen gegenüber Joshuas Geschichte geweckt?

Wann fand der Krimkrieg statt?

### Seite 208: Woher hatten die Museumswächter eine Kopie des Edelsteins, der den gestohlenen ersetzen sollte?

Wären sie in der Lage gewesen, dieses Verbrechen allein zu begehen?

### *Seite 61: Was an diesem Zimmer erscheint Ihnen ungewöhnlich?*

**Hinweis 1:** Betrachten Sie die Zeichnung. Wenn das Fenster übermalt wurde und die Tür doppelt verriegelt ist, wo könnte es einen Ein- oder Ausgang geben?

**Hinweis 2:** Sehen Sie sich die Wand neben dem Bücherregal genau an.

### *Seite 213: Wo sind Sie diesem Mann zuvor schon einmal begegnet?*

Wann haben Holmes und Watson ein Gesicht an einem Fenster gesehen, bevor sie stecken geblieben sind?

### *Seite 163: Von welcher Marke war die Zigarre, die angezündet wurde?*

**Hinweis 1:** Wann wurde schon einmal ein Zigarrenstummel erwähnt?

**Hinweis 2:** Auf den Seiten 26 und 53 haben wir etwas über diesen Zigarrenstummel erfahren.

### *Seite 165: Woher bekam George Hewitt die Medikamente?*

**Hinweis 1:** Wo hätte er medizinische Pflanzen finden können?

**Hinweis 2:** Wer hat in dieser Geschichte einen großen Garten?

### *Seite 170: Wie haben sie die Tat inszeniert?*

**Hinweis 1:** Sehen Sie sich die Zeichnung des Tatorts auf Seite 103 an.

**Hinweis 2:** Was würde ihnen dabei helfen, eine schwere Leiche in den Sitz zu hieven?

### *Seite 167: Wer, glaubt George Hewitt, kann ihnen helfen?*

**Hinweis 1:** Wen der Angestellten im Haus kennt er?

**Hinweis 2:** Wie könnte das Personal von Westwood Manor mit Hewitt in Verbindung stehen, nachdem Generationen seiner Familie auf dem Anwesen gearbeitet haben?

## Seite 206: Welcher Schlüssel öffnet die Tür von 221B Baker Street?

**Hinweis 1:** Welche Informationen benötigte Gregson, um bei dieser Tür anzukommen?

**Hinweis 2:** Wie kann Ihnen die Adresse dabei helfen?

**Hinweis 3:** Addieren Sie die Ziffern der Adresse, um die Form des Schlüsselkopfes zu bestimmen.

## Seite 80: Wo vermutet Amelia die Kinder?

Was ist ihr aufgefallen, als sie das Haus betrat?

## Seite 168: Welche Abfolge von Zügen muss ausgeführt werden, um die Tür der Uhr zu öffnen?

**Hinweis 1:** In welcher Form und Reihenfolge bezieht sich das Gedicht auf die Uhr?

**Hinweis 2:** Wie viele Amseln wurden laut dem Kinderreim in einer Pastete verbacken?

**Hinweis 3:** Wie spät wird es eine Stunde später sein?

## Seite 146: Finden Sie anhand der Karte und des Berichts heraus, was die Kinder wirklich zu sagen hatten.

**Hinweis 1:** Was können Sie anhand der Karte aus *Der Schatzinsel* auf Seite 145 und der Kindergeschichte erkennen?

**Hinweis 2:** Der Verlauf ihrer Reise ist auf der Karte eingezeichnet und ergibt ein englisches Wort. Was bedeutet es?

## Seite 150: Können Sie die Fragen, die Watson und Lestrade gestellt wurden, beantworten?

Wen hat Bracewell kürzlich verloren?

## Seite 75: Wie hat Amelia den Polizisten dazu gebracht, ihr von dem Verbrechen zu berichten?

Wenn Sie an ihrer Stelle wären, mit wem würden Sie ihm sagen, dass Sie zusammen sind?

### Seite 174: Wie lautet die versteckte Botschaft in dem Brief von Lord Edward Bracewell?

Achten Sie auf die falschen großen Buchstaben.

### Seite 157: Was konnte Watson über die Papierschnipsel herausfinden?

Was ist ihm an den Papieren in Miss Stopers Safe aufgefallen?

### Seite 82: Was steht in der Nachricht?

Versuchen Sie, die Nachricht auf einem Stück Papier nachzuzeichnen, schneiden Sie dann die einzelnen Quadrate aus und ordnen Sie sie neu an.

### Seite 24: Versteckt das Bücherregal eine Nachricht?

**Hinweis 1:** Schauen Sie sich den ersten Buchstaben jedes Buchtitels an.

**Hinweis 2:** Warum könnte eines der Bücher auf dem Kopf stehen?

### Seite 129: Wer ist das Kind von Mullins?

Vergleichen Sie die Familienfotos mit einem anderen Foto, das Sie bereits gesehen haben.

### Seite 72: Wie lautet das Datum der Stellungnahme?

**Hinweis 1:** An welchem Tag wurden Holmes und Watson mit dem Fall betraut? Die Entführung und die Entdeckung von Mullins' Leiche geschahen am Tag zuvor.

**Hinweis 2:** Sie verbrachten Sonntagnacht auf Westwood Manor und frühstückten dort am nächsten Morgen, als sie mit Mrs. Clemens sprachen.

**Hinweis 3:** Alle anderen Befragungen und Ereignisse passierten am gleichen Tag, an dem diese Stellungnahme verfasst wurde.

### Seite 194: Wo liegt die Höhle, in der sich die Kinder versteckt halten?

**Hinweis 1:** Lesen Sie noch einmal die Beschreibung der Porträts auf Seite 20 durch. Gibt es ein Muster in der Anordnung der Porträts?

**Hinweis 2:** Wie könnte dieses Muster mit den Kartenkoordinaten zusammenhängen und in welcher Reihenfolge?

**Hinweis 3:** Wo könnten Sie diese Koordinaten anwenden? Wo auf dem Anwesen wäre es sinnvoll, anzufangen?

### Seite 207: Was schließt Holmes aus dem Artikel im Telegraph über die Verletzung von Mr. Wright?

Hinweis 1: Aus welcher Richtung wurde Mr. Wright getroffen?

Hinweis 2: Ein zerbrochenes Fenster würde sicherlich Geräusche machen. Könnte der Dieb Mr. Wright unbemerkt angreifen?

### Seite 192: Wo stecken die Kinder?

**Hinweis 1:** Was könnte ein gutes Versteck auf dem Anwesen sein, wo ihr Großvater zu spielen pflegte?

**Hinweis 2:** Gibt es einen Ort auf der Karte in *Der Schatzinsel,* der sie auf die Idee gebracht haben könnte?

### Seite 211: Was vermutet Holmes über den mysteriösen Mr. Monday?

**Hinweis 1:** Warum hat Holmes ihn gebeten, seine Stiefel auszuziehen?

**Hinweis 2:** Was hat dies mit dem Tatort zu tun?

### Seite 216: Wo ist Ihnen der Buchstabe ‚M' schon einmal begegnet?

Was haben die Besucher von Mullins' Eltern ihnen erzählt?

### Seite 69: Wo in der Stadt sollen sie Lestrade treffen?

**Hinweis 1:** Lesen Sie noch einmal das Telegramm. Wer trägt eine Krone, und wo wird eine Krone getragen?

**Hinweis 2:** Wo würden Sie sich auf einen Drink treffen?

### Seite 193: Woher wusste Holmes, dass die Kinder genug Proviant hatten?

Was hat Holmes an einem früheren Punkt der Geschichte herausgefunden, das beweist, dass die Kinder nach ihrer ‚Entführung' im Haus waren?

### Seite 78: Warum hörte die Wäscherin auf zu reden?

**Hinweis 1:** Wie ist Amelia zu dieser Zeit gekleidet?

**Hinweis 2:** Wenn Amelia einen hohen Ausruf ausstieß, was könnte das verraten haben?

### Seite 29: Was steht in der Nachricht von M?

Können Sie die Nachricht mithilfe des unten stehenden Rasters entziffern?

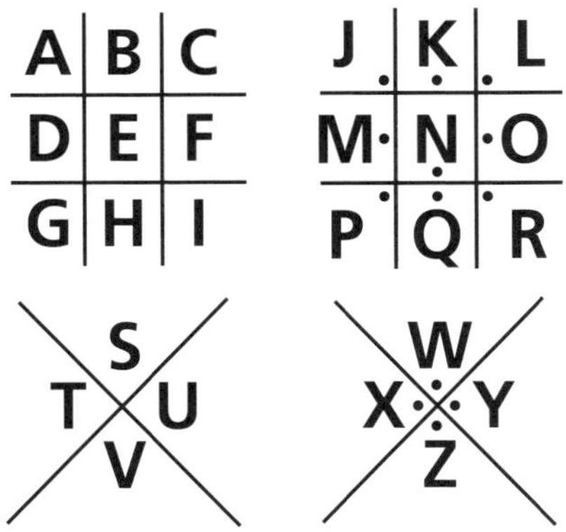

# Über die Autoren

Hinter den ***Escape Room Guys*** stehen **Mike Kalyan** und **Jason Edinger.** Sie betreiben einen Review-Blog sowie einen Beratungsservice für Escape Rooms in den USA. Sie entwickeln Escape Rooms zum Spaß und der Herausforderung wegen, schreiben Rezensionen und erstellen Rätsel, mit denen sie ihre Freude an Escape Rooms an andere weitergeben möchten.
www.theescaperoomguys.com

**Tom Ue** ist Spezialist für britische Literatur des neunzehnten Jahrhunderts an der Dalhousie University, Kanada. Er war Herausgeber von *Imagining Sherlock Holmes,* einer Ausgabe des *Journal of Popular Film & Television.* Er hat ausführlich über Arthur Conan Doyle und dessen Zeitgenossen geschrieben, darunter Bücher wie *Gissing, Shakespeare, and the Life of Writing* (Edinburgh University Press) sowie *George Gissing* (Liverpool University Press).

# Bildnachweise

**James Newman Gray Advocate Art Ltd:** 33, 61, 103, 169
**Martin Bustamante Advocate Art Ltd:** 18, 44, 101, 121, 220
**Nia Williams:** 108, 119, 135, 197, 205
**Shutterstock:** 7, 8, 12, 28, 37, 47, 58, 108, 110, 119, 124, 131, 135, 136, 143, 173,182, 197, 204, 205, 220, 221, 222.
**Sidney Paget, mit freundlicher Genehmigung des Victorian-Web-Archivs:** 6, 10, 22, 191